KB177446

루팡의 딸 4

ROOKIE OF LUPIN

루팡의 딸 4

ROOKIE OF LUPIN

요코제키 다이 지음

BOOK PLAZA

경찰의 딸이 도둑집안의 유망주?

경찰이냐, 도둑이냐, 그것이 문제로다.

ROOKIE OF LUPIN

ROOKIE OF LUPIN

제 1 장

마이 페어 걸

남의 물건을 훔치면 안 돼요.

초등학생이라면 누구나 아는 사실이니 초등학교 2학년인 미쿠모 안도 당연히 그것을 안다. 남의 물건을 훔치면 경찰에 붙잡히고, 사형까지 가지는 않아도 감옥에 들어갈 수는 있다. 그렇다. 도둑질은 범죄이다.

"안, 놀자!"

방과 후, 신발장 앞에서 누군가가 안을 불렀다. 뒤돌아보니 같은 반 친구인 야나기다 이치카가 서 있었다. 안과 이치카는 같은 돌봄교실에 다녀서 항상 같이 논다.

"응. 좋아. 우선은 돌봄교실에 가자."

"그래."

안은 이치카와 나란히 걸었다. 하지만 마음이 무거웠다. 평소의 방과 후와는 조금 달랐다. 평소였으면 오늘은 무엇을 하고 놀지, 숙제를 먼저 할지 등등 방과 후 계획을 세웠을 테지만, 오늘은 어쩐지 그럴 마음이 들지 않았다.

"안, 이거 고마워. 진짜 마음에 들어."

이치카가 그렇게 말하며 안에게 책가방을 보여주듯이 등을 돌렸다. 열쇠고리처럼 달 수 있는 인형이 이치카의 책가방 옆에서 흔들거렸다. 토이 스토리에 나오는 카우걸 제시였다. 얼마 전 안이 디즈니랜드에서 갔다가 사 온 기념 선물이었다. 이치카가 선물을 무척 마음에 들어해서 기뻤지만….

안을 디즈니랜드에 데려간 사람은 아빠, 엄마가 아니라 할부지, 할무니였다. 안은 할부지와 할무니를 무척 좋아하지만, 예전부터 조금 수상하다고 생각했다. 우선 첫 번째 이유. 두 사람은 이상하게도 젊었다. 특히 할무니는 희한할 정도로 젊었다. 할머니보다는 이모라는 말이 더 어울렸다. 할부지는 배도 나오지 않았고 머리카락도 많았다. 할아버지 같은 느낌은 아니었다.

두 번째 이유. 두 사람은 엄청난 부자인데, 안은 그들이 어떻게 돈을 버는지 아는 바가 전혀 없었다. 예를 들면, 이치카네 아빠와 엄마는 같은 회사에 다니면서 소위 말하는 사내 결혼을 했다고 한다. 안의 아빠는 경찰이고, 엄마는 우에노에 있는 서점에서 일한다. 평범한 사람들은 회사에서 월급을 받고, 그 돈으로 밥을 먹거나 장난감을 산다.

하지만 할부지와 할무니는 어떻게 돈을 버는지 당췌 모르겠다. 일하는 것 같지도 않고, 평일 낮부터 술을 마신다. 이 사람들은 대체 뭘 하는 사람들일까. 초등학교에 들어올 때부터 줄곧 그것이 궁금해서 사실 물어본 적도 있다. 할부지 할무니는 뭘 해서 돈을 벌어? 라고. 그때 할부지는 웃으며 말했다.

"안, 조금 더 크면 가르쳐 줄게."

그리고 얼마 전 디즈니랜드에 갔다. 갈 때는 할부지가 모는 빨간색 페라리라는 차를 탔고—할부지는 놀랍게도 볼 때마다 다른 차를 탔는데, 거의 다 비싼 외제차였다—집으로 돌아올 때는 검은 벤츠를 타고 왔다. 일요일이라 디즈니랜드에는 사람이 많았고 2시간을 기다려야 탈 수 있는 놀이기구도 있었다. 다음에는 어떤 놀이기구를 탈지 이야기하면서 걷다가 할무니가 할부지에게 말했다.

"여보, 지금 몇 시예요?"

"글쎄. 깜빡하고 손목시계를 안 차고 왔어."

바로 다음 순간이었다. 할부지는 앞에서 걸어오는 행인을 스쳐 지나가면서 그 남자가 차고 있던 손목시계를 획 낚아채 자기 손목에 찼다. 겨우 몇 초 만에 벌어진 일이었다. 손목시계를 뺏긴 남자는 전혀 눈치채지 못했는지 아이들과 담소를 나누며 지나갔다.

"안, 왜 그러니?"

안이 너무 놀라서 멈춰 서자, 할부지가 물으며 다가왔다. 안은 놀라서 말이 나오지 않았다. 할부지가 찬 반짝반짝한 금시계를 멍하니 가리키자, 할부지는 씨익 웃으며 말했다.

"봤구나. 역시 내 손녀야. 동체 시력이 만만치 않군. 에츠코, 기뻐해. 안에게도 내 피가 흘러."

"그야 당연하죠, 손녀니까. 그보다 여보, 빨리 레스토랑에 가요."

양산을 쓴 할무니가 그렇게 말했다. 할무니는 놀이기구가 별로인지 레스토랑이나 카페에서 차를 마시고 싶어 했다. 그러고 보니 할무니도 양산을 깜빡했다고 했는데, 이제 보니 양산을 들고 있었다. 설마 저것도….

"안, 여기서만 하는 얘기다."

할부지가 그렇게 말하며 한쪽 눈을 감고는 이어서 말했다.

"할부지는 이래 봬도 도둑이야. 물론 할무니도. 아, 착각하면 안 돼. 도둑 중에서도 좋은 도둑이거든. 이 세상에는 좋은 도둑과 나쁜 도둑이 있는데, 할부지는 아주아주 좋은 도둑이야. 그걸 잊지 마라."

안은 이해가 되지 않았다. 좋은 도둑과 나쁜 도둑. 그렇게 나뉘는 기준을 모르겠다. 할부지와 할무니는 도둑이다. 그 충격적인 사실에 머리가 어지러워 신데렐라 성이 부옇게 보일 정도였다.

"안, 디즈니랜드에 몇 번 가봤어?"

이치카의 질문에 정신을 차린 안이 대답했다.

"음, 이번이 세 번째였나?"

"좋겠다. 나는 한 번밖에 못 가봤는데."

안이 다니는 돌봄교실 '단짝'은 초등학교 교문을 빠져나와 횡단보도를 건너면 바로 나온다. 걸어서 1분 거리라 인기가 많은 곳이었다. 평소처럼 문을 열고 돌봄교실 안으로 들어갔다. 예전에는 서예 학원으로 쓰이던 넓은 교실에서 아이들 몇 명이 책상 앞에 앉아 학습지를 펼쳐 놓고 있었다.

"안녕."

마스다 아키에 선생님이 안과 이치카를 맞아 주었다. 마스다 선생님은 전직 교사라고 했다. 다정한 선생님이었다.

"두 사람도 숙제를 먼저 끝내면 어떨까? 다 하면 밖에서 놀아도 돼."

"네에."

안과 이치카는 한목소리로 대답하며 책가방을 내려놓았다. 학교가 가까우니 돌봄교실에서 숙제를 마치면 항상 다시 학교로 돌아가 저녁까지 운동장에서 놀았다. 비 오는 날에는 돌봄교실에서 그림을 그리거나 피아노를 쳤다.

"안, 뭐부터 할 거야?"

"음…. 산수부터 할까?"

"그럼 나도 산수 할래."

산수 프린트를 꺼냈다. 연필을 들고 문제를 풀기 시작했지만, 평소처럼 집중할 수는 없었다. 자꾸만 할부지와 할무니 생각이 났다. 두 사람은 도둑이다. 아빠와 엄마는 그 사실을 알까?

★

"하나코 씨, 전화 왔어요."

"어디서 온 전화예요?"

"초등학교래요."

오후 5시를 조금 넘긴 시각, 서점 계산대에 서 있던 하나코에게 동료 직원이 말을 걸었다. 하나코는 "잠깐만 부탁해요." 하면서 근처에 있는 직원에게 고개를 숙이고는 계산대 뒤편 직원실로 향했다. 초등학교에서 온 전화. 대체 무슨 일일까. 불안한

마음을 다잡으며 수화기를 들었다.

"네. 전화 바꿨습니다."

"안 어머님이시죠? 저는…."

전화를 건 사람은 딸 안이 다니는 초등학교의 교사였다. 이름은 코바야시. 안의 담임인 젊은 남자 교사였다. 구립 히가시무코지마 초등학교에 다니는 안은 올해로 2학년이 되었다. 방과 후에는 학교 근처에 있는 돌봄교실에 간다. 초등학교에 들어간 뒤로 계속 다니고 있다.

"…그런데 안을 찾을 수가 없어요. 아무리 찾아봐도 없습니다."

숙제를 마친 안이 돌봄교실에서 나갔을 때가 1시간 30분 전이라고 했다. 안은 평소처럼 친구들과 함께 초등학교 운동장에가서 놀았다. 같은 돌봄교실에 다니는 아이들끼리 모여서 숨바꼭질을 시작했다고 한다. 한 명을 찾고, 두 명을 찾고, 마지막으로 남은 사람이 안이었다. 그러나 아무리 찾아도 안이 보이지않았다. 결국 술래뿐만 아니라 모든 아이들이 찾으러 돌아다녔지만, 안은 없었다. 당황한 아이들은 교무실을 찾아갔고 울면서 담임 선생님에게 상황을 전했다고 한다.

"어찌어찌하다 보니 1시간이 지났습니다. 어머님은 방법이있으실까 해서…. 워낙 세상이 흉흉하니 무슨 일이라도 생기면큰일이잖습니까. 경찰을 부르기 전에 어머님께 먼저 말씀드리는 게 순서인 것 같아서 연락드렸습니다."

1학년 때부터 안을 맡은 코바야시는 안의 아빠가 무슨 일을 하는지도 알았다. 그래서 이렇게 하나코에게 연락을 준 것 같다.

"알겠습니다. 제가 바로 갈게요."

하나코의 퇴근 시간은 오후 5시 30분이었다. 앞으로 20분 정도가 남았지만, 그때까지 기다릴 수는 없었다. 마침 직원실에 있던 점장에게 사정을 이야기하고 일찍 퇴근했다. 사서용 앞치마를 벗고 가방을 챙겨 서점에서 나왔다. 택시를 잡았다.

안은 전과가 있었다. 약 1년 전, 오늘 같은 일이 있었다. 그때는 술래잡기였는데, 안이 사라진 것이다. 그때도 오늘처럼 연락이 왔고, 하나코가 황급히 달려가서 다른 사람들과 함께 안을 찾았다. 결국 안은 학교 건물 옆에 있는 하수구에서 발견되었다. 술래에게 잡히지 않겠다는 일념으로 하수구에 숨었다고 한다. 도망치거나 숨는 것에 열중하는 특성을 타고 태어났나 싶어 하나코는 등골이 서늘했다.

학교로 향하기 전에 먼저 히가시무코지마에 있는 사쿠라바 본가에 들렀다. 사쿠라바 가문은 남편 사쿠라바 카즈마의 본가이자, 가족들이 모두 경찰 관계자인 경찰 일가였다. 가족들이 모두 도둑인 미쿠모 가문과는 대척점에 있는 집안인데, 하나코가 하필 그런 가문의 아들과 결혼해버렸으니, 정말 인생은 알다가도 모를 일이다. 카즈마의 아버지 사쿠라바 노리카즈는 지금도 경찰청 경호부에서 근무하고, 어머니 미사코는 과학수사대 비상근 직원이다. 카즈마의 할아버지는 전직 경찰청 수사 1과 과장이고, 할머니는 전직 경찰견 훈련사이다.

초인종을 눌렀지만 집에 아무도 없는 듯해서 정원으로 들어가 개집 쪽으로 향했다. 개집 앞에 셰퍼드 한 마리가 누워 있었고, 그 옆에서 한 노인이 죽도를 휘두르고 있었다. 카즈마의 할아버지 사쿠라바 와이치였다. 전직 경찰청 수사1과 과장답게 강인한 분위기를 풍겼다. 와이치가 하나코를 보고 말했다.

"어, 하나코. 어쩐 일이냐?"

"실은…." 하나코가 설명했다. 와이치는 하나코의 이야기를 듣고 옆에 있는 셰퍼드에게 말했다.

"아폴로, 네가 나설 차례다."

은퇴한 경찰견 아폴로였다. 사쿠라바 가문은 원래 돈이라는 은퇴 경찰견을 키웠지만, 돈이 열여덟 살까지 살다가 편안하게 세상을 떠나서 그 대신 아폴로가 이 집에 왔다. 돈과도 혈연관계였고 경찰견 시절에도 활약한 명견이었다.

"죄송해요. 그럼 잠깐 데려가겠습니다. 아폴로, 가자."

하나코는 지난번 일을 반성하며—1년 전에 안이 없어졌을 때, 도무지 찾을 수 없어서 한참을 고생했다—이번에는 아폴로의 힘을 빌리기로 했다. 목줄을 잡고 아폴로를 정원에서 데리고 나왔다. 너그러운 택시 기사가 양해해 준 덕에 아폴로를 뒷좌석에 태우고 초등학교로 향했다.

"어머님, 이쪽입니다."

택시에서 내리자, 코바야시라는 남자 교사가 정문 앞에서 손을 들었다. 하나코가 다가가자, 코바야시는 아폴로를 보고 놀란 표정을 지었다. 하나코는 얼른 설명했다.

"은퇴 경찰견 아폴로예요. 선생님, 정말 죄송합니다. 안 때문에 고생이 많으시죠."

"아닙니다. 이건 교내에서 일어난 일이니 학교 측에도 책임이 있습니다. 그리고 안은 아무래도 학교 건물 어딘가에 숨어 있는 것 같습니다."

코바야시 뒤에 아이들 몇 명이 서 있었다. 안과 함께 숨바꼭질을 하던 아이들일 것이다. 하나코는 그 아이들에게도 "미안해, 얘들아."라고 말했다. 아이들은 불안한 표정을 지었지만, 하나코가 데려온 아폴로를 궁금해하는 것 같기도 했다.

"신발장에 안의 신발이 남아 있어요. 실내화가 없는 걸 보면 아마 건물 안 어딘가에 숨어 있는 것 같습니다."

그 추리가 맞을 것이다. 안이 아무리 영특해도 실내에 있는 것처럼 꾸며 놓고 밖에 숨을 생각은 못 했을 것이다. 하나코는 우선 신발장을 보여 달라고 했다. 선생님의 말처럼 안의 신발이 들어 있었다. 하나코는 그 신발을 집어 아폴로의 코에 가져다 댔다. 아폴로는 킁킁거리며 냄새를 맡더니 학교 건물 안으로 들어갔다.

아폴로가 복도 냄새를 맡으면서 추적을 시작했다. 하나코와 교사 코바야시, 아이들이 그 뒤를 따라갔다. 아이들은 안이 숨은 장소보다 아폴로의 움직임에 더 관심을 보이는 것 같았다. 그렇지 않아도 셰퍼드는 보기 힘든데 심지어 은퇴한 경찰견이니 그럴 만도 했다.

아폴로가 계단을 올라 향한 곳은 3층이었다. 아폴로는 3층 복도 끝에 있는 교실로 들어갔다. 음악실이었다. 방과 후라서 음악실에는 아무도 없었다. 한쪽에 놓인 피아노 한 대가 보였다. 하나코가 초등학생이던 시절에는 바흐나 쇼팽 같은 위대한 작곡가들의 초상화가 벽에 걸려 있었지만, 이 음악실에는 그런 사진이 없었다.

아폴로가 "왈!" 하며 짖었다. 천장 쪽을 올려다보고 있었다. 천장에는 점검구가 있었다. 설마 저런 곳에….

코바야시도 비슷한 생각을 한 모양이다. 샌들을 벗은 코바야시가 교단 위에 올라가서 손을 뻗어 점검구를 열었다. 점검구 내부를 들여다본 코바야시가 말했다.

"찾았어요. 안을 찾았어요!"

아이들이 아폴로 주변으로 모여들었다. 안을 찾았다는 사실보다 아폴로의 후각에 관심을 갖는 것 같았다. 아폴로도 칭찬받는 것을 아는지 얌전히 앉아서 꼬리를 흔들었다.

안이 코바야시에게 안겨 천장에서 내려왔다. 눈이 졸려 보였다. 숨어 있다가 깜빡 잠들었나 보다. 옷과 머리카락이 먼지투성이였다.

"안, 찾았다!"

술래였던 남자아이가 그렇게 말하자, 다른 아이들이 일제히 웃음을 터뜨렸다. 하나코도 씁쓸하게 웃었다. 나중에 안에게 따끔하게 주의를 줘야겠다.

"정말 죄송해요, 선생님. 면목이 없습니다. 얘들아, 고마워. 정말 미안해."

하나코가 그렇게 말하며 고개를 숙이자, 코바야시가 송구하다는 듯 말했다.

"괜찮습니다, 어머님. 안을 찾아서 다행이에요. 아이들이 강아지를 좋아하는 것 같으니 잠깐 운동장에서 놀다 가게 해도 될까요?"

"네. 그 정도는 가능해요."

하나코는 근처에 있는 아이에게 목줄을 건넸다. 아폴로가 일어나서 아이들과 함께 걸어갔다. 안은 아무 일도 없었다는 듯 아폴로와 나란히 걸었다.

"안, 엄마가 말했지? 친구들이랑 놀 때는 친구들 페이스에 맞추라고."

집에 돌아왔다. 중간에 사쿠라바 본가에 들러 아폴로를 돌려주고 마트에 들러 장까지 본 탓에 벌써 오후 7시였다.

"페이스라는 말 알아? 친구들이랑 비슷하게 하라는 거야. 숨바꼭질할 때도 마찬가지야. 친구들이랑 비슷한 장소에 숨어야 해. 천장 같은 데 숨으면 안 돼."

안은 대답하지 않았다. 왠지 심통이 난 것 같다. 학교에서 무슨 일이 있었나.

"안, 엄마 얘기 제대로 듣고 있어?"

"…듣고 있어."

"숨바꼭질할 때는 특히 조심해. 친구들이 안을 찾으러 다니다가 밤이 될 수도 있어. 그러면 친구들이 힘들잖아. 자기 위치를 들키는 것도 중요해."

"하지만… 들키면 지는 거잖아."

"져도 괜찮아. 노는 거니까."

누구를 닮았는지 안은 운동신경이 뛰어났다. 특히 깜짝 놀랄 만큼 민첩해서 술래잡기할 때 잡혀본 적이 없다고 할 정도였다. 운동신경뿐만 아니라 승부를 향한 집념도 아이답지 않게 강해서 결국 오늘 같은 일을 만들고 말았다.

입으로는 딸에게 주의를 주는 하나코였지만, 사실 안을 보면 어린 시절의 자신이 겹쳐 보였다. 하나코도 어릴 때 말괄량이였고 남자아이들과 놀면서도 뒤처져 본 적이 없는 데다 숨바꼭질이나 술래잡기에서 져 본 기억이 없었다. 오늘 안이 그랬듯이, 숨바꼭질 도중에 아무에게도 들키지 않아서 밤까지 숨어 있는 하나코를 할아버지 이와오가 찾아낸 적도 한두 번이 아니었다.

역시 내 딸이구나. 하나코는 강한 애착을 느끼다가도, 절대 나처럼 크게 하면 안 된다고 고쳐 생각했다. 이 아이만은 도둑으로 만들면 안 된다. 안은 평범한 아이로 자랐으면 좋겠다. 하나코의 간절한 바람이었다.

"안, 알겠어? 친구들이랑 비슷하게. 이겼냐, 졌냐가 중요한 게 아니야."

"싫어. 지기 싫어."

"수업시간에는 그래도 돼. 공부나 운동을 할 때는 최선을 다해도 돼. 하지만 놀이는 놀이야. 친구들이랑 즐거운 시간을 보내는 게 중요한 거야."

"놀 때도 지면 안 된다고 할부지가 그랬어. 패배는 죽음과도 같대."

할부지. 하나코의 아버지 미쿠모 타케루를 가리키는 말이었다. 안은 미쿠모 가문의 조부모를 할부지, 할무니로, 사쿠라바 가문의 조부모를 할배, 할매로 불렀다. 그런데 안은 공교롭게도 할부지와 할무니를 무척이나 따랐다. 타케루와 에츠코도 그것이 싫지 않은지 그야말로 눈에 넣어도 아프지 않을 만큼 손녀를 예뻐했다.

"전에도 말했지만, 할부지랑 할무니는 조금, 아니, 많이 특이해. 그분들이 하는 말은 곧이곧대로 들으면 안 돼."

"곧이곧대로 들어?"

"진지하게 들으면 안 된다는 말이야."

얼마 전까지만 해도 마냥 어린아이 같던 안은 어느새 대화로 제대로 된 의사소통을 할 수 있게 되었다. 상황을 이해하지 못할 줄 알았는데 의외로 날카로운 지적을 할 때도 있었다.

사실 안은 수업시간에도 놀라운 운동신경을 발휘해 반에서 주목을 받는 모양이었다. 남녀를 불문하고 반에서 가장 발이 빨랐고, 여름철에 들은 수영 수업에서도 1분 넘게 잠수해서 주변을 놀라게 했다고 한다.

"친구들이랑 비슷하게. 친구들이랑 비슷한 게 제일이야."

다른 사람과 협조하는 태도를 안에게 가르쳐주고 싶었지만, 어떻게 설명하면 좋을지 몰라 답답했다.

"친구들이랑 비슷한 건 싫어. 1등이 좋아. 할부지도 이기지 않으면 의미가 없다고 그랬어."

"그러니까 할부지가 하는 말은 들으면 안 된다니까."

안은 입을 꾹 다물었다. 무언가 하고 싶은 말이 있는 표정으로 바라보는 안에게 하나코가 말했다.

"왜? 하고 싶은 말이 있으면 해도 돼."

"할부지는 도둑이지? 도둑인데 왜 아빠가 잡아가지 않아?"

결국 이날이 오고야 말았구나. 순간 머리가 새하얘졌다. 언젠가 이런 날이 올 줄 알았다. 안이 수상한 할아버지, 할머니의 정체를 알아차리는 날이 올 줄 알았다. 다만 조금 더 나중일 줄 알았다. 하지만 이미 알아 버렸으니, 이제 어쩔 도리가 없었다.

"안, 무슨 말이야? 할부지가 도둑일 리가 없잖아."

시치미를 뗐다. 그것 말고는 할 수 있는 일이 없었다. 하지만 안은 입을 삐죽이며 말했다.

"그치만 할부지가 그렇게 말했는걸."

"그냥 안을 놀린 거야."

"내가 봤어. 할부지가 시계 훔치는 거. 할부지는 좋은 도둑이 래. 나쁜 도둑이 아니라서 아빠가 잡아가지 않는 거야?"

머리가 지끈거렸다. 타케루의 얼굴이 떠올랐다. 얼마 전 디즈 니랜드에 갔을 때였을까. 도둑질하는 장면을 안에게 들키자, 뻔 뻔하게 인정한 것이 틀림없다. 뻔뻔하게 구는 것은 아버지의 특 기였다. 아니, 언제나 뻔뻔함 그 자체인 사람이었다.

"할부지는 도둑이 아니야. 할부지가 도둑이면 엄마도 곤란해 지는걸. 안, 밖에서는 그런 이상한 소리 하면 안 돼."

가장 걱정되는 것은 안이 학교에 말을 퍼뜨리는 것이었다. 우리 할아버지는 도둑이에요. 그런 말을 하고 다닌다면 걷잡 을 수 없는 일이 벌어질 것이다.

"안, 약속해. 할부지는 도둑이 아니야. 학교에서 이상한 말 하면 안 돼. 알았지?"

안은 대답하지 않았다. 태도로 보건대 수긍하지 못하는 것 이 분명했다. 하지만 계속해서 이 주제로 대화할 수는 없었다.

"안, 손 씻고 와. 곧 아빠 오시겠다."

마침 초인종이 울렸다. 카즈마가 돌아온 모양이다. 아직 저녁 식사를 준비하지 못했다. 하나코는 허둥지둥 앞치마를 두르고 장을 봐 온 식재료로 손을 뻗었다.

★

"아카키리시마. 온더록으로요."

호죠 미쿠모는 그렇게 말하며 빈 잔을 카운터 위에 올려놓았다. 그러자 이제는 친구처럼 익숙해져 버린 사장님이 얼굴에 웃음을 띠었다.

"미쿠모, 너무 급하게 마시는 거 아니야?"

"아직 두 잔째인걸요."

카마타역 근처에 있는 이자카야였다. 테이블 두 개와 카운터 석뿐인 좁은 가게는 80퍼센트 가까이 자리가 차 있었다. 미쿠모는 적어도 일주일에 두세 번은 이 가게에 온다. 말고기 회와 수제 크로켓은 항상 주문하는 인기 메뉴였다.

"자, 아카키리시마 온더록."

"감사합니다."

아직 두 잔째라고 했지만, 미쿠모는 벌써 적잖이 취했다. "여기 말고기 회." 하면서 사장님이 말고기 회가 담긴 접시를 미쿠모 앞에 놓았을 때, 가게 문이 열렸다. 그리고 한 여자가 들어왔다. 미쿠모는 그 여자를 향해 목소리를 높였다.

"카오리 선배님, 여기예요."

사쿠라바 카오리가 미쿠모 쪽으로 걸어왔다. 직장에서 바로 왔는지 남색 바지 정장 차림이었다. 카오리는 미쿠모 옆에 앉으며 사장님에게 말했다.

"생맥주랑 하이볼 주세요."

"예이."

사쿠라바 카오리. 미쿠모가 경찰청 수사1과에 있을 때 사수였던 사쿠라바 카즈마의 여동생. 나이는 올해로 서른셋이었다. 이목구비가 뚜렷한 미인이지만, 취미가 웨이트 트레이닝인 여자답게 정장 위로 이두근이 드러나 보였다. 성씨가 바뀌지 않고 계속 '사쿠라바'인 것은 다시 말해 미혼이라는 뜻이었다(일본에서는 법적으로 부부가 같은 성을 써야 한다. 주로 여자가 남자의 성을 따른다. - 옮긴이 주).

"건배."

"수고하셨습니다."

잔을 부딪쳤다. 카오리는 생맥주를 반쯤 마신 뒤에 하이볼을 체이서처럼 벌컥벌컥 들이켰다. 세다. 카오리는 카마타 경찰서로 오기 전에 경찰청 기동수사대에서 근무했고, 남자 못지않게 활약했다는 소문이 돌았다. 지금은 카마타 경찰서 교통과에 있지만, 머지않아 다시 기동수사대로 돌아갈 것이라고 본인도, 주변 사람들도 믿어 의심치 않았다.

"오늘은 뭐 했어?"

카오리가 묻자, 미쿠모가 대답했다.

"서류를 정리했어요."

"정말 아깝다, 아까워. 신세기의 홈즈가 될 분인데."

카오리가 짓궂게 말했다. 미쿠모는 요즘 카마타 경찰서 형사과에서 일한다. 배속된 지 1년 반이 지났다.

미쿠모는 일본을 대표하는 탐정사무소의 후계자이다. 아버지는 21세기 홈즈로 불리는 호죠 소타로이고, 돌아가신 할아버지 호죠 소신은 20세기 홈즈로 칭송받는 명탐정이었다. 미쿠모가 더 많은 형사 사건을 해결하고 싶다는 일념으로 경찰청에 들어온 것은 지금으로부터 4년 전 봄이었다.

첫해부터 경찰청 수사1과에 배속된 이례적인 인사였다. 미쿠모는 그 기대에 부응해 연달아 사건을 해결했지만, 예상치 못한 사건이, 아니, 행운이 찾아왔다. 그렇다. 운명의 남자를 만난 것이다.

문제는 그 상대였다. 미쿠모 와타루. L의 일족이라는 도둑 일가의 장남이었다. 탐정의 딸과 도둑의 아들. 절대 만날 수 없는 평행선 같던 두 사람은 어찌 된 일인지 양가 부모님의 허락을 받아 결혼했다. 다만, 사실상 부부여도 혼인신고를 할 수는 없어서 당시 미쿠모가 살던 경찰청 기숙사를 정리하고 와타루가 사는 츠키시마 아파트에 들어간 것이 전부였다.

매일이 즐거웠다. 태어나 처음으로 하는 동거. 게다가 상대는 운명의 남자. 즐겁지 않을 리가 없었다. 하지만 이별은 갑작스레 찾아왔다. 동거를 시작한 지 1년이 되었을 때, 미쿠모는 와타루와 갈라서게 되었다.

신은 감당할 수 있는 시련만 준다는 말은 거짓말이다. 미쿠모는 실연의 아픔에서 헤어 나올 수 없었다. 당연히 일에도 지장이 생겨 수사1과에서 애물단지가 되었다. 수사를 못 하는 형사는 수사1과에 필요 없다. 선배 사쿠라바 카즈마가 끝까지 미쿠모를 감싸주었지만, 결국 그녀는 관할서로 이동하게 되었다. 미쿠모보다 먼저 부서를 옮긴 옛 상사 마츠나가가 데려가겠다고 나서준 덕분에 그나마 카마타 경찰서 형사과 구석에 붙박여 지낼 수 있게 된 미쿠모였다.

"미쿠모, 눈치 보지 말고 팍팍 마셔."

"감사합니다, 카오리 선배님."

미쿠모가 카마타 경찰서에서 사쿠라바 카오리를 만난 것은 정말 우연이었다. 하지만 미쿠모는 이 우연이 고마웠다. 카오리는 L의 일족이라는 미쿠모 가문의 비밀을 아는 몇 안 되는 사람 중 한 명이었다. 그녀의 오빠가 미쿠모 가문의 장녀 미쿠모 하나코와 함께 살기 때문이었다.

"…역시 사람은 겉모습으로 판단하면 안 되는구나. 난 자주 만나 보지는 못했지만, 와타루 씨는 딱 봐도 초식남이잖아. 여차하면 풀마저 끊고 물만 마시며 살 것 같은데, 그런 남자도 바람을 피우다니."

합석한 지 1시간 후, 카오리는 일찌감치 취해 버렸다. 카오리는 취하면 늘 이런 이야기를 꺼냈고, 미쿠모는 그때마다 부정했다.

"아니에요. 와타루 씨가 바람피워서 헤어진 게 아니라니까요."

"그럼 미쿠모야? 하긴, 넌 예쁘니까 다가오는 남자가 끊이질 않겠지."

"저도 아니에요. 카오리 선배님, 지금 똑같은 얘기를 몇 번이나 하는 거예요?"

미쿠모는 와타루와 헤어진 이유를 아무에게도 말하지 않았다. '그런 것' 때문에 헤어졌다는 말은 창피해서 어디 가서 할 수 없었다.

"사장님, 생맥주랑 하이볼 주세요."

"그럼 저는 아카키리시마 온더록으로요."

"둘 다 그만 마시지 그래? 내일도 일해야지."

사장님이 타이르자, 두 사람은 이쯤에서 멈추기로 했다. 대신 사장님이 내준 따뜻한 녹차를 홀짝였다. 미쿠모는 카오리와 이렇게 술을 마시면서 비로소 자기가 술이 센 것을 깨달았다. 아버지 소타로는 면과 디저트만 먹는 괴짜였고, 엄마 타카코는 그다지 알코올을 입에 대지 않는 사람이라서 자신도 그다지 술이 세지 않을 줄 알았다. 하지만 이제는 이렇게 술집에 눌어붙어 지낸다. 죄책감이 느껴졌지만, 한편으로는 일을 마치고 귀가하는 길에 직장 동료와 한잔하는 자신이 진짜 도쿄 사람 같아서 뿌듯했다.

계산을 마치고 밖으로 나왔다. 카마타 상점가에는 행인들이 많았다.

"미쿠모, 그럼 다음에 보자."

"덕분에 잘 먹었습니다. 조심히 들어가세요."

직립 부동 자세로 경례하며 선배 여경을 배웅했다. 카오리가 골목을 돌아 사라지는 것을 확인한 뒤 핸드백을 손에 들고 걸었다. 미쿠모는 여기서 도보로 5분 거리에 있는 공동주택에서 산다. 상점가에서 골목을 하나 더 들어가서 걷는데, 소리 없이 다가오는 그림자가 있었다. 그 그림자가 페트병에 든 녹차를 건네며 말했다.

"아가씨, 과음하셨습니다."

"내 사생활에 참견하지 말아줘."

이 노인은 조수 야마모토 사루히코이다. 할아버지와 아버지, 총 2대에 걸쳐 호죠 가문을 섬긴 조수이자 미쿠모가 경찰청에 들어올 때 함께 도쿄로 파견된 감시자였다. 정보를 수집하는 능력은 확실했지만, 최근에는 그다지 활약할 기회가 없었다.

"이런 아가씨의 모습을 보시면 선대께서도 한탄하실 겁니다."

선대는 미쿠모의 할아버지 호죠 소신을 가리키는 말이었다. 할아버지 껌딱지였던 미쿠모는 할아버지를 무척 좋아했다. 형사의 길을 선택한 것도 돌아가신 할아버지의 조언 때문이었다.

미쿠모는 아무 말 없이 밤길을 걸었다. 알고 있었다. 이런 식으로 삶을 낭비하면 안 된다는 것쯤은 미쿠모도 알고 있었다. 하지만 의욕이 생기지 않았다. 수사를 하거나 사건의 수수께끼를 풀 마음이 들지 않았다. 나는 법을 잊어버린 새처럼, 매일

자기 자리에 붙박여 있을 뿐이었다.

10월 초라 그런지 뺨을 스치는 바람이 조금 차가웠다.

★

밤 9시 30분. 안이 드디어 잠들자, 하나코는 침실에서 나왔다. 카즈마가 거실에서 맥주를 마시며 TV를 보고 있었다. 안이 잠든 것을 알았는지 TV 음량을 조금 올렸다. NHK 뉴스였다.

"카즈마, 잠깐 얘기 좀 할까?"

"응, 그래. 무슨 일 있어?"

"사실은…."

오늘 일어난 일을 카즈마에게 이야기했다. 안이 숨바꼭질을 하다가 음악실 천장 위에 숨는 바람에 학교에서 연락이 왔다고. 후각 좋은 아폴로가 없었으면 발견하지 못했을지도 모른다고. 하나코의 이야기를 듣자, 카즈마는 작게 웃었다.

"천장이라니, 진짜 대단하다."

"찾는 사람 입장도 생각해 봐."

"역시 피는 못 속이는구나. 공교롭게도 미쿠모 가문의 피를 더 진하게 받은 것 같지만."

인정하고 싶지 않지만 사실이었다. 생각해 보면 몇 년 전부터 조짐이 보였다. 안은 어린이집에 다니던 때부터 장난치기를 좋아했다. 장난을 치다가 들키면 당연히 혼이 난다. 안은 혼나기 싫어서 도망쳤다. 하나코는 그 뒤를 쫓았고, 안은 또 도망갔다. 그것이 반복되었다. 지금 돌이켜 보면, 안은 도망가기를 좋아한 것 같다. 다시 말하자면, 도망가는 행위 자체가 재미있어서 도망가기 위해 장난을 친 것이다.

"카즈마, 웃을 때가 아니야. 안이 결국 알아버린 것 같아."

"뭐? 정말?"

"얼마 전에 아빠랑 엄마가 안을 디즈니랜드에 데려갔잖아. 그때 봤나 봐."

"그건 큰일인데. 그래서 어떻게 했어?"

"할부지는 도둑이 아니라고 할 수밖에 없었지."

"그건 그래."

언제까지고 숨기기는 힘들 줄 알았다. 하지만 적어도 2, 3년쯤 후에 알기를 바랐다. 고학년이 되면 창피하다는 감정을 느끼지 않을까 기대했다. 할아버지와 할머니가 도둑인 것이 창피해지면, 안은 자기 입으로 그 사실을 떠벌리고 다니지 않을 것이다. 하나코가 그랬듯이.

하지만 지금 안은 초등학교 2학년이다. 생각을 바로바로 입 밖으로 꺼내는 나이였고, 할아버지와 할머니가 도둑이라는 것이 어떤 의미인지도 완벽하게 이해하지 못할 터였다. 우리 할아버지랑 할머니는 도둑이야. 그런 식으로 자기도 모르게 말을 흘릴 가능성도 없지 않았다.

"그런데 하나코, 장인어른이랑 장모님도 진심으로 안에게 도둑을 시킬 생각은 없으실 거야."

"카즈마는 너무 물러. 우리 부모님을 만만히 보지 않는 게 좋아."

L의 일족. 사람들은 미쿠모 가문을 그렇게 부른다. 할아버지 이와오는 전설의 소매치기, 할머니 마츠는 못 따는 자물쇠가 없는 자물쇠 전문가. 아버지 타케루는 미술품 전문 도둑이고, 엄마 에츠코는 귀금속 도둑이며, 오빠 와타루는 해커이다. 정상적으로 사는 사람은 하나코뿐이었다.

"안이 당신한테도 뭔가를 물어볼지 몰라. 그러면 잘 넘겨줘."

"알았어. 얼버무리면 되지?"

"응. 부탁해."

내일 아침 학교에 보내기 전에 한 번 더 못을 박아야겠다. 반에서 할아버지, 할머니가 도둑이라는 말을 하고 다녀도 주변 사람들이 그대로 믿지는 않겠지만, 혹시 모르니 조심하고 또 조심해야 한다.

"하나코, 와타루 형님은 여전하셔?"

"응. 여전히 방에 틀어박혀 지내나 봐."

"형님이 역할을 잘해주시면 달라질 텐데."

아빠와 엄마도 오빠가 사는 초고층 아파트에 가끔 들르는 듯했지만, 오빠는 기본적으로 집에 틀어박혀 지냈다. 사실 아빠와 엄마가 손녀 안에게 치근덕대는 데에는 오빠 와타루에게 약간의 원인이 있었다.

오빠는 20대 때부터 줄곧 자기 방에 틀어박혀서 정부와 기업을 해킹했다고 한다. 그러던 오빠가 서서히 밖으로 나오게 되었고, 3년 전에는 드디어 좋아하는 여자가 생겼다. 그 여자는 공교롭게도 호죠 미쿠모라는 카즈마의 후배 형사였다. 심지어 그녀는 일본에서 가장 유명한 탐정 일가의 딸이었다.

우여곡절 끝에 양가 어른들의 허락을 얻어낸 두 사람은 동거를 시작했지만, 그 생활이 오래가지는 못했다. 자세한 정황은 모르지만, 미쿠모는 츠키시마 아파트에서 나갔고, 그 뒤로 오빠 와타루는 과거로 돌아간 것처럼 방에서 한 발짝도 나오지 않게 되었다.

드디어 자립한 줄 알았던 장남이 다시 예전처럼 고립된 삶을 살게 되었다. 부모로서 느낄 초조함은 말하지 않아도 알 것 같다. 그래서 두 사람은 하나뿐인 손녀를 눈여겨보기 시작했다. 미쿠모 가문의 미래가 이 아이에게 달린 것 아닐까, 하면서.

하나코로서는 달갑지 않은 일이었다. 하나코는 딸을 도둑으로 만들 생각이 추호도 없었고, 오히려 딸이 갖지 않았으면 하는 직업 1위가 도둑이었다. 그래서 가능한 한 안을 부모님과 떨어뜨려 놓으려고 애썼지만, 이미 그 두 사람과 정이 든 안을 막을 수는 없었다. 하나코는 과거의 안일함을 후회했다.

"이러니저러니 해도 결국 괜찮을 거야."

카즈마가 가볍게 말했다. 이렇게 태평한 성격은 자주 도움이 되었다. 도둑 일가의 딸을 아내로 맞이했으니 카즈마도 나름대로 고충이 있었을 테지만, 그는 하나코 앞에서 그런 내색을 한 적이 없다. 그런 점에서 하나코는 카즈마에게 고마웠다.

"그래. 괜찮을 거야. 분명히."

어쨌든 눈에 띄게 행동하면 안 된다. 안에게 한 번 더 당부해야겠다.

"하나코, 아직 맥주 있지?"

"있을 거야. 잠깐만."

하나코는 오늘 여러 일을 처리하느라 조금 피곤했다. 나도 맥주나 한잔할까. 하나코는 그렇게 생각하며 일어섰다.

★

카마타 경찰서는 칸죠 8호선과 붙어 있었고, 소속된 직원이 400명을 넘는 대규모 경찰서였다. 미쿠모는 카마타에서 다양한 범죄가 빈발할 것이라 상상했지만, 막상 와 보니 자전거 절취나 가벼운 절도 같은 경범죄만 많고 살인 같은 중범죄 발생률은 높지 않았다. 카마타 경찰서로 오기 전에 있던 경찰청 수사1과에서는 중범죄만 다뤘기 때문에 관할서가 처음인 미쿠모로서는 모든 것이 첫 경험이었다.

"미쿠모, 차."

"네, 계장님."

경찰청에서 근무할 때는 해본 적 없는 차 심부름도 미쿠모의 일이 되었다. 형사과에 배속된 여경은 미쿠모 혼자라서 어쩔 수 없이 그런 식의 일이 돌아올 때가 많았다. 여자가 나 혼자니까 어쩔 수 없지. 그렇게 생각하며 넘겼지만, 카오리의 이야기를 들어보면 미쿠모는 무른 편인 것 같다. 카오리는 경찰이 된 이래 한 번도 상사에게 차를 타준 적이 없다고 했다.

"미쿠모, 요즘 어때?"

마츠나가 계장이 물었다. 그는 미쿠모가 수사1과에 있을 때 직속 상사였던 사람이다. 미쿠모가 관할서로 이동하게 되자, 자신이 맡겠다고 나서 줬다고 들었다. 그의 기대에 부응하기 위해서라도 원래 상태를 회복해야 한다. 그건 알지만….

"요즘요? 그럭저럭 괜찮습니다."

"그래? 그럼 다행이군."

미쿠모는 자리로 돌아갔다. 직접 수사에 참여하지 않아도 할 일이 산더미처럼 많았다. 주로 보고서를 확인했다. 형사과 직원들이 낸 보고서를 미리 체크해서 상사 마츠나가에게 보여줘야 했다. 형사과 직원들이 쓴 보고서가 심각할 정도로 조잡할 때가 있어서 그것들을 고치는 업무였다. 미쿠모가 온 뒤로 보고서 질이 높아졌다는 이야기도 나왔다. 자신도 조금은 조직에 도움이 된다는 생각이 들어 자존감이 약간 높아졌다.

점심때까지 열심히 보고서를 체크했다. 정오가 돼서야 작업을 잠시 중단했다. 스마트폰에 부재중 전화가 와 있었다. 엄마였다.

또 그 얘기이겠거니 하면서도 엄마에게 전화를 걸었다. 엄마는 곧바로 전화를 받았다.

"미안, 나야. 일하는 중이라 못 받았어."

"미쿠모, 잘 지내?" 엄마 타카코가 갑자기 이야기를 시작했다. "조금 갑작스럽지만, 또 좋은 얘기가 들어왔어. 한 명은 도쿄대 출신이고, 다른 한 명은 와세다야."

엄마 타카코는 오사카에서 나고 자란 전형적인 오사카 사람이었다. 오사카 경찰청에서 근무하던 당시 아버지 소타로와 첫눈에 반해 결혼했고, 지금은 호죠 탐정사무소의 부대표로 일한다. 그녀의 취미는 사위 후보 찾기였다.

슬슬 다른 사랑을 시작해야지. 미쿠모도 그런 마음이 없지 않았지만, 좀처럼 첫발을 뗄 수 없었다. 그만큼 와타루와 나눈 사랑은 특별했다. 처음 본 순간에 '이 사람'임을 알아봤고, 머릿속에서 결혼 행진곡이 울려 퍼졌다. 그런 경험은 두 번 다시 없을 것이다.

경찰이 된 지 5년째. 언제까지고 여기에 머물러 있을 수는 없다. 그런 의미에서도 새로운 사랑은 변화의 계기가 될지도 모른다.

"뭐, 네가 그럴 생각이 없으면 엄마도 억지로 밀어붙이지 않겠지만…."

"알았어, 엄마. 만나만 볼게."

"진짜?"

"응, 진짜. 연락처 보내요. 약속은 알아서 잡을 테니까."

"빛의 속도로 보낼게. 잠깐만 기다려."

통화가 끊겼다. 미쿠모는 스마트폰을 들고 일어났다. 점심은 보통 가까운 편의점에서 먹는다. 1층 홀을 걷다가 사쿠라바 카오리와 마주쳤다. 카오리는 교통과라서 제복을 입고 있었다. 그녀도 편의점에 가는 길이라기에 함께 경찰서에서 나갔다.

"카오리 선배님, 오늘 점심은 뭘… 꺅!"

미쿠모는 무언가에 발이 걸려 넘어질 뻔했다. 카오리가 팔을 잡아준 덕분에 살았다. 요즘은 많이 나아졌지만, 기본적으로 잘 넘어지는 편인 것은 여전했다.

"미쿠모, 운동 부족이야. 내가 다니는 체육관 소개해줄게."

"괜찮아요. 운동은 별로거든요."

스마트폰에 엄마의 문자메시지가 도착했다. 맞선 상대의 프로필도 같이 왔다.

"카오리 선배님, 한 가지 제안이 있는데요."

편의점에 들어가기 직전, 미쿠모가 그렇게 말을 꺼냈다.

★

카즈마는 경찰청 수사1과에서 오래 일했다. 이제 경력 10년이 되어 간다. 처음 배속됐을 때는 젊은 수사관 한 명에 불과했지만, 나이를 먹으면서 점점 책임감이 필요한 일을 맡게 되었다. 지금은 부반장이라는 직위에 있다.

지난 10월 인사이동 때 새로운 반장이 취임했다. 이름은 키바 미야코. 수사1과에 취임한 첫 여자 반장이었다. 주로 경제

사범을 다루는 수사2과에서 잔뼈가 굵었고, 거기서 낸 업적을 인정받아 인사이동이 이루어졌다고 한다. 카즈마는 여자 상사가 처음이라 아직도 어떻게 대해야 할지 가늠이 되지 않았다.

수사1과는 도쿄에서 중대한 사건, 주로 살인 사건이 발생하면 관할서와 함께 수사를 진행한다. 오늘은 니시신주쿠에서 살인 사건이 발생했고, 당번이던 카즈마네 반이 사건을 맡게 되어 급히 현장으로 향했다. 새로운 반장 키바 미야코가 취임한 이후 처음으로 맡은 사건이었다. 긴장감이 고조되었다. 반원들은 현장으로 향하는 경찰차 안에서 말이 없었다.

사건 현장은 니시신주쿠에 있는 고층 빌딩 15층이었다. 사망자는 벤처기업 사장 이시카와 유토(30)였다. 그가 오후 1시부터 시작되는 회의에 나타나지 않자, 이상하게 여긴 직원이 사장실에 들어갔다가 창가에 걸린 해먹 위에서 죽은 유토 사장을 발견했다. 그 직원이 곧바로 경찰에 신고했고, 신주쿠 경찰서 수사관들이 출동했다. 사인은 독극물 음용으로 의한 중독사로 밝혀졌고, 유서가 없는 것으로 보아 살인일 가능성이 커서 카즈마와 반원들도 출동했다.

"수고하십니다. 현장은 이쪽입니다."

신주쿠 경찰서 수사관이 인사했다. 유토 사장의 벤처기업이 건물 한 층을 전부 사용하는 모양이었다. 지금 직원들은 불안한 기색으로 자기 책상 앞에 앉아 일하고 있었다. 칸막이가 없는 개방형 사무실이었지만, 사장실만은 독립된 공간으로 구별

되어 있었다. 신주쿠 경찰서 수사관이 설명했다.

"사망 시각은 점심쯤으로 보입니다. 피해자와 마지막으로 대화한 직원은 정오가 되기 전에 사장실에 들어간 그의 비서였습니다. 시신을 발견한 사람도 그 비서입니다."

시신은 이미 옮겨졌는지 없었다. 신주쿠 경찰서 수사관이 사진 한 장을 보여주었다. 젤리 음료 용기가 찍혀 있었다. 카즈마도 바쁠 때 가끔 점심 대용으로 마시는 젤리 음료였다.

"이 안에 독극물이 들어 있던 모양입니다. 지금 과학수사대가 구체적인 성분을 분석하고 있습니다. 참고로 유토 사장은 항상 빈손으로 출근했다고 하니 이 음료는 누군가가 준 것 같습니다."

다시 말해 피해자에게 독이 든 젤리 음료를 건넨 직원이 있다는 말이었다. 언제 젤리 음료를 건넸을까. 그것이 문제였다. 오늘 오전이었을 수도 있고, 어제보다 전이었을 가능성도 있다. 그렇다면 용의자를 추려내기가 어렵다.

"그리고 사장실 밖에 있는 CCTV를 확인해 본 결과, 오전 중에 사장실로 들어온 직원은 총 열여덟 명이었습니다. 어제 이전 영상은 아직 확인하는 중입니다."

카즈마는 새로운 반장 키바 미야코를 보았다. 그녀는 검은 바지 정장을 입고 긴 머리를 하나로 묶은 상태였다. 나이는 올해로 48세라고 들었다. 조금 올라간 눈매가 그녀의 강한 성미를 드러내는 듯했다. 웬만큼 기가 세지 않았다면 여기까지 올라오지 못했을 것이다.

카즈마를 비롯한 반원들의 시선이 미야코를 향했다. 실력 좀 볼까. 반원들의 눈빛에 그런 심리가 숨어 있었다. 취임해서 처음 맡은 사건을 과연 어떤 식으로 수사할까. 그녀의 능력이 시험대에 오르는 순간이었다.

"미야코 반장님, 어떻게 할까요?" 카즈마가 반원을 대표해 미야코에게 물었다. "우선 참고인 조사부터 시작할까요? 바로 세팅해도 될 것 같습니다."

카즈마는 여기로 오는 동안 차 안에서 인터넷을 검색했다. 이 회사는 일본 각지에 있는 농가와 도쿄에 있는 음식점을 인터넷으로 중개하는 곳이었다. 매출도 좋은 편이었고 설립된 지 3년 만에 니시신주쿠에 사무실을 둘 정도로 급성장한 회사였다. 직원 수는 50명이었다. 인원을 나눠 참고인 조사를 하면, 오늘 중이나 늦어도 내일까지는 모든 직원의 진술을 들을 수 있을 터였다.

"진술을 일일이 듣는 것도 좋지만," 미야코가 턱에 손을 대며 말했다. "이건 다수결로 갑시다. 시간은 효율적으로 써야 하니까요."

"다수결…이요?"

카즈마는 미야코가 무슨 말을 하는지 이해할 수 없었다. 미야코가 설명을 시작했다.

"네. 다수결이요. 이런 벤처기업에는 반드시 사내 메일이 있죠. 그걸로 모든 직원에게 전체 메일을 보내세요. 내용은 이렇게. '사장님을 죽이고 싶을 만큼 싫어한 사람을 한 명 대라.'"

카즈마는 숨을 삼켰다. 다른 반원들도 놀란 것 같았다. 미야코가 태연한 얼굴로 이어서 말했다.

"인기투표 같은 겁니다. 투표로 상위에 올라간 사람들부터 참고인 조사를 하죠. 카즈마 부반장을 중심으로 진행해주세요. 저는 일단 신주쿠 경찰서로 가서 그쪽 과장님께 인사를 드리고 오겠습니다. 동행은 필요 없습니다. 제가 예전에 신주쿠 경찰서에서 근무한 적이 있거든요."

"알, 알겠습니다. 그렇게 하겠습니다."

미야코가 현장을 빠져나갔다. 카즈마는 그 뒷모습을 끝까지 지켜본 뒤에 다른 반원들과 눈빛을 교환했다. 다들 놀란 얼굴이었다. 인기투표를 해서 범인을 다수결로 추려내자니, 전대미문의 수사법이었다.

3시간 후, 카즈마와 수사관들은 참고인 조사를 시작했다. 미야코의 지시에 따라 피해자를 싫어하던 사람을 가르쳐달라고 전체 메일을 보냈다. 약 50명인 직원 중 45명이 답신을 줬고, 수사관들이 그 답을 집계해 대상을 추렸다. 장소는 회사 회의실을 빌렸다.

"사장님과 함께 움직이실 때가 많았군요. 어젯밤에도 함께 저녁을 드셨다고요?"

카즈마가 그렇게 질문하자, 앞에 앉은 여자가 대답했다.

"업무상 그럴 때가 많았죠. 비서니까요."

그녀의 이름은 오자와 미나미였고, 시신 최초 발견자이기도 했다. 오후 1시경, 회의 시간이 지났는데도 피해자가 사장실에서 나오지 않자, 그녀가 상황을 살피러 사장실에 들어갔다고 한다.

"어떤 직원이 증언하기를, 유토 사장님이 치근대서 미나미 씨가 힘들어했다더군요. 사실입니까?"

오자와 미나미가 유토 사장을 싫어했다고 답한 사람은 총 여덟 명이었다. 미야코가 제안한 다수결에 따르면, 그녀는 의심스러운 직원 2위였다. 1위는 얼마 전 회의 때 모두가 지켜보는 앞에서 망신을 당한 젊은 직원이었고, 3위는 유토 사장과 자주 의견 충돌을 일으키던 고참 직원이었다. 현재 그 두 사람도 다른 장소에서 조사를 받고 있다.

"아까 그 메일이죠?" 오자와 미나미가 씁쓸하게 웃었다. 그녀도 그 메일을 받았을 테니 설문 결과에 따라 이 조사가 진행되었음을 짐작할 터였다. "맞아요. 사장님이 계속 치근덕대서 솔직히 힘들었어요. 직원들한테 그런 걸 하소연한 적도 몇 번 있어요. 그런데 죽이고 싶을 정도는 아니었어요. 사장님은 제 고용주니까요."

오자와 미나미는 상당한 미인이라 끝없이 남자가 꼬여도 이상하지 않을 여자였다. 그녀가 유토 사장을 싫어했다고 답한 사람 중에는 그녀를 질투하는 사람도 섞여 있을 것 같다는 생각이 들었다.

"그럼 미나미 씨는 누가 범인이라고 생각하세요?"

카즈마가 물었다. 사실 설문 결과는 전부 알고 있었다. 그녀도 그것을 꿰뚫어 보았는지 망설임 없이 대답했다.

"마사토 씨요. 이토 마사토 씨. 사흘 전 회의에서 사장님한테 엄청 깨졌거든요."

설문 조사에서 1위를 한 직원이었다. 기획부 직원으로 상당한 실력을 갖춘 사람이지만, 그만큼 성격이 건방지다고 했다. 회의 자리에서도 아무렇지 않게 사장의 말에 꼬투리를 잡았다는데, 유토 사장은 사흘 전 회의 때 드디어 인내심의 한계를 맞았는지 많은 직원들 앞에서 그에게 모욕을 줬다고 한다. 들고 있던 페트병까지 던진 모양이다.

"회의 끝나고 마사토 씨가 엄청 화를 냈어요. '저딴 사장 밑에서 일하는 내가 미친놈이다'라는 말까지 했대요. 그 심정은 이해가 되지만요."

카즈마가 계속 얼굴색을 살폈지만, 오자와 미나미는 시종일관 편안하게 이야기했고 긴장하거나 불안해하는 기색도 없었다. 이것이 연기라면 아주 담이 큰 편이리라. 그녀를 용의 선상에서 제외해도 되겠다는 생각이 들던 때였다.

"실례합니다."

문이 열리고 한 수사관이 회의실로 들어왔다. 카즈마의 동료였다. 그는 카즈마 옆으로 다가와 귓속말했다.

"범인이 자백했습니다."

"정말이야?"

카즈마가 저도 모르게 목소리를 높였다. 동료 형사가 고개를 끄덕이며 말했다.

"정말입니다. 미야코 반장님이 조사하던 호리우치라는 남자 직원이었습니다."

카즈마는 옆에 앉은 수사관에게 눈짓을 보내고 오자와 미나미를 그 자리에 남겨둔 채 회의실에서 나왔다. 이야기를 이어서 들었다. 어느새 다른 수사관들도 모여 있었다. 근무 시간이 끝난 뒤라 이 층에는 경찰 관계자들만 남아 있었다.

호리우치라는 직원은 사장과 동갑으로, 회사 설립 당시부터 일한 사람이었다. 그런데 최근 경영 방침을 두고 유토 사장과 자주 충돌했다고 한다. 사건의 불씨는 치바현에 있는 한 계약 농가였다.

그 농가는 오랫동안 이 회사와 계약을 맺어 온 곳이라서 유토, 호리우치와 사적으로도 친분이 있었다. 하지만 그 농가의 운영자가 병으로 쓰러지자, 예전만큼 채소를 제공할 수 없게 되었다. 유토 사장은 채소를 제공할 수 없는 농가와는 계약을 끊어야 한다고 차갑게 말했지만, 호리우치는 이를 강력히 반대했다고 한다.

"설문 메일이 결정적인 역할을 한 것 같아요. 그 설문 때문에 자기가 사장님을 싫어하는 걸 들켰을 텐데, 경찰이 갑자기 참고인 조사를 받으라고 부르니 더는 도망갈 수 없겠다고 생각했나 봐요."

살해에 사용한 독극물은 인터넷 불법 사이트에서 구매했다고 본인이 증언했다. 주사기로 젤리 음료에 독극물을 넣고 오늘 아침 아무렇지 않은 얼굴로 유토 사장에게 건넸다고 한다.

"이제 신주쿠 경찰서로 이송될 겁니다. 반장님이 이르면 오늘 밤에 체포할 거라고 하셨어요. 아, 나오셨네요."

다른 회의실 문이 열리고 수사관 몇 명과, 그들에게 붙잡힌 호리우치라는 직원이 나왔다. 호리우치는 고개를 숙이고 있었다. 마지막으로 키바 미야코가 모습을 드러냈다. 그녀가 지나갈 때 수사관들 사이에서 박수가 쏟아졌다.

카즈마도 박수를 쳤다. 원래 같았으면 신주쿠 경찰서에서 첫 번째 수사회의를 할 시간이었다. 하지만 그녀는 범인이 빠르게 자백할 상황을 만들어냈다. 심지어 취임하자마자 맡은 첫 사건이었으니 이보다 예감 좋은 출발은 없었다. 틀림없이 내일이면 경찰청에 소문이 퍼질 것이다.

"아직 방심하면 안 됩니다." 멈춰 선 미야코가 수사관들에게 말했다. "증거를 확보하세요. 용의자의 컴퓨터와 서류, 그리고 집까지 철저히 조사하도록. 필요하면 다른 직원들의 진술을 듣는 것도 잊지 마세요. 앞으로도 잘 부탁합니다."

"네."

수사관들이 한목소리로 대답했다. 카즈마는 미야코가 엘리베이터에 타는 모습을 끝까지 지켜본 뒤에 수사1과 반원들과 신주쿠 경찰서 수사관들에게 해야 할 일을 지시했다. 그리고 그녀가 사라진 엘리베이터로 다시 시선을 던졌다.

★

경찰과 도둑 놀이는 재미있다. 경찰 역할과 도둑 역할로 나뉘어 술래잡기를 하는 놀이이다. 안은 도둑 역할을 좋아했다. 엄마에게 이런 이야기를 하면 혼날지도 모르지만.

안은 지금 학교 뒤편 나무 위에 있다. 꽤 높은 나무였지만, 이 정도 나무 타기는 안에게 어려운 일도 아니었다. 안이 나무 위에 있는 줄은 꿈에도 모르는지, 경찰 역할인 아이가 바로 아래를 지나갔다. 경찰 역할이 지나가기를 숨죽이고 기다릴 때면 심장이 요란하게 뛰었다. 도둑 역할을 할 때 가장 즐거운 순간이었다.

엄마는 할부지와 할무니가 도둑이 아니라고 말했지만, 안은 엄마가 거짓말하는 것을 눈치챘다. 안은 두 눈으로 직접 보았다. 할부지가 모르는 사람에게서 금색 손목시계를 훔치는 순간을. 할부지와 할무니는 아마, 아니, 틀림없이 도둑이다. 그리고 안이 추측한 바로는 사실 엄마도 그것을 아는 것 같다. 할부지와 할무니가 도둑이라는 것을.

안은 도둑이 좋지 않은 직업이라는 것을 알지만, 할부지는 이상한 이야기를 했다. 이 세상에는 좋은 도둑과 나쁜 도둑이 있고, 할부지와 할무니는 좋은 도둑이라고. 그게 무슨 말일까.

경찰과 도둑에서 도둑 역할을 맡아서 도망가거나 숨는 것은 재미있었지만, 안은 조금 고민스러웠다. 내가 도둑 역할을 해도 될까. 아니, 더 정확하게 말하자면, 도둑 역할을 재미있어해도 될까. 그런 고민이었다. 그저 놀이일 뿐이니 지금까지는 그런 생각을 해보지 않았다. 할부지와 할무니가 도둑이라는 사실을 안 뒤에야 든 생각이었다.

"야, 안! 어디 있어?"

멀리서 목소리가 들렸다. 나무 위에서 주변을 살펴보니 멀리서 걸어오는 아이들이 보였다. 세 남자아이와 한 여자아이였다. 세 남자아이는 경찰 역할이었고, 그들에게 잡힌 도둑 역할 여자아이는 안의 친구 이치카였다. 잡힌 도둑은 원래 포로가 되어 철봉 근처에 있어야 하는데, 어쩐 일인지 이치카는 경찰들에게 끌려가고 있었다. 게다가 너무하게도 양손이 줄넘기로 묶여 있었다.

"안, 숨지 말고 나와."

경찰 역할인 남자아이가 말했다. 세 사람 중 가운데에 있는 머리가 긴 소년은 옆 반 오오와다 하야토였다. 친구들 사이에서 대장 같은 존재라 항상 거만하게 구는 아이였다. 하야토의 아버지는 프로듀서라는데, 안은 그것이 어떤 직업인지 모른다. 하지만 들은 바에 따르면 TV에 나오는 연예인을 종종 만나는 직업이라서 하야토는 그런 사람들을 여러 번 만나 봤다고 한다. 다들 어쩌나 하야토를 신경 써주는지 옆 반 담임 선생님마저 하야토의 눈치를 보는 것 같았다. 꼭 임금님 같은 애였다.

"불쌍하다, 이치카. 너 안한테 버림받았구나."

하야토가 그렇게 말하며 앞서 걷는 이치카의 등을 쿡쿡 찌르자, 안은 더 이상 참을 수 없었다. 속옷이 보이지 않게 치마를 붙잡으며 나무에서 뛰어내렸다.

"앗! 찾았다."

"안 발견. 그런 곳에 숨어 있었냐?"

경찰 역할인 아이들이 모여들었다. 안이 하야토에게 말했다.

"치사해. 포로를 괴롭히면 안 되지!"

"괴롭힌 적 없어." 하야토가 씨익 웃으며 말했다. "저쪽에서 잡아서 지금 감옥에 데려가는 중이었거든. 안, 너도 체포야."

경찰 역할인 아이 세 명이 다가왔다. 안은 뒤로 물러났다. 이대로 허무하게 잡힐 수는 없었다.

"안, 너도 얌전히 하야토가 시키는 대로 하는 게 좋을걸." 경찰 역할인 한 아이가 말했다. "하야토는 유튜버로 데뷔할 거야. 초등학교 2학년인데 유튜버라고. 우리도 나가게 해준댔어. 너도 출연하고 싶으면 시키는 대로 해."

"유튜브 같은 거 나갈 생각 없거든."

하야토는 학교에 가져오면 안 되는 스마트폰을 학교에 가지고 온다. 옆 반 담임 선생님은 그 사실을 알면서도 하야토를 따끔하게 혼내지 않는 모양이다. 그래서 쉬는 시간이 되면 하야토 주변에 반 아이들이 모여서 같이 유튜브를 본다고 했다. 안의 반에서는 상상도 할 수 없는 일이었다.

"이제 몇 명 남았어?"

안이 물었다. 도둑이 몇 명 남았는지 궁금했다. 하야토가 대답했다.

"네가 마지막이야."

"그럼 자수할게."

안이 앞으로 나섰다. 혼자 도망 다니기보다는 공수를 교대하는 것이 낫다. 이번에는 안이 경찰 역할이었다.

"네. 체포합니다."

경찰 역할인 아이가 안의 손목을 붙잡았다. 이치카가 미안한 표정을 지었지만, 안은 이치카를 향해 웃어 보였다. 괜찮다는 뜻으로 미소를 지었다.

운동장 철봉 쪽으로 향했다. 먼저 잡힌 아이들이 철봉 근처에 모여 있었다. 경찰 역할과 도둑 역할이 바뀌자, 이번에는 하야토네 팀이 뿔뿔이 달아났다. 경찰들은 50을 센 뒤에 쫓아갈 수 있다. 대표로 한 아이가 큰 목소리로 숫자를 셌다. 지금 숫자를 세는 아이는 나카하라 켄세이. 어린이집에서부터 안과 친하게 지낸 친구였다. 지금도 둘은 같은 반이었고, 엄마끼리도 사이가 좋았다.

안은 그저께 밤, 아빠와 함께 목욕하던 때를 떠올렸다. 그때 경찰과 도둑 이야기를 했다.

'잘 들어, 안. 아빠가 이래 봬도 경찰이잖아. 범인 쫓는 요령을 가르쳐 줄게. 꼭 조를 짜서 쫓아가야 해. 가능하면 2인 1조로. 그리고 도둑을 찾으면 양쪽에서 협공하는 거야. 간단하지?'

"얘들아, 들어봐."

안은 아빠에게 들은 이야기를 했다. 아이들이 알아주는 것 같아서 기뻤다. 켄세이가 숫자를 다 셌다. 안은 "가자, 이치카." 하면서 운동장으로 달려갔다.

★

"하나코 씨, 안녕하세요."

"아, 아키 씨. 오늘은 일찍 오셨네요."

"맞아요. 일이 빨리 끝났거든요."

안을 데리러 돌봄교실로 향하는 길에 같은 반 학부모인 나카하라 아키를 만났다. 그녀는 신주쿠에 있는 백화점 여성복 매장에서 일하는 싱글맘이었다. 그녀의 아들 켄세이와 안이 어린이집에서부터 친하게 지내서 아키와 하나코도 가끔 밥을 먹을 만큼 가까웠다.

"다음 주에 운동회네요."

아키가 말하자, 하나코가 고개를 끄덕였다.

"그러게요. 아키 씨는 안내위원이었죠?"

"네. 내일도 토요일인데 리허설 때문에 학교에 가요. 꽤 힘드

네요."

다음 주 일요일, 안이 다니는 히가시무코지마 초등학교에서 가을 운동회가 열린다. 하나코는 안을 응원하러 갈 예정이었다. 카즈마도 일이 없으면 당연히 응원하러 가겠지만, 사건이 어떻게 될지 모르니 장담할 수는 없었다.

운동회는 수많은 학교 행사 중에서도 세 손가락에 꼽힐 만큼 큰 행사였다. 당연히 안은 무척 기대하는 듯했지만, 하나코는 마음이 개운치 않았다. 이유는 간단했다. 안의 신체 능력 때문이었다. 지난 1년 동안 안은 또 성장했으니 다음 주 운동회에서도 활약할 것이 분명했다. 반 대항 계주에서도 마지막 주자로 뽑혔다고 한다. 부모로서 딸의 활약이 기뻤지만, 한편으로 안이 너무 튈까 봐 걱정되었다. 특히 안이 할아버지와 할머니의 정체를 알아 버린 상황이었다. 지금은 남들 눈에 띄지 않았으면 하는 생각이 자꾸 들었다.

"아이들이 아직 오지 않은 것 같네요."

아키가 돌봄교실을 들여다보며 말했다. 아이들이 학교 운동장에서 놀고 있으리라 판단한 두 사람은 그 자리에서 기다리기로 했다. 대화는 자연스럽게 아이들을 주제로 흘러갔다.

"하나코 씨, 안은 학원에 보낼 생각 없어요?"

"아직 괜찮지 않을까 싶어요. 켄세이는 학원에 보내려고요?"

"제 생각에도 좀 이른 것 같은데, 아버지가 극성이라서요."

안은 공립 중학교에 진학할 예정이라 당분간 학원에 보낼 생각이 없었다. 유치원생 때는 피아노학원에 다녔지만, 그마저도 본인이 원하지 않는 듯해 초등학교에 올라오면서 그만두었다. 지금 안은 따로 배우는 것이 없었지만, 학교만 다녀도 나름대로 매일 바빴다.

"하나코 씨, 저 아르바이트 시작했어요."

"그래요? 어떤 아르바이트요?"

"가사 대행 같은 거예요. 주로 요리를 해요. 혼자 사는 분들 집에 가서 음식을 만드는 거예요. 한꺼번에 사흘 치를 만들고 소분해서 냉동해놔요. 옵션으로 청소도 하고요. 저는 집안일을 싫어하지 않으니까 재미있어요."

"그렇군요. 고객은 주로 어떤 사람들이에요?"

"나이 많은 어르신도 있고, 젊은 남자도 있어요. 요리하는 걸 귀찮아하는 사람들이 많잖아요. 저한텐 아주 고마운 일이죠."

하나코는 집안일을 싫어하지 않지만, 남을 위해 집안일을 할 마음은 들지 않았다. 다만 그것으로 돈을 벌 수 있다면, 아키 같은 싱글맘에게는 편하게 시작할 만한 아르바이트이겠다는 생각이 들었다.

"하나코 씨도 해보실래요? 연수는 한 번만 받으면 되고, 그 이후에는 앱으로 직접 고객이랑 대화하면서 조율할 수 있어요."

"좀 무섭지 않아요? 얼굴도 모르는 남의 집에 들어가는 거잖아요."

"그렇긴 하죠. 근데 익숙해지면 괜찮아요. 아, 선생님, 안녕하세요."

뒤돌아보니 돌봄교실 선생님 마스다 아키에가 서 있었다. 그녀는 전직 교사라고 했다. 마스다 선생님이 온화하게 웃었다.

"수고 많으십니다. 안과 켄세이는 아직인가요?"

"그런가 봐요. 슬슬 데리러 가야 할 것 같네요."

그때 마침 건널목을 건너는 아이 다섯 명이 보였다. 안과 켄세이의 모습도 보였다. "어서 와." 하면서 맞아 주자, 안은 "다녀왔습니다." 하면서 책가방을 가지러 돌봄교실로 들어갔다. 금방 다시 나온 안은 켄세이와 한목소리로 말했다.

"선생님, 안녕히 계세요."

"그래, 안녕. 다음 주에 보자."

하나코도 마스다 선생님에게 인사하고 귀갓길에 올랐다. 안은 기분이 좋지 않은지 땅을 보며 걸었다. 켄세이가 그 이유를 가르쳐 주었다.

"하야토네 애들은 진짜 치사해. 인질을 쓰다니. 그 방법으로 안을 세 번이나 잡았잖아."

오늘 경찰과 도둑 놀이를 한 모양이다. 하나코는 경찰과 도둑이라는 놀이 자체가 안에게, 아니 하나코 자신에게도 일종의 바이러스 같다는 생각을 떨칠 수 없었다. 그렇다고 경찰과 도둑 놀이를 금지할 수도 없는 노릇이었고, 안이 가장 좋아하는 놀이가 경찰과 도둑이라고 하니 더더욱 난처했다.

안은 누구를 닮았는지 승부욕이 강했다. 그냥 놀이인데도 진 것이 무척이나 분한 모양이다. 안은 땅을 보면서 터덜터덜 걸었다.

잠기지 않은 현관문을 보자 하나코는 불안한 예감이 들었다. 카즈마가 돌아오기에는 이른 시간이었다. 오늘 아침 식사 시간에 카즈마는 어제 일어난 신주쿠 살인 사건의 범인을 잡았지만 그 증거를 더 모아야 한다고 말했다. 문을 연 하나코는 나란히 놓인 가죽 구두와 하이힐—둘 다 언뜻 봐도 비싸 보인다—을 보고 작게 한숨을 쉬었다.

그런데 이 냄새는 무엇일까. 현관에는 연기가 옅게 차 있었다. 복도 끝 거실에서 새어 나오는 연기였다.

복도를 지나 거실에 들어갔다. 역시나 타케루와 에츠코의 짓이었다. 어디서 가져왔는지 모를 전기 그릴로 고기를 굽고 있었다. 제법 커다란 전기 그릴이었다.

"왔구나, 하나코. 우리가 먼저 먹고 있었다. 안, 이리 온. 할부지랑 같이 고기 먹자."

타케루가 와인잔을 들고 말했다. 전기 그릴 옆에는 비싸 보이는 고기가 늘어서 있었다. 아니다. 비싸 보일 뿐만 아니라 실제로도 비쌀 터였다. 그들이 비싼 돈을 냈는지는 알 수 없지만.

안이 타케루와 에츠코 사이에 앉으려고 하자, 하나코가 주의를 줬다.

"안, 먼저 손 씻고 와."

"네에."

안이 화장실로 달려갔다. 하나코가 두 사람에게 말했다.

"그만해, 정말. 커튼에 냄새가 배잖아."

"뭘 그런 걸 가지고 투정이냐? 직접 구워 먹으니까 고기가 더 맛있잖아."

집 안에는 이미 연기가 자욱했다. 하나코는 거실로 들어가 커튼과 창문을 열었다. 천장을 보니, 화재경보기가 작동하지 않도록 틈을 비닐로 꼼꼼히 막아둔 것이 보였다. 이런 부분에서는 정말 빈틈없는 사람들이다.

손을 씻고 돌아온 안은 타케루와 에츠코 사이에 끼어 앉아서 포크로 고기를 먹기 시작했다.

"하나코, 우두커니 서 있지 말고 앉아서 같이 먹으렴."

에츠코가 그렇게 말하며 잔에 샴페인을 따라 주었다. 하는 수 없이 하나코도 앉았다. 타케루가 고기를 구우며 말했다.

"돔 페리뇽 P3다. 형사 박봉으로는 입에 대지도 못할 물건이야."

"그래 봤자 어디서…"

훔쳤겠지, 라고 말하려다가 하나코는 입을 다물었다. 앞에 안이 있다. 훔쳤다느니 도둑이라느니 하는 말은 삼가야 한다. 안에게는 절대로 훔친 물건을 주거나 먹게 하지 말라고 타케루와 에츠코에게 입이 닳도록 말해 두었으니 지금은 부모님을 믿기로 했다.

"안, 맛있어?"

"응. 맛있어. 맨날 먹는 마트 고기랑 달라."

"안도 엄청난 미식가구나."

하나코는 샴페인을 한 모금 마셨다. 확실히 카즈마와 가끔 마시는 스파클링 와인과는 차원이 달랐다.

"안, 학교는 재미있어?"

"음…. 그냥 그래."

"뭐 하면서 노는 게 좋아?"

"경찰과 도둑 놀이."

마시던 샴페인을 뿜을 뻔했다. 하나코는 타케루의 얼굴을 노려보았다. 그러면서 쓸데없는 말은 하지 말라고 속으로 빌었다.

"경찰과 도둑 놀이가 아니야. 도둑과 경찰 놀이지." 타케루가 정정했다. "애초에 도둑은 도망치는 역할이라는 설정이 마음에 안 들어. 도망치지 않는 도둑도 있는데 말이야."

"할부지는 좋은 도둑이라서 도망치지 않아도 돼?"

"그럼. 나는 좋은 도둑이라서 도망치지 않아도 되지. 경찰도 좋은 도둑은 못 잡거든."

"잠깐." 하나코가 저도 모르게 끼어들었다. "안, 할부지가 하는 말은 믿지 마. 할부지는 도둑이 아니야. 물론 할무니도. 할부지는 농담으로 안을 놀리는 거야."

"나는 농담한 적 없어. 잘 들어라, 안. 할부지는 도둑이야. 안은 벌써 일곱 살이지? 이제 각오가 필요한 나이야. 하지만 안, 현명한 어린이라면 할부지랑 할무니가 도둑이라는 얘기는 친구들에게 하지 않는 게 좋아."

"현명?"

"똑똑하다는 말이야."

"아빠, 제발 더는 안한테 이상한 소리 하지 마요."

"두 사람 다 그만해. 애 앞에서 창피하게." 보다 못한 에츠코가 끼어들었다. "그보다 하나코, 뭔가 깔끔한 음식 없니?"

멋대로 집에 들어와 놓고 무리한 요구를 한다. 하지만 안을 생각하면, 고기만으로는 영양이 고르지 않을 것 같았다. 냉장고에 토마토와 오이가 있을 것이다. 하나코가 그것을 꺼내기 위해 일어나려고 하자, "내가 할게." 하면서 에츠코가 자리에서 일어났다. 안도 손을 들었다.

"나도 도와줄게."

"그럼 안, 할무니랑 같이 샐러드 만들까?"

둘이서 부엌으로 향했다. 그 모습을 보던 하나코는 작은 목소리로 타케루에게 말했다.

"아빠, 도둑이라는 얘기를 왜 했어?"

"어차피 언젠간 들킬 일이었어." 타케루는 예상대로 뻔뻔하게 말했다. "조금이라도 일찍 진실을 아는 게 좋을 거라고 생각했다. 뒤늦게 알수록 충격이 큰 법이야. 내가 보기에 안은 상당한 재능을 갖고 있어. 너 어릴 때와 비교해도 손색이 없다."

"확실히 말해 두는데, 안만큼은 도둑으로 만들지 않을 거야."

"왜? 가업을 잇는 건 당연하잖아."

"가업? 안은 경찰관과 서점 직원의 딸이야."

아버지와 대화하다 보면 머리가 아프다. 대화가 통하지 않아서 아무리 의견을 주고받아도 늘 평행선이다. 그러고 보면 나는 정말 대단한 사람이야, 라고 하나코는 이따금 자화자찬했다. 이렇게 비상식적인 부모님 밑에서 자랐는데도 멀쩡하고 성실하게 살고 있으니 말이다. 게다가 지금은 형사의 아내이다. 자신을 칭찬해 주고 싶을 정도였다.

"그런데 하나코, 다음 주에 있을 운동회는 몇 시 집합이냐?"

타케루가 묻자, 하나코는 당황스러웠다.

"어? 오, 오려고?"

"당연하지. 작년에는 골프랑 겹쳐서 못 갔잖아. 올해는 참전할 거야."

갑자기 불안해졌다. 사실 사쿠라바 가문도 안의 운동회에 올 예정이었다. 다들 안의 조부모이니 오지 말라고 막을 수는 없었지만, 미쿠모 가문과 사쿠라바 가문이 한자리에 모이는 것은 어쩐지 불길했다. 어떻게든 피할 수 없을까. 하지만 하나코의 바람과 달리, 타케루는 참석할 의지가 아주 강한 듯했다.

"문제는 점심 식사군. 아는 식당에 부탁해서 도시락이라도 준비해야겠다. 아, 아니지. 역시 고기가 낫나? 아예 샤부샤부라도 할까."

하나코는 우울해졌다. 딸이 운동회를 하는데 왜 내가 이런 기분을 느껴야 하나. 비라도 와서 운동회를 못 하면 좋겠다. 기대하던 안에게는 미안하지만, 하나코는 진심으로 그렇게 생각했다.

★

"그래요? 미쿠모 씨는 교토 출신이었군요. 어쩐지 기품이 느껴지더라고요."

"제 대학교 친구가 교토에 살아서 몇 번 놀러 간 적이 있어요. 혹시 추천할 명소가 있으면 가르쳐 주세요."

미쿠모 앞에 두 남자가 나란히 앉아 있었다. 장소는 시나가와 운하 옆에 있는 분위기 좋은 레스토랑이었다. 미쿠모 앞에는 첫인사를 나눌 때 받은 명함 두 장이 나란히 놓여 있었다. 안경을 낀 오른쪽 남자가 도쿄대 출신 은행원이었고, 왼쪽에 있는 남자가 와세다대학교를 졸업하고 상사에 다닌다는 샐러리맨이었다. 두 사람 다 꽤 미남이었다. 엄마가 어디선가 찾아온 맞선 상대들이었다.

만난 지 30분도 되지 않았지만, 미쿠모는 벌써 후회가 되었다. 역시 맞선은 보지 말걸. 조건으로 보면 두 사람 다 더할 나위 없었지만, 와타루를 처음 만났을 때 같은 강렬함은 역시나 느껴지지 않았다.

"어? 미쿠모 씨, 음료를 다 드셨네요. 다음은 뭐 드실래요? 역시 칵테일이 좋을까요? 음, 메뉴가…."

오른쪽에 앉은 남자가 손을 뻗었지만, 미쿠모 옆에 앉은 여자, 사쿠라바 카오리가 그보다 먼저 메뉴판을 집어 들었다. 어차피 할 거면 미팅처럼 해 버리자. 그런 생각으로 미쿠모가 카오리를 불렀다.

"이봐요, 거기 형씨." 카오리가 지나가는 점원을 불러 세웠다. "이 고구마소주, 병으로 갖다 줘요. 잔은 두 개. 온더록으로. 이상."

카오리는 메뉴판을 내려놓고 앞에 앉은 두 남자에게 물었다.

"무도는 좋아들 하시나?"

"좋아해요." 대답한 사람은 왼쪽에 앉은 샐러리맨이었다. "아침에 자주 먹어요. 샤인머스캣도 좋아하고요."

"아니, 포도가 아니라 무도(일본어로 무도(武道)와 포도(葡萄)는 발음이 같다. ─ 옮긴이 주)."

카오리는 그렇게 말하며 주먹을 내밀었다. 두 남자는 눈을 끔뻑거렸다. 카오리가 이어서 설명했다.

"잘 들어요. 자기소개 때도 말했지만, 우리는 경찰이에요. 특히 이 호죠 미쿠모는 이렇게 귀엽게 생겼지만, 아주 유능한 형사라고요. 앞으로도 수많은 범죄자를 잡을 거란 말입니다."

미쿠모는 조금 민망했다. 수사1과에 있을 때는 그랬다 쳐도, 와타루와 헤어진 뒤로는 형사로서 활약했다고 말하기 어려웠다.

"수많은 범죄자를 잡는다는 건, 즉 그만큼 범죄자들의 원한을 산다는 뜻입니다. 어쩌면 거리를 걷다가 예전에 체포한 범죄자와 우연히 마주칠지도 몰라요. 갑자기 습격을 받으면 어쩔 거예요? 당신들이 얘를 지킬 수 있어요?"

두 남자가 입을 꾹 다물었다. 카오리는 의기양양한 표정을 지으며, 점원이 주고 간 잔에 얼음과 소주를 부었다. 미쿠모에게 줄 잔도 만들었다. 그러자 오른쪽에 앉은 은행원이 말했다.

"민간 경호원을 고용하면 어떨까요? 저는 은행에서 일하는 덕에 아는 경비업체가 있습니다."

"돈이 들 텐데, 그래도 괜찮아요?"

"괜찮습니다. 그 정도 돈으로 미쿠모 씨의 안전을 지킬 수 있다면, 오히려 저렴한 편이죠."

꽤 괜찮은 답변이었다. 사실 카오리는 괜한 억지를 부려서 남자들이 미쿠모를 포기하게 하려는 속셈이었다. 하지만 그럴 필요가 없었다. 미쿠모는 이미 두 남자에게 1밀리그램의 관심도 없었다. 힘들게 시간을 내서 와 준 두 사람에게 미안한 마음뿐이었다.

"카오리 씨라고 했죠? 뭐랄까, 카오리 씨처럼 똑 부러지게 말씀하시는 분은 처음 봐요. 여자들은 보통 이런 자리에서 내숭을 떨기 십상인데."

"맞아요. 가식이 없는 느낌이에요. 대화하니까 기분이 좋아져요."

"그, 그래요…?"

카오리가 조금 쑥스러운 표정으로 소주를 마셨다. 미쿠모는 속으로 일이 재미있어졌다고 생각하며 그 흐름에 올라타기로 했다.

"카오리 씨네 집안은 경찰 일가예요. 키우는 개까지 은퇴한 경찰견이라니까요."

"오, 경찰견이요? 정말 철저하네요. 그럼 견종이 뭐죠? 아무래도 셰퍼드인가요?"

"네, 뭐…."

"셰퍼드요? 저 옛날에 키우고 싶었는데. 카오리 씨, 실례지만 헬스 하시나요? 운동을 꽤 하신 것처럼 보여서요."

"네, 뭐…."

"저도 해요. 사실 헬스마니아거든요. 요즘은 헬스장이 많아서 머신이나 커리큘럼도 다양하잖아요. 여기 시나가와에도 괜찮은 헬스장이 있어요. 시간 되면 다음에 같이 가실래요?"

대화가 무르익었다. 미쿠모는 바닥에 놓인 핸드백 안에서 스마트폰이 반짝이는 것을 발견했다. 꺼내서 화면을 보니 부재중 전화가 와 있었다. 마츠나가 계장님이었다. "잠깐 실례할게요." 하면서 자리에서 일어나 통로를 걸으며 통화 버튼을 눌렀다. 곧바로 전화가 연결되었다.

"호죠 미쿠모입니다. 전화를 못 받아서 죄송합니다."

"아니, 괜찮아. 사실 사건이 발생했다. 살인 사건인가 봐. 본부가 설치될 것 같아. 바로 현장으로 와."

본부는 수사본부를 가리키는 말이었다. 경찰청 수사1과와 카마타 경찰서가 합동으로 수사를 진행하게 된 것이다. 원래 카마타 경찰서 관내에서도 매일 같이 크고 작은 사건이 일어나지만, 살인 사건이라는 말을 듣자 갑자기 긴장감이 커졌다. 평소에는 종일 서류만 체크하던 미쿠모도 손 놓고 있을 수는 없었다.

"알겠습니다. 바로 가겠습니다."

마츠나가가 사건 현장 주소를 알려 주었다. 미쿠모는 일단 자리로 돌아갔다. 카오리가 미쿠모의 표정에서 긴장감을 읽었는지 몸을 숙여 핸드백을 주워 주었다.

"여기는 나한테 맡겨. 다녀와."

"감사합니다." 미쿠모는 카오리가 건네는 핸드백을 받아 들고 두 남자에게 말했다. "죄송하지만, 사건이 일어난 모양이에요. 저는 이만 가보겠습니다."

"그, 그러시군요. 수고하세요."

미쿠모는 두 사람에게 고개를 숙이고 서둘러 가게에서 나갔다. 거리를 달리는 빈 택시를 향해 손을 들었다. 택시를 타고 핸드백에서 민트맛 사탕 두 개를 꺼내 입안에 던져 넣었다.

★

카마타에는 역이 두 개 있다. JR카마타역과 케이큐 카마타역이다. 사건 현장인 주상복합건물은 케이큐 카마타역 근처에 있는 5층 빌딩이었다. 1층이 편의점이었고 그 위쪽에는 음식점과 치과, 마사지 숍 등이 있었다. 카즈마가 현장에 도착했을 때는 오후 9시였다. 오늘은 일요일이지만, 카즈마네 반이 당번이라서 집에서 대기하다가 호출되어 나왔다.

"카즈마 선배, 이쪽이에요."

후배가 부르자, 카즈마는 흰 장갑을 끼며 목소리가 난 방향으로 향했다. 사건 현장은 빌딩 옥상이었다. 키바 미야코를 비롯해 반원들이 대부분 모여 있었다. 카즈마는 시신을 보고 묵념했다.

척살이었다. 흉부를 찔려 단번에 사망한 모양이다. 피해자는 예순을 넘은 듯한 남자였다. 과학수사대 요원이 사진을 찍었다. 시신은 눈을 뜬 채 허공을 노려보고 있었다. 거의 즉사한 것 같았다.

"시신을 눈에 새기도록. 이 사람의 억울함을 반드시 풀겠다는 마음을 잊지 마세요."

미야코의 말에 반원들이 한목소리로 대답했다.

"네."

얼마 전에 끝난 벤처기업 사장 살인 사건은 경찰청 내에서 화제였다. 부서를 옮기고 처음 맡은 사건을 당일에 해결했으니 소문이 퍼지지 않을 리 없었다. 역시 키바 미야코는 실력자라며 칭찬하는 목소리가 압도적으로 많았고, 카즈마도 거기에 동의할 수밖에 없었다. 누가 의심스러운지 직원에게 다수결 투표를 받는 수사법은 처음이었다.

뒤에서 발소리가 다가왔다. 돌아보니 남자 몇 명이 서 있었다. 관할서인 카마타 경찰서 형사 같았다. 제일 앞에 선 남자를 보고 카즈마는 살짝 고개를 숙였다. 상대방도 카즈마를 알아봤는지 순간 엷은 미소를 지었다. 2년 전까지 카즈마의 상관이던 마츠나가였다. 지금은 카마타 경찰서 형사과에 있다고 들었다. 키바 미야코의 전전임 반장이었다.

"카마타 경찰서의 마츠나가입니다. 1과 여러분, 피해자의 신원을 알아냈습니다."

카마타 경찰서 수사관들 맨 뒤에 여자 형체가 보였다. 저 여자는 아마…. 카즈마가 자세히 보려고 하자, 그 형체가 뒤로 숨어 버렸다. 카즈마는 쓴웃음을 지으며 마츠나가의 말에 귀를 기울였다.

피해자가 소지한 지갑 속에 면허증과 건강보험증이 들어 있었다고 한다. 피해자의 이름은 카와시마 테츠로. 올해로 63세인 남자였다. 건강보험증을 확인해 보니 직장은 대형 경비업체였지만, 그쪽 관계자에게는 아직 연락하지 않았다고 한다.

"오늘은 일요일이라서 피해자의 직장인 경비업체가 휴일이니 본격적인 탐문 수사는 내일부터 시작될 것 같습니다."

시신을 처음 발견한 사람은 빌딩 5층에 있는 마사지 숍 운영자였다. 가게 안이 금연이라 옥상에서 종종 담배를 피우는데,

오늘 저녁 7시쯤 담배를 들고 옥상에 올라갔다가 시신을 발견했다고 한다.

"그 전에 담배를 피운 게 1시간 전인 오후 6시였고, 그때는 시신이 없었다고 증언했습니다. 범행시각은 오후 6시부터 오후 7시 사이인 것 같습니다."

마츠나가는 수사1과에 오래 있었던 사람답게 요점을 살려 간결하게 보고했다. 마지막에는 이렇게 말을 맺었다.

"저는 이상입니다. 우선은 주변 지역을 탐문하는 게 좋겠습니다. 길 안내는 저희 카마타 경찰서에 맡겨 주십시오."

이런 흉악범죄가 발생하면 초동수사에서 사건 현장 근처를 탐문하는 것이 철칙이었다. 하지만 키바 미야코는 뜻밖의 말을 꺼냈다.

"탐문은 필요 없습니다. 우리 반원 두 명이 이 빌딩 관계자에게 진술을 듣는 것으로 족합니다."

카즈마는 귀를 의심했다. 초동수사에서 탐문을 소홀히 하는 수사관은 본 적이 없다. 미야코는 이어서 말했다.

"우선 감시 카메라를 모조리 찾아내십시오. 어떤 형태든 상관없습니다. 가게에 설치된 CCTV부터 개인용 카메라까지, 모든 감시 카메라를 찾아내서 지도에 표시하세요. 여기서 사라진 범인이 투명인간이 아닌 이상, 반드시 그 모습이 카메라에 잡혔을 겁니다."

감시 카메라가 설치된 장소를 특정하라. 미야코의 의도는 이해가 되었다. 일요일이라 카마타 거리에 인적은 꽤 많았지만, 행인들의 불확실한 기억에 기대기보다는 감시 카메라 색출을 우선하려는 것이었다. 어떤 의미에서 획기적인 초동수사였다.

"지금 주변 지역의 지도를 준비하는 중입니다. 카마타 경찰서 분들은 길을 안내해주시기 바랍니다."

미야코가 그렇게 말하자, 수사1과와 카마타 경찰서 형사들이 저마다 인사했다. 마츠나가가 카즈마에게 다가왔다.

"카즈마, 좋아 보인다."

"계장님도 좋아 보이십니다. 당분간 잘 부탁드립니다."

마츠나가 뒤에 그녀가 서 있었다. 고개를 숙인 채 카즈마의 얼굴을 보려고 하지 않았다.

"미쿠모, 잘 부탁해."

"오랜만입니다, 선배님."

드디어 호죠 미쿠모가 고개를 들었다. 그녀와는 2년 동안 파트너로 지냈다. 교토에 있는 유명한 탐정사무소의 후계자이자 말 그대로 영재교육을 받은 탐정의 딸이었다. 경찰학교를 졸업하자마자 이례적으로 수사1과에 배속되었고, 연달아 사건을 해결하며 그 실력을 인정받았다. 그 와중에 하필 L의 일족 아들과 사랑에 빠져 동거를 시작한 것까지는 나쁘지 않았는데…. 두 사람은 겨우 1년 만에 헤어졌고, 미쿠모는 긴 슬럼프에 빠졌다.

"황금 콤비 부활이군." 마츠나가가 웃으며 말했다. "카즈마,

이 녀석을 잘 부탁한다. 길잡이로 잘 써줘."

"그, 그럴게요."

미쿠모가 카즈마에게 고개를 숙였다. 카즈마는 조금 멋쩍었다. 그때 옆을 지나가던 키바 미야코가 미쿠모에게 의아한 시선을 보내자, 카즈마가 설명했다.

"반장님, 이쪽은 예전에 수사1과에 있던 호죠 미쿠모 형사입니다. 앞으로 미쿠모와 수사하겠습니다."

"소문은 많이 들었습니다. 호죠 소타로 씨의 따님이죠? 잘 부탁해요."

"잘 부탁드립니다."

카마타 경찰서 수사관이 인근 주택을 표시한 지도를 나눠주었다. 카즈마가 지도를 받아서 확인했다. 담당 구역이 형광펜으로 표시되어 있었다. 카즈마는 미쿠모에게 지도를 건네며 말했다.

"그럼 미쿠모, 바로 시작해 볼까?"

"네, 선배님."

두 사람은 나란히 걸었다. 잠시 후, 미쿠모는 카즈마의 예상대로 어딘가에 발이 걸렸는지 "꺅!" 하며 휘청거렸다. 카즈마는 재빨리 손을 뻗어 미쿠모가 넘어지지 않도록 팔을 잡아주었다.

"죄송해요, 선배님."

옛 생각이 새록새록 떠올랐다. 미쿠모의 덤벙거리는 면도 변하지 않은 모양이다. 카즈마는 "천만에."라고 대답하며 다시 걷기 시작했다.

★

"안, 이제 잘 시간이야."

하나코가 그렇게 말했지만, 안은 들은 척도 하지 않고 바닥 위를 굴러다녔다. 오후 10시를 넘긴 시간이었다. 안은 갑자기 이상한 데에 재미를 붙여서 조금 전부터 바닥을 구르며 놀고 있었다.

"안, 내일 학교 가야 하잖아. 얼른 자야 제시간에 일어나지."

카즈마는 1시간 반 전에 일 때문에 서둘러 나갔다. 어디서 살인 사건이 터졌다고 했다. 범죄는 평일과 휴일을 가리지 않고 일어나기 때문에 이럴 때가 종종 있었다. 그런데 조금 전 급하게 나갈 채비를 하던 카즈마는 평소와 달라 보였다. 어쩐지 들뜬 것 같았다. 이유를 듣고 바로 납득했다. 카마타 경찰서 관내에서 사건이 일어났다고 했다. 카마타 경찰서에는 호죠 미쿠모가 있다. 카즈마는 그녀와의 재회를 기대하는 것이었다.

"자, 안, 우선 양치부터 하고 와. 그러면 동화책 읽어줄게."

"아빠는 미쿠모 언니를 만났을까?"

"그러게. 근데 아빠는 일하러 간 거야."

"부럽다. 아빠만 미쿠모 언니 만나고 너무해. 나도 보고 싶어."

안도 미쿠모를 안다. 그녀가 카즈마와 같은 팀이던 시절, 이 집에도 몇 번 온 적이 있어서 안이 미쿠모를 따르게 되었다. 안은 아이돌 못지않게 예쁜 미쿠모를 진짜 아이돌로 생각했던 것 같다.

"엄마, 미쿠모 언니는 아빠처럼 형사지?"

"맞아. 미쿠모 언니도 형사야."

"그럼 미쿠모 언니랑 경찰과 도둑 놀이하면 내가 금방 잡히겠다."

스마트폰으로 전화가 걸려왔다. 하나코는 식탁 위에 올려 둔 스마트폰을 들었다. 화면에 '아키 씨'라고 적혀 있었다. 같은 반 학부모인 나카하라 아키였다.

"여보세요?"

하나코가 그렇게 말했지만, 수화기 너머에서는 반응이 없었다. 부스럭거리는 소리가 들릴 뿐이었다. 실수로 전화를 걸었나. 그런 생각을 하는데, 갑자기 목소리가 들렸다.

"…사, 살려줘요."

"무슨 일이에요?"

하나코가 놀라서 물었지만 대답이 없었다. 다시 부스럭거리는 소리가 들렸다. 발소리. 무언가가 벽에 부딪치는 소리. 그리고 거친 숨소리.

"그, 그만해. …여기로 오지 마. …꺅!"

"아키 씨!"

전화가 끊겼다. 대체 아키에게 무슨 일이 일어난 것일까. 당장 전화를 다시 걸었지만, 통화는 연결되지 않았다. 또다시 걸

어보니 이번에는 전원이 꺼졌거나 전파가 닿지 않는다는 안내
멘트가 흘러나왔다.

"엄마, 왜 그래?"

"미안해, 안. 잠깐만 기다려."

아키에게 무슨 일이 생긴 게 틀림없다. 하나코는 아키네 집
주소를 안다. 자전거를 타면 3분 안에 도착할 수 있다. 하지만
그녀가 집에 있다는 보장은 없다.

그때 한 가지 기억이 머리를 스쳤다. 그저께였다. 돌봄교실
앞에서 대화할 때, 아키는 가사 대행 아르바이트를 한다고 했
다. 그 이야기를 듣고 조금 신경이 쓰였다. 생판 남의 집에 혼
자 들어가는 것은 위험하지 않을까 싶었다. 아키는 익숙해지면
괜찮다고 대답했지만, 하나코는 어쩐지 께름칙했다.

스마트폰 버튼을 몇 번 누르고 귀에 댔다. 제발, 받아. 하나코
의 간절함이 닿았는지 통화가 금방 연결되었다. 하나코가 재빨
리 말했다.

"오빠, 지금 시간 괜찮아?"

"안녕, 하나코. 오랜만이야."

오빠 와타루였다. 와타루는 츠키시마에 있는 초고층 아파트
에 틀어박혀 지낸다. 수화기 너머에서 애니메이션 소리가 들렸
다.

"오빠, 다른 얘기 할 여유가 없어. 내가 지금 말하는 번호를
조사해 줘. 오빠라면 그런 거 할 수 있지?"

하나코의 목소리에서 긴박감을 느꼈는지 와타루는 진지하게 말했다.

"할 수 있어. 바로 번호 가르쳐 줘."

"고마워."

하나코는 전화를 끊고 아키의 전화번호를 오빠에게 보냈다. 그리고 나갈 채비를 했다. 아무리 그래도 파자마 차림으로 나갈 수는 없었다. 청바지를 입고 셔츠를 걸쳤을 즈음 스마트폰이 울렸다. 확인해 보니 와타루에게 문자메시지가 와 있었다. 거기에 표시된 지도를 보았다. 하나코의 집에서 자전거로 5분 거리쯤 될까. 아키네 집이 아니라 주택가 한가운데였다.

와타루에게 고맙다고 연락할 여유도 없었다. 지금은 한시가 급하다. 안을 어떻게 할지 잠깐 고민하다가 역시 혼자 두기보다는 데리고 가는 것이 낫겠다고 판단했다.

"안, 가자."

"어디에?"

"설명할 시간 없어. 빨리. 켄세이네 엄마가 위험한 것 같아."

핸드백을 들고 자전거 열쇠를 챙겼다. 그리고 안의 손을 잡고 집에서 뛰어나갔다.

★

감시 카메라를 색출한 지 1시간 정도가 지났다. 앞쪽에 있는 무인 주차장을 발견한 카즈마는 손가락으로 가리키며 미쿠모에게 말했다.

"미쿠모, 무인 주차장이야. 메모해 둬."

"알겠습니다."

연락처를 메모해 두었다가 나중에 정리해서 문의할 예정이었다. 무인 주차장에는 반드시 CCTV가 달려 있다.

오후 10시를 넘은 시간이었다. 11시에 사건 현장으로 다시 모이라는 미야코 반장의 지시가 있었다.

"그런데 미쿠모, 와타루 형님과는 그 뒤로 어떻게 됐어?"

주변에 인적도 없고 영업하는 가게도 없는 듯해서 카즈마가 슬쩍 물어보았다. 미쿠모는 약간 얼굴을 붉히며 대답했다.

"그냥 똑같아요. 만나지도 않는걸요."

"전화나 문자는 한다는 뜻이야?"

"뭐…. 가끔은요."

미쿠모와 와타루가 처음 만나던 순간에 카즈마는 마침 그 자리에 있었다. 그래서 두 사람이 교제를 시작했을 때, 그리고 2년 전에 헤어졌을 때, 가슴 한쪽에서 약간의 죄책감을 느꼈다.

"저기 미쿠모, 항상 궁금했는데, 두 사람은 왜 헤어진 거야?"

미쿠모와 와타루는 왜 헤어졌을까. 아무도 그 이유를 모른다. 하나코는 와타루를 슬쩍 떠본 적이 있다고 했다. 하지만 와타루가 어물쩍 넘어갔다고 한다. 와타루는 어물쩍 화제를 돌릴 만한 화술을 갖추지 않았으니, 아마 실제로는 잠자코 있었을 뿐이리라.

"말하고 싶지 않아요."

미쿠모가 말했다. 표정이 진지했다. 카즈마는 거듭 확인했다.

"무슨 일이 있어도?"

"네. 무슨 일이 있어도요."

미쿠모는 귀여운 생김새와 어울리지 않게 고집이 셌다. 이렇게까지 말한다면 절대 입을 열지 않을 것이다.

"알았어. 그럼 나도 더는 묻지 않을게. 그나저나 미쿠모, 카마타 경찰서에서는 잘하고 있어?"

"나름대로요."

아직 제대로 회복되지 않았다는 뜻임을 간파했다. 그녀가 예전의 실력을 되찾았다면, 수사1과에도 소문이 들릴 터였다. 그런데 그런 소문을 듣지 못했으니 미쿠모는 아직 제자리에서 맴돌고 있다는 뜻이었다.

"그러고 보니 카오리랑 친하게 지낸다며?"

"네." 미쿠모의 표정이 조금 밝아졌다. "카오리 선배가 예뻐해주세요. 언니가 생긴 것 같아서 좋아요. 저는 외동이라서요."

카즈마의 여동생 카오리는 미쿠모와 같은 카마타 경찰서에서 교통과 경찰로 일한다. 카마타 경찰서로 가기 전에는 경찰청 기동수사대에 있었다. 취미도 웨이트 트레이닝, 특기도 웨이트 트레이닝인 육체파였다. 언뜻 봐도 아이돌 같은 미쿠모와 마초 같은 여동생이 함께 있는 모습을 상상하기는 어려웠지만,

당사자인 미쿠모가 만족하니 잘된 일이었다. 게다가 카오리가 옆에 있으면 이상한 놈들이 꼬일 일도 없을 것이다.

"미쿠모, 이번 사건 어떻게 봐?"

"글쎄요." 미쿠모는 걸으면서 말했다. "아직 정보가 적어서 모르겠습니다. 내일이 지나면 여러 정보가 들어오겠죠. 아마 지인의 소행이 아닐까요? 묻지 마 살인은 아닌 것 같습니다."

나쁘지 않은 분석이었지만 무언가 부족한 느낌이었다. 형사가 된 첫해에 그녀는 아주 맹렬한 기세로 많은 사건을 해결했다. 수사1과에 어마어마한 루키가 나타났다는 소문이 경찰청을 넘어 관할서에도 퍼질 정도였다.

"아, 실례합니다. 카마타 경찰서에서 나왔는데요."

조리복을 입은 남자가 자판기 앞에 서 있기에 미쿠모가 다가가서 사건 당시 상황을 물었다. 남자는 근처 레스토랑에서 일하는 직원인 듯했지만, 사건에 도움이 될 만한 정보는 아무것도 모르는 것 같았다. 탐문이 금지된 것은 아니니 감시 카메라를 찾다가 눈에 띄는 행인이 있으면 카즈마와 미쿠모는 중간중간 탐문을 했다.

"감사합니다."

"아닙니다."

조리복을 입은 남자가 헤벌쭉 웃으며 자리를 떴다. 카즈마가 남자라는 생물은 정말 단순하다는 생각을 하는데, 겉옷 주머니에서 진동이 느껴졌다.

하나코의 전화였다. 하나코는 별다른 일이 없는 한 카즈마가 수사 중일 때 전화를 걸지 않는다. 무슨 일이 생겼나 보다. 순간 안이 아픈가 싶었지만, 조금 전 집에서 나올 때 건강해 보이던 안이 떠올랐다.

카즈마가 곧바로 전화를 받았다. 하나코의 목소리가 들렸다.

"카즈마, 일하는데 미안해."

"하나코, 무슨 일이야?"

바람 소리가 들렸다. 바깥인가 보다. 하나코가 속사포처럼 말했다.

"아키 씨가 위험해. 어쩌면 누가 덮쳤는지도 몰라."

"그게 무슨 말이야, 하나코? 알아듣게 설명해 줘."

조금 전, 안의 소꿉친구 나카하라 켄세이의 엄마 아키에게 전화가 왔다고 한다. 도움을 요청하는 전화였다. 아키가 얼마 전부터 가사 대행 아르바이트를 시작해서 남자가 사는 집에 혼자 들어간다고 했는데, 하나코가 추측하기로 그 집에서 무슨 일이 일어난 것 같다고 했다.

"마음은 알지만, 이 일은 경찰에 맡겨. 하나코가 위험을 무릅쓸 필요는 없어."

"한시가 급해. 그리고 안도 같이 있으니까 위험한 행동은 하지 않을 거야."

"안도 같이 있다고? 하나코, 아무튼 거기 주소를 알려줘."

"알았어."

전화가 끊겼다. 미쿠모가 "왜 그러세요?"라고 묻자, 카즈마가 설명했다. 이야기를 들은 미쿠모는 스마트폰을 꺼내 귀에 댔다. 무코지마 경찰서에 바로 연락하는 모양이었다. 그때 카즈마의 스마트폰에 문자메시지가 도착했다. 그것을 보고 카즈마는 바로 이해했다. 하나코가 와타루에게 받은 문자메시지를 그대로 전달한 것이었다. 지금 나카하라 아키가 있는 곳을 하나코 혼자 알아냈을 리가 없었다.

미쿠모에게 문자메시지를 보여주었다. 미쿠모는 거기에 적힌 주소를 통화 상대에게 간략히 전했다. 카즈마는 주변을 둘러보았지만, 공교롭게도 지나가는 택시가 없었다. 대로를 향해 달렸다.

드디어 빈 택시가 보여 카즈마는 손을 들었다. 뒤에서 발소리가 들렸다. 쫓아오는 미쿠모에게 말했다.

"미쿠모, 뒷일을 부탁해. 나는 하나코한테 갈게."

"알겠습니다. 계장님께는 제가 말씀드리겠습니다."

택시로 가도 30분 넘게 걸리는 거리였다. 그래도 갈 수밖에 없었다. 카즈마가 "일단 출발해 주세요."라고 말하자, 택시가 달리기 시작했다.

★

아주 평범한 단독주택이었다. 문패는 없었다. 밖에서 보기에는 불이 꺼져 있는 것 같았다. 하나코는 초인종을 눌렀다. 잠시 기다렸지만, 안에서는 대답이 없었다. 한 번 더 눌러도 마찬가

지었다.

　문을 노크했지만, 역시나 반응이 없었다. 안에서 어떤 소리가 들리자, 하나코는 문에 귀를 댔다. 멀리서 무언가를 두드리는 소리가 들렸다. 벽을 두드리는 소리 같았다.

　"실례합니다. 아무도 안 계세요?"

　그렇게 말하며 문을 두드려 보았지만 반응이 없었다. 아마 카즈마가 경찰에 신고해 주었을 것이다. 경찰이 여기에 도착할 때까지 시간이 얼마나 걸릴까. 5분? 아니면 10분? 얼마가 걸리든 여기서 넋 놓고 기다릴 수는 없었다.

　"안, 이쪽이야."

　하나코는 근처에 있던 안의 손을 잡고 현관에서 물러났다. 안을 밖에 세워 둔 자전거 앞으로 데려가서 어깨에 손을 올리며 타이르듯 말했다.

　"여기서 얌전히 기다려. 엄마는 잠깐 집 안에 들어가서 상황을 보고 올게."

　"켄세이네 엄마 괜찮아?"

　"괜찮을 거야, 분명히. 조금 있으면 경찰이 올 거거든. 그러면 경찰 아저씨, 아줌마한테 이 안에 엄마가 있다고 말해 줘. 중요한 역할이야. 안이라면 할 수 있지?"

　"응. 할 수 있어."

　"그럼 다녀올게."

　하나코는 딸의 머리를 쓰다듬고 일어나서 다시 현관으로 향했다. 머리핀을 빼며 문 앞에 앉았다. 할머니 마츠에게 간단한 자물쇠 따기 기술을 전수받았지만 이미 오래전 일이었다. 당연하다. 하나코는 형사의 아내이니까. 자물쇠 따기 기술 따위는 쓸 일이 없다.

하지만 소름 끼치게도 몸이 그 감각을 기억하는지 겨우 30초 만에 문이 열렸다. 문을 열고 실내를 들여다보았다. 소리는 2층에서 들려왔다. 문을 두드리는 소리 같았다.

귀를 기울였지만 인기척은 들리지 않았다. 하나코는 신발을 벗고 작은 목소리로 "실례합니다." 하면서 집 안으로 들어갔다. 발소리를 죽이며 계단을 올랐다.

문이 여러 개 보였다. 그중에 소리가 들리는 문 앞에서 반쯤 몸을 숙이며 속삭였다.

"아키 씨예요?"

"…하나코 씨." 안에서 아키의 목소리가 들려왔다. "와 주신 거예요? 정말 고마워요."

문은 안에서 잠긴 것 같았다. 곧 문이 열리더니 아키가 얼굴을 내밀었다. 새하얗게 질린 얼굴로 설명했다.

"아르바이트 때문에 이 집에 온 거예요. 부엌에서 음식을 만드는데 고객이 갑자기 다가오더니…. 뭐가 어떻게 됐는지도 모르겠고 정신을 차리고 보니까 여기로 도망친 뒤였어요. 아까까지 그 사람이 문밖에 있었는데…. 앗! 하나코 씨!"

그 목소리에 하나코가 뒤를 돌아보았다. 남자가 서 있었다.

40대쯤 된 남자였다. 바지를 벗은 채로 손에 골프채를 들고 있었다. 남자가 낮은 목소리로 말했다.

"넌 뭐야? 남의 집에 멋대로 들어왔어?"

하나코가 남자를 올려다보았다. 핏발 선 눈을 보니 제정신이 아닌 것은 분명했다. 제정신이었다면 골프채를 손에 쥐지도 않았을 것이다.

"내 잘못이 아니야. 저 여자 잘못이야. 먼저 꼬신 건 저쪽이라고."

"그게 무슨…."

아키가 하나코 뒤에서 탄식하듯 말했다. 자세한 이야기를 듣지는 못했지만, 하나코도 대충 상황을 알 것 같았다. 아키는 아르바이트를 하러 이 집에 왔다. 부엌에서 음식을 만드는데, 남자가 멋대로 욕정을 품어 아키를 덮치려고 한 모양이다.

경찰차 사이렌 소리가 들렸다. 그 소리를 들은 남자가 하나코를 내려다보며 말했다.

"네가 불렀어? 이게…!"

남자가 골프채 손잡이를 고쳐 쥐자, 하나코는 상황이 훨씬 위험해졌음을 감지했다. 이래 봬도 할아버지 이와오에게 기초적인 호신술을 배운 몸이었다. 상대가 흉기를 든 남자여도 그가 검도 같은 무술을 배운 유단자가 아닌 이상 대등하게 맞설 자신이 있었다. 하지만 지금은 아키가 같이 있다. 그녀는 두려움에 떨며 하나코의 왼팔에 매달려 있었다.

남자가 한 발짝 앞으로 나왔다. 어떻게 하지? 아키의 손을 뿌리치고 남자에게 달려들 수밖에 없나? 타이밍이 조금이라도 늦으면 골프채가 날아올 것이다.

"엄마!"

그 목소리는 계단 밑에서 들려왔다. 안이었다. 순간 그 목소리 때문에 남자의 집중력이 흐트러졌다. 하나코는 그 틈을 놓치지 않았다.

허리를 펴고 일어나서 왼손으로 남자의 손목을 붙잡고 오른쪽 손날로 골프채를 쳐서 떨어뜨렸다. 그대로 손목을 비틀어 남자를 바닥에 엎어뜨렸다.

"아키 씨, 도망쳐요!"

아키가 복도를 지나 계단으로 달려 내려갔다. 하나코는 힘을 빼지 않고 손목을 비튼 상태로 유지했다. 남자가 고통스러운 신음을 뱉었다. 경찰차 소리가 서서히 가까워졌다.

★

카즈마가 현장에 도착했을 때, 경찰차 두 대가 길가에 서 있었다. 나쁜 예감이 들어맞았나. 카즈마는 택시기사에게 요금을 내고 차에서 내렸다. 동네 주민들이 원을 그리고 서서 소동을 구경했다.

경찰관들이 보였다. 카즈마가 상황을 물으려고 걸어가는데, 저쪽에서 달려오는 작은 형체가 보였다. 카즈마가 몸을 숙여 그 형체를 맞이했다.

"안, 괜찮아?"

카즈마가 딸을 끌어안으며 물었다. 안은 천진난만하게 대답했다.

"괜찮아."

"엄마는? 하나코는 어디에 있어?"

"저쪽에서 경찰 아저씨랑 얘기해. 엄마가 범인을 잡았어."

어떻게 된 일일까. 안이 가리킨 곳으로 시선을 돌리니 거기에 정말 아내가 있었다. 두 경찰관과 함께였다.

카즈마는 하나코에게 달려갔다. 그를 알아본 하나코가 "카즈마."라고 불렀다. 카즈마는 안을 잠시 땅에 내려놓고 주머니에서 경찰 신분증을 꺼냈다.

"경찰청 소속 사쿠라바 카즈마입니다. 이 사람은 제 아내입니다."

"그렇군요. 고생하십니다. 지금 부인께 자초지종을 듣고 있었습니다."

"편하게 계속하십시오."

하나코와 경찰의 대화에 귀를 기울였다. 그 대화를 듣자, 카즈마도 서서히 사건의 윤곽이 보이는 듯했다.

하나코에게 걸려온 전화가 계기였다. 하나코와 친한 학부모 나카하라 아키가 도움을 청하는 전화였다. 하나코는 그 전화를 받고 여기로 달려왔다. 집 안으로 들어가 보니, 아키는 화장실에 갇혀 있었고, 하나코는 범인과 마주쳤다.

"아무튼 대단하십니다." 경찰관이 하나코에게 찬사를 보냈다. "범인이 골프채를 들었다죠? 웬만한 사람들은 무서워서 몸이 굳었을 텐데, 사모님은 거기에 맞섰어요. 정말 용감하십니다."

"그 정도는 아닌데…. 학생 때 호신술을 배웠거든요."

하나코는 몸을 움츠리며 쭈뼛거렸다. 어릴 때 할아버지 이와오에게 기초적인 호신술을 배웠다고 들었다. 사실은 기초가 아니라 상당히 실전적인 기술이었음을 이번 사건으로 짐작할 수 있었다. 하지만 카즈마는 이제 그 정도로 놀라지 않았다. 그것이 미쿠모 가문이라는 일족의 특성이니까.

"그런데 범인은 뭐라고 진술하던가요?"

카즈마가 끼어들어 묻자, 경찰이 대답했다.

"용의자는 가사 대행 서비스를 신청했다고 합니다. 평소에는 나이 많은 여성분이 오는데, 오늘은 훨씬 젊은 여자가 와서 뭔가 착각을 한 모양입니다. 정말 이상한 놈이에요."

남자는 이미 대강 혐의를 인정해 무코지마 경찰서로 연행되었다. 나카하라 아키는 다친 곳이 없다고 했지만, 혹시 모르니 병원으로 이송되었다. 아키의 아들 켄세이는 같은 아파트 주민이 맡아주었다는 듯하다. 아르바이트 날이면 항상 그렇게 했다고 한다.

"잠시만 기다려 주세요. 귀가하셔도 되는지 경찰서에 문의해

보겠습니다."

경찰이 그렇게 말하며 사건 현장인 단독주택 부지 안으로 들어갔다. 하나코가 그 모습을 지켜보다가 고개를 숙였다.

"미안해, 카즈마. 나 때문에…."

"그보다 하나코는 괜찮은 거야? 어디 다친 데는 없어?"

"괜찮아. 근데 사실 이 장소를 알아낸 사람은 우리 오빠야. 그걸 경찰이 알면 위험해질지도…."

카즈마 역시 방금 받은 문자메시지를 보고 그러리라 짐작했다. 와타루는 인터넷에 정통한 해커였다. 전화번호만 알면 GPS로 상대의 위치를 금방 알아낼 수 있었다. 카즈마는 고개를 끄덕였다.

"아키 씨가 가르쳐줬다고 하자. 아키 씨는 정신이 없었을 테니까 자세한 대화 내용을 기억하지 못할 거야."

"알았어. 경찰이 물으면 그렇게 대답할게."

카즈마는 범인이 잡히고 하나코가 다치지 않은 것을 확인하자, 일단 마음이 놓였다. 당분간 현장 검증이 이어질 테니 거기에 동석하는 것이 좋을 것 같았다.

주머니에서 스마트폰이 울렸다. 미쿠모의 전화였다. 카즈마는 바로 전화를 받았다.

"선배님, 하나코 언니는 무사해요?"

전화를 받자마자 들려오는 미쿠모의 질문에 카즈마가 대답했다.

"응. 괜찮아. 걱정 끼쳐서 미안하다."

"여기도 곧 해산할 것 같아요. 내일 아침 일찍 수사를 재개한다고 합니다. 그보다 선배님, 피해자의 신원이 밝혀졌어요."

카와시마 테츠로라는 남자였다. 그가 소지한 건강보험증으로 경비업체에 근무한다는 사실을 알아낸 상태였다.

"회사 담당자에게 연락이 온 모양입니다. 죽은 카와시마 테츠로가 그 회사에 들어간 건 3년 전이에요. 그 이전에는 경찰청에 있었다고 합니다."

"그 말은…."

"맞습니다. 피해자는 전직 경찰이에요. 이쪽 분위기는 살기가 가득해요. 경찰이 살해당했을 뿐인데 다들 왜 이렇게 신경을 곤두세우는 걸까요?"

퇴직했다고는 하나, 같은 경찰이 살해당한 사건이니 신경이 날카로워지는 것은 형사로서 당연하다. 죽은 이의 원수를 갚아야겠다는 의지도 강해지고, 어떻게든 범인을 잡아야 체면이 선다. 카와시마 테츠로가 현역 시절에 가깝게 지내던 경찰도 많을 테니 그들에게 무언의 압박을 받는 느낌도 들었다.

"선배님, 내일도 잘 부탁드립니다."

"그래. 내일 보자."

카즈마는 전화를 끊었다. 미야코 반장에게도 연락하는 것이 낫겠다고 생각하며 며칠 전에 새로 저장한 키바 미야코의 번호를 찾았다.

ROOKIE OF LUPIN

제 2 장

너무 많은 것을 안 경찰

"…1센티미터는 10밀리미터예요. 그러니까 1밀리미터가 10개 모이면 1센티미터가 되는 거죠."

산수 수업 중이었다. 오늘 안은 길이를 공부한다. 안의 담임인 코바야시 선생님이 교단 위에 서 있었다. 2년 전에 대학교를 졸업한 젊은 남자 선생님이었다. 어떤 반 아이가 말하기를, 코바야시 선생님은 풋내기라고 했다.

안은 산수를 그다지 좋아하지 않았지만, 성적 자체는 나쁘지 않았다. 수업 내용도 잘 이해하는 편이었는데, 오늘만은 코바야시 선생님의 말이 귀에 들어오지 않았다. 어젯밤 일이 좀처럼 머릿속에서 떠나지 않았다.

어젯밤, 안은 엄마 하나코와 함께 켄세이네 엄마를 구하러 어떤 집에 갔다. 엄마는 자전거 옆에서 기다리라고 했지만, 거기서 얌전히 기다리자니 너무 지루했고 경찰도 올 기미가 없어서 조용히 집 안으로 들어갔다. 그리고 "엄마." 라고 말해 보았다.

위쪽에서 소리가 들려서 계단을 올라갔다. 안은 거기서 놀라운 광경을 목격했다. 지금 떠올려도 꿈이었나 싶을 만큼 충격적인 광경이었다.

긴 막대기를 든 남자가 서 있었다. 엄마는 자리에서 일어나 남자의 손등을 쳐서 막대기를 떨어뜨리고 남자의 손목을 잡았다. 그다음이 정말 대단했다. 어떻게 했는지는 모르겠지만, 남자가 어느새 바닥에 납작 엎드려 있었다. 남자는 아픈지 비명을 질렀다. 엄마는 태연한 얼굴로 남자의 손목을 붙잡았다.

안은 떨렸다. 엄마가 너무 멋있었다. 저도 모르게 손뼉을 칠 뻔했지만, 그때 켄세이네 엄마가 달려와서 허둥지둥 계단을 뛰어 내려갔다. 켄세이네 엄마가 밖으로 뛰쳐나가는 모습을 그늘에 숨어서 지켜보았다.

흥분이 채 가라앉기 전에 밖에서 경찰차 사이렌 소리가 들렸고, 이내 경찰관이 안으로 들어왔다. 안은 그늘에서 뛰어나가 "위에 있어요."라고 가르쳐 주었다. 경찰이 계단을 올라갔다. 조금은 도움이 돼서 기뻤지만, 엄마에 비하면 아무것도 아니었다.

안은 밖으로 나가 자전거 옆에서 기다렸다. 잠시 후 엄마가 경찰과 함께 집 밖으로 나왔다. 안은 자기도 모르게 엄마에게 달려가 안겼다.

엄마의 모습이 머릿속에 박혀서 떠나지 않았다. 집에 도착한 뒤에도 흥분이 가라앉지 않아서 이불에 누워 한참 동안 엄마의 움직임을 곱씹었다. 그래서 잠을 많이 자지 못했다.

지금껏 세상에서 제일 강한 여자는 아빠의 여동생 카오리 고모인 줄 알았다. 설날이나 추석에만 만날 수 있었지만, 카오리 고모가 강한 것은 분위기만으로도 알 수 있었다. 카오리 고모는 '이 사람은 보통내기가 아니다'라는 생각이 들 만한 분위기를 풍긴다.

그런데 진짜 최강의 여자는 카오리 고모가 아니라 엄마였나

보다. 미쿠모 하나코야말로 진짜 최강의 여자. 안이 오늘 등굣
길에 내린 결론이었다. 강한 매는 발톱을 감춘다고 했다. 할부
지가 준 속담 사전에 있던 말이다.

"…그럼 아는 사람 손들어 보자."

주변 아이들이 모두 손을 들자, 안은 당황했다. 엄마를 생각
하느라 선생님이 한 질문을 하나도 듣지 못했다. 안은 옆을 보
았다. 항상 그 자리에 앉아 있던 켄세이가 없었다. 켄세이는 오
늘 오전에 학교를 쉰다고 했다. 어제 그런 일이 있었으니 당연
하다. 교실을 둘러보아도 손을 들지 않은 사람은 안뿐이었다.

"어? 안, 혹시 딴생각했어?"

선생님에게 들키자 안은 얼굴이 새빨개졌다. 코바야시 선생
님이 다시 설명해 주었다.

"안, 책상 위에 자가 있지?"

있다. 오늘 준비물이었다.

"그 자는 30센티미터짜리 자죠. 그걸 밀리미터로 계산하면
몇 밀리미터짜리 자일까요? 안, 알겠어?"

1센티미터가 10밀리미터. 1센티미터가 10개 모이면 10센티미
터니까 100밀리미터. 그럼….

"300밀리미터요."

"정답. 잘했어. 그럼 여러분, 이제 자로 선을 그어볼까요? 공
책에 20밀리미터인 선을 그어봅시다."

엄마는 강하고 멋있다. 그 사실을 누군가에게 말하고 싶어서

입이 근질거렸지만, 아마 아무도 믿어주지 않을 것이다. 하지만 너무너무 말하고 싶었다. 우리 엄마는 강하다고. 어쩌면 세상에서 제일 강한 여자일지도 모른다고.

"다 그었나요? 그럼 이번에는 20센티미터인 선을 그어 볼까요?"

아차. 늦었다. 안은 허둥지둥 연필과 자를 들고 공책에 집중했다.

★

"다음 골목에서 우회전해 주세요."

미쿠모가 그렇게 말하자, 운전석에 앉은 사쿠라바 카즈마가 "오케이."라고 대답하며 깜빡이를 켰다. 미쿠모는 오늘도 카즈마와 한 조가 되어 수사했다. 아침 수사회의에서 피해자의 정보가 공개되었다.

살해당한 피해자는 카와시마 테츠로, 63세. 3년 전 경찰청에서 은퇴했고 동도경비보장이라는 경비업체에 들어갔다. 고등학교를 졸업한 뒤 42년 동안 경찰로 일했다는 뜻이다. 소속 부서는 지역과였다. 그래서 파출소에서 근무할 때가 많았고, 그전에는 형사과에 10년 가까이 있었다고 한다.

카와시마 테츠로의 집은 현장에서 도보로 15분 거리에 있는 미나미카마타 공동주택이었다. 그의 예전 상사는 그가 성실한 경찰이었다고 증언했다. 성격도 온화해서 남의 원한을 살 만한 사람이 아니었다고 했다. 하지만 실제로는 살해당했으니 그에게 살의를 품은 누군가가 있었다는 뜻이다.

오늘부터는 현장 근처를 탐문하면서 동시에 피해자의 주변 인물을 중심으로 조사해야 한다. 미쿠모와 카즈마는 피해자 전처의 진술을 듣고 오라는 지시를 받아서 전처가 사는 네리마 아파트로 향하는 중이었다.

"다 왔네요. 저 아파트 같아요."

암행용 차량이 속도를 높였다. 마침 아파트 앞에 손님용 주차 공간이 있어서 거기에 차를 세우고 공동현관으로 들어갔다. 피해자 전처에게 미리 연락해 둔 덕에 금방 안으로 들어갈 수 있었다. 그녀가 가르쳐준 호실로 가 보니, 한 여성이 문 앞에서 기다리고 있었다.

"안녕하세요. 후루사와 아케미입니다."

여성이 고개 숙여 인사했다. 겸손해 보이는 여성이었다. 이름은 후루사와 아케미. 나이는 58세. 카와시마 테츠로와는 10년 전에 이혼했다는 보고를 들었다.

"경찰청에서 나온 사쿠라바 카즈마입니다. 이쪽은 카마타 경찰서에서 나온 호죠 미쿠모입니다. 돌아가신 테츠로 씨 일로 이야기를 들으러 왔습니다."

"들어오세요."

아케미가 안내하는 대로 실내에 들어갔다. 방과 부엌이 분리된 원룸이었다. 딸이 한 명 있다고 들었지만, 함께 살지 않는 모양이었다. 미리 손님 맞을 준비를 해 두었는지 낮은 테이블 앞에 방석이 깔려 있었다. 페트병에 든 녹차도 사람 수만큼 놓여 있었다.

"거두절미하고 말씀드리자면," 카즈마가 말을 꺼냈다. "테츠로 씨는 누군가에게 살해당했습니다. 척살이었습니다. 그분에게 원한을 품은 사람이 있었나요?"

아케미는 고개를 갸우뚱했다.

"생각나는 사람이 없어요. 이미 조사하셨겠지만, 저희가 이혼한 지도 벌써 10년이 됐거든요. 그동안 한 번도 만나지 않았어요. 저는 테츠로가 최근에 누구랑 어떻게 지냈는지 하나도 몰라요."

"이건 형식적인 질문입니다만, 어제저녁에 뭘 하셨나요?"

"알리바이 때문이죠? 저녁 7시까지 일했어요. 근처 세탁소에서요."

범행 시각은 오후 6시에서 7시 사이였다. 알리바이가 성립된다고 봐도 될 것 같다. 카즈마는 세탁소 연락처를 물었고, 미쿠모는 그것을 수첩에 메모했다.

"따님이 있다고 들었는데, 따로 사시나 보군요."

둘이 살기에는 좁은 집이었다. 아케미가 대답했다.

"네. 독립했어요. 한 2년 전부터 따로 살았죠. 딸은 나카노에서 삽니다."

"따님의 이야기도 듣고 싶습니다만, 연락해주실 수 있습니까?"

"그럴 줄 알고 아까 연락해봤는데, 오늘은 힘들다고 하네요. 내일 이후에는 시간을 낼 수 있대요. 딸에게 연락 드리라고 얘기할게요."

미쿠모가 명함을 꺼내 낮은 테이블 위에 올려놓았다. 카즈마는 그 모습을 보며 추가로 질문했다.

"따님은 무슨 일을 하십니까?"

"연극배우예요. 작은 극단에 소속돼 있어요. 다음 주부터 공연이 시작돼서 오늘 리허설을 한다네요. 그 아이는 테츠로랑 종종 만난 것 같으니 저보다 도움이 될 거예요."

극단 이름은 '소행성'이라고 했다. 미쿠모는 스마트폰으로 인터넷을 검색해 극단 '소행성'이 다음 주부터 2주 동안 시부야 극장에 공연을 올린다는 사실을 확인했다. 하지만 극단의 자세한 정보까지는 알 수 없었고, 작은 극단이라는 것만 짐작할 수 있었다.

그 뒤에도 형식적인 질문, 예를 들면 피해자가 품고 있던 고민이나 친하게 지내던 지인에 관한 질문을 했지만, 아케미는 아는 것이 별로 없었다. 처자식에게 일 이야기를 하지 않는 경찰은 흔하다. 살해당한 테츠로도 그렇게 입이 무거운 경찰이었나 보다.

"뭐 하나 여쭤봐도 될까요?" 미쿠모가 그렇게 운을 떼며 끼어들었다. 계속 묻고 싶은 질문이 있었다. "무례를 무릅쓰고 여쯥니다. 테츠로 씨와는 왜 이혼하셨습니까?"

선을 넘은 질문인 것은 알지만 아무래도 신경이 쓰였다. 카와시마 테츠로가 살해당한 사건과 직접적인 관계가 없다고 해도, 부부 갈등이 간접적인 원인으로 작용했을 가능성을 무시할 수 없었다.

"토코로자와에 저희 본가가 있는데, 거기서 부모님이 자동차 부품 공장을 하셔서…."

아케미가 설명했다. 십몇 년 전, 아케미의 부모님이 운영하던 자동차 부품 공장의 재정 상황이 나빠졌다. 거래처가 도산하고 베테랑 직원이 은퇴하는 등 여러 문제가 겹쳐서였다.

"저희한테도 돈을 빌려달라고 하셨어요. 그래서 그 사람이 돈을 빌려줬는데…."

테츠로는 처음에 500만 엔, 나중에 추가로 200만 엔을 처가에 빌려줬다. 하지만 상황은 나아지지 않았고 공장은 결국 도산하고 말았다. 그런데 아케미의 부모님은 공장 토지와 건물을 매각해서 파산을 면했고, 은행에서 대출받은 돈으로 본가를 리모델링해 1층을 편의점으로 만들었다. 지금도 편의점을 운영한다고 했다.

테츠로는 장인 장모에게 왜 이야기가 다르냐며 당장 돈을 돌려달라고 따졌지만, 편의점 상사는 큰 돈벌이가 되지 않는 탓에 곧바로 전액을 돌려받을 수는 없었다.

"결국 80퍼센트는 돌려받은 것 같던데, 이야기가 틀어져서…. 저희 부모님과 그 사람이 연을 끊는 바람에 우리 부부 사이도 벌어지고 어긋났어요."

카즈마가 토코로자와 본가의 연락처를 물었고, 미쿠모는 그 내용을 수첩에 메모했다. 부인의 본가와 빚은 돈 문제. 살의까지 생길 일인지는 모르겠지만, 조사할 가치는 있을 듯했다.

★

"하나코 씨, 잘 오셨습니다."

하나코를 마중 나온 사람은 처음 보는 남자 교사였다. 겉보기에는 나이가 꽤 있는 것 같았다. 하나코는 준비된 슬리퍼를 신고 남자 교사의 안내를 받으며 복도를 걸었다.

오후 1시가 넘은 시간, 벌써 수업 중인지 복도에서 아이들의 모습을 찾아볼 수 없었다. 안도 지금쯤 2학년 교실에서 수업을 듣고 있을 것이다.

"이쪽입니다. 하나코 씨."

교무실을 지나친 뒤에 남자 교사가 멈춰 섰다. 교장실 앞이었다. 오늘 아침, 하나코는 학교에서 꼭 와 달라는 연락을 받았다. 어젯밤 사건—하나코가 나카하라 아키를 구해준 사건 때문인 것 같았다. 너무 간곡히 부탁하기에 어쩔 수 없이 서점 점심시간을 이용해 학교에 왔다.

"자, 다들 기다립니다."

남자 교사가 문을 열며 안으로 들어가라고 했다. 하나코가 쭈뼛거리며 들어가 보니, 손님맞이용 소파에 세 남자가 앉아 있었다. 유일하게 낯이 익은 사람은 교장 선생님이었다. 입학식 때 얼굴을 봐서 안다. 교장 선생님 옆에는 정장을 입은 남자와, 뜬금없이 경찰 제복을 입은 남자가 있었다. 모두 50대쯤 돼 보이는 초로의 남성이었다.

"미쿠모 하나코 씨죠?" 그렇게 말하며 교장이 일어났다. "어제 대단한 일을 하셨다고요? 꼭 인사드리고 싶어서 교감 선생님께 자리를 마련해 달라고 했습니다."

하나코를 안내해 준 남자 교사가 공손하게 고개를 숙였다. 이 사람이 교감 선생님이었단 말인가. 하지만 지금 중요한 것은 그게 아니다.

"하나코 씨, 우선 앉으시죠."

교장 선생님이 그렇게 말하자, 하나코는 그 말을 따랐다.

"감사합니다."

하나코가 소파에 앉자, 교장 선생님이 두 남자를 소개했다.

"하나코 씨, 이분은 무코지마 경찰서 서장님입니다. 저랑은 같은 골프 연습장에 다니는 사이죠. 그리고 이분은 학부모-교사 모임의 회장님 오오와다 씨입니다. 오오와다 씨는 영화회사에서 프로듀싱을 하십니다. 연예계에서도 유명한 분이에요. 오오와다 씨의 아드님이 아마 하나코 씨 따님의 옆 반일 겁니다."

"처음 뵙습니다. 오오와다입니다."

"미쿠모 하나코라고 합니다. 반갑습니다."

사무직원으로 보이는 여성이 차를 내왔다. 오오와다라는 남자가 하나코에게 노골적인 시선을 보내며 말했다.

"남자를 제압했다길래 좀 더 드센 여자분일 줄 알았습니다. 좋은 의미로 기대를 저버리셨군요. 이렇게 멋진 여성이실 줄이야."

완전히 성희롱 발언이었다. 심지어 오오와다는 여자에게 가격을 매기는 듯한 눈빛을 보냈다. 솔직히 말해서 어제 아키를 덮치려고 한 남자와 같은 부류였다.

"그나저나 훌륭하게 대처하셨습니다." 무코지마 경찰서 서장이 말했다. "원래는 보통 경찰이 도착하기를 기다리잖습니까? 그런데 혼자 범인이 있는 곳에 들어가다니 웬만한 용기로는 못할 일입니다. 제가 듣자 하니 무술을 배우셨다고요."

"아, 그게… 호신술을 조금… 인터넷으로요."

"그렇군요. 대단하십니다." 서장이 고개를 끄덕였다. "피해를 보신 분은 안됐지만, 그래도 가벼운 부상으로 끝났다고 들었습니다. 하나코 씨가 없었다면 얼마나 무서운 일이 벌어졌겠습니까?"

사실 나카하라 아키와는 이미 연락을 주고받았다. 현장에서 본 아키는 다치지 않았다며 괜찮은 척했지만, 병원에 가 보니 옆구리 쪽 뼈에 금이 가 있었다. 어젯밤 늦게 귀가했는지 오늘 하루는 일을 쉰다고 했다.

"우선 사진부터 찍죠."

교감이 말하자, 갑자기 사진을 찍는 분위기가 형성되었다. 하나코는 교장 선생님과 무코지마 경찰서 서장 사이에 낀 꼴이었다. 교장 옆에는 학부모-교사 모임 회장인 오오와다가 서 있었다. 하나코는 경찰 조직의 높으신 분과 나란히 사진을 찍었다. 아버지가 보면 틀림없이 화를 낼 것이다. '하나코, 짭새랑 기념사진을 찍다니 뭐 하는 짓이냐!' 타케루의 목소리가 귓가에 울리는 것 같았다.

"교장 선생님, 미소 좋습니다. 하나코 씨는 표정이 딱딱해요."

촬영이 끝나자, 오오와다가 먼저 자리를 떴다. 마지막까지 음흉한 눈으로 하나코를 보다가 떠났다. 교장과 무코지마 경찰서 서장은 골프 친구답게 스스럼없이 대화를 나누었다. 교감 선생님이 다가와서 하나코와 시선을 맞추며 말했다.

"하나코 씨, 작은 부탁이 있습니다."

"무슨 부탁이요?"

"이번 주말에 열릴 운동회 말입니다. 아키 씨가 다치셨다더군요. 원래 아키 씨가 안내위원을 해주기로 했는데, 하나코 씨가 대신 맡아주실 수 있을까요? 반 담임인 코바야시 선생님에게 확인해 보니 하나코 씨는 운동회 때 맡으신 일이 없다고 들어서요."

"그럼 제가 할게요. 근데 저는 리허설에 참여하지 않았는데 괜찮을까요?"

"괜찮습니다. 안내위원은 그냥 서 있으면 되니까요. 나중에 따님을 통해서 매뉴얼을 전할 테니 당일까지 읽고 와 주세요."

"알겠습니다. 그럼 전 이만 직장에 가 봐야 해서."

하나코가 그렇게 말하며 일어났다. 교장 선생님과 무코지마 경찰서 서장의 배웅을 받으며 교장실에서 나왔다. 신발장에서 신발을 신고 밖으로 나왔다. 운동회 연습을 하는지 운동장에서 달리는 아이들이 있었지만, 체격으로 보아 고학년인 것 같았다.

하나코는 스마트폰을 꺼냈다. 그리고 일기예보를 확인했다.

주말에 있을 운동회를 생각하니 우울했다. 안이 남들 눈에 띄는 것도 걱정되었고 미쿠모 가문과 사쿠라바 가문 사람들이 만나는 것도 스트레스였다. 차라리 비가 오면 좋겠다고 진심으로 생각했다.

주간 일기예보를 확인했다. 이번 주 일요일, 주황색 태양 마크가 얄밉게도 또렷이 박혀 있었다.

오후 8시경, 카즈마는 하루 수사를 마쳤다. 경찰서에서 나오자, 옆에서 걷던 미쿠모가 물었다.

"선배님, 집에 가시나요?"

"응. 오늘은 집에 가려고."

카마타 경찰서에 수사본부가 설치되었으니 경찰서 안에서 묵을 수도 있었지만, 카즈마는 항상 되도록 집에 들어가려고 노력했다.

"역시 안 때문인가요?"

미쿠모가 속마음을 꿰뚫어 본 것처럼 말하자, 카즈마가 쓴웃음을 지었다.

"뭐, 그렇지."

"올해 몇 살이죠?"

"일곱 살. 초등학교 2학년이야."

"벌써 그렇게 됐나요?"

오늘 오전, 카즈마와 미쿠모는 네리마에 사는 피해자의 전처 후루사와 아케미에게 진술을 들은 뒤 바로 사이타마현 토코로자와시에 갔었다. 아케미의 부모님과 죽은 테츠로 사이에 돈 문제가 있었다기에 이야기를 들어보기로 한 것이다.

아케미가 말한 대로 철근 콘크리트로 지은 3층짜리 주택 1층에 편의점이 있었다. 2층에는 아들 부부가, 3층에는 노부부가 살았다. 두 사람은 3층으로 안내를 받았고 후루사와 아케미의 부모님을 만났다. 그들은 테츠로가 죽었다는 사실을 딸에게 들어 알고 있었다. 10년 전에 갈등이 있었던 것은 맞지만, 이제는 완전히 연이 끊긴 상태라고 아케미의 아버지가 증언했다.

만일을 위해 네 식구의 어젯밤 알리바이를 물었다. 노부부는 경로회에서 주최한 버스 소풍에 갔다가 밤 8시가 넘어 집에 돌아왔다며 소풍 영상을 보여주었다. 거기에 아들 부부의 알리바이까지 성립되자, 카즈마와 미쿠모는 카마타로 돌아가 수사회의에 참석했다. 오늘 하루를 투자하고도 건진 것이 없었지만, 수사는 원래 이런 것이다.

"선배님, 가볍게 한잔하실래요?"

"응? 지금?"

"네. 아직 막차까지 시간이 있잖아요. 재회한 기념으로 한잔하시죠."

그렇게까지 말하니 거절하기 어려웠다. 카즈마는 미쿠모의 제안을 받아들였다. 사실 카즈마도 시원한 생맥주를 마시고 싶었다. 배도 고팠다.

미쿠모가 소개한 가게는 도저히 깔끔하다고 할 수 없는 이자카야였다. 침침하게 빛나는 붉은 초롱이 가게 앞에 걸려 있었다. 미쿠모는 "사장님, 안녕하세요." 하며 자기 집처럼 익숙하게 가게에 들어갔다. 조금 기가 눌린 카즈마도 뒤따라 들어갔다. 머리에 수건을 동여맨 남자가 카운터 안쪽에서 말했다.

"짝꿍은 완전히 맛이 갔어."

좁은 가게 안. 두 개뿐인 테이블 한편에 익숙한 얼굴이 있었다. 카즈마의 여동생 카오리였다. 만취한 카오리가 카즈마를 보며 말했다.

"어, 이게 누구야? 우리 오라버니잖아? 카마타에 오신 걸 환영합니다, 사쿠라바 카즈마 경사님."

그렇게 말하며 일어나서 경례했다. 미쿠모는 자연스럽게 카오리 옆에 앉아서 메뉴판을 펼치며 카즈마에게 말했다.

"선배님, 생맥주 드실 거죠?"

"아, 응."

"사장님, 생맥주랑 아카키리시마 온더록 주세요. 그리고 말고기 회랑 감자 샐러드, 또…."

미쿠모가 신속하게 주문을 마쳤다. 음료가 바로 나와서 건배했다. 이유는 모르겠지만 카오리는 오른손에 생맥주를, 왼손에 하이볼을 들고 있었다. 언제 봐도 호탕한 녀석이다.

여동생 카오리와 호죠 미쿠모. 기묘한 조합이었다. 하지만 연결고리가 없지는 않았다. 카오리에게 미쿠모 와타루는 사돈총각이다. 그 사돈총각과 사귀던 사람이 호죠 미쿠모였다. 미쿠모와 와타루는 양가의 허락을 받은 사이였고, 카즈마를 비롯한 가족들은 그 둘이 사실혼 관계라고 생각했다. 지금은 헤어진 것 같지만….

"그래서 수사는 잘돼?" 카오리가 오른손에 든 생맥주를 마시며 물었다. "피해자가 전직 경찰이라며? 수사본부도 꽤 의지를 불태우는 것 같던데." 이번에는 왼손에 든 하이볼을 마시며 말했다. "어때? 용의자는 추려졌어? 신세기 홈즈의 추리를 좀 들어보자."

미쿠모가 아카키리시마 온더록을 한 모금 마시고 말했다.

"용의자는 이미 나왔어요. 아까 수사회의에서 들었어요."

"흠, 그래?"

"사건 현장인 주상복합건물 2층에 이자카야가 있는데, 그 가게 점원이 목격했대요."

미쿠모가 말한 대로였다. 그 가게는 저녁 5시에 오픈하는데, 어제 오픈과 동시에 두 남자 손님이 들어왔다고 한다. 두 사람은 가장 구석진 테이블에 앉았다. 그중 한 사람이 카와시마 테츠로라는 사실이 밝혀졌다. 수사관이 보여준 얼굴 사진과 옷이 그 손님과 일치한 것이다.

그와 같이 있던 남자는 테츠로와 나이대가 비슷했고, 카운터를 등진 자리에 앉은 탓에 점원들은 그의 얼굴이 생각나지 않는다고 했다. 테츠로는 생맥주를, 다른 남자는 우롱차를 주문했고, 안주로는 삶은 풋콩만 시켰다고 한다. 1시간 정도 가게에 머문 것으로 확인되었다. 수사본부는 두 사람이 가게에서 나간 뒤 바로 옥상으로 향했을 것이라 추측했다.

"아마 가까운 시일 내에 범인이 잡힐 거예요. 근처 CCTV에 찍혔을 테니까요."

미쿠모가 남의 일처럼 말했다. 카즈마는 그 모습을 보며 역시 미쿠모가 아직 회복되지 않았다는 생각을 했다. 예전에 파트너로 지내던 시절, 수사1과에 배속된 지 얼마 되지 않았을 당시의 미쿠모였다면, 자진해서 수사 최전선에 뛰어들었을 것이다. 그때의 기세가 지금의 미쿠모에게는 없었다.

"선배님, 두 번째 잔은 뭐로 하실래요? 선배님도 소주 드실래요?"

"아니, 나는….."

"제가 마시는 아카키리시마는 자색고구마로 만든 거예요. 자색고구마는 폴리페놀의 일종인 안토시아닌이 풍부해서 건강에 좋아요."

"아니, 나는….."

"음, 이 타이밍에는 마왕이 좋으려나? 마왕의 원료는 백고구마라는 유명한 고구마예요. 단맛이 강한 게 특징이죠. 보통 고구마소주는 흑국을 사용해서 만드는데, 마왕은 일본주처럼 황국을 사용해요."

"그럼 그걸로 하자."

"사장님, 마왕 온더록 두 잔 주세요."

"예이."

파트너로 지내던 시절, 같이 밥을 먹을 기회가 여러 번 있었지만, 미쿠모는 소주를 마시는 이미지가 아니었다. 굳이 구분하자면 칵테일을 마실 것 같은 이미지였다. 그런데 지금 이렇게 카오리와 나란히 앉아 있어도 어색한 느낌이 없었다.

"미쿠모, 소주를 좋아하는구나."

"네. 마셔도 살이 안 찌거든요."

그건 마시는 양과 안주 양에 따라 달라지지 않나? 그렇게 생각했지만, 그 말을 속으로 삼키며 말고기 회를 마늘 간장 소스에 찍어 먹었다. 확실히 맛있다. 두 사람이 이 가게에 자주 오는 이유를 알 것 같았다.

"그러고 보니 카오리 선배님, 그 이후에 어떻게 됐어요? 그 두 사람, 카오리 선배님한테 마음이 있어 보였잖아요."

"안 돼, 안 돼. 그렇게 나약한 놈들은 이쪽에서 사양이야."

두 사람은 즐겁게 대화했다. 의외로 죽이 맞는 것 같아 조금 우스웠다. 카즈마는 생맥주를 죽 들이켰다. 내일도 아침부터 수사를 해야 하니 한 잔만 더 마시고 돌아가기로 했다.

카즈마가 히가시무코지마 아파트에 도착한 시간은 오후 10시 30분이었다. 먼저 가지 말라고 말리는 두 사람을 뿌리치고 겨우겨우 집으로 돌아왔다. 위를 올려다보니 8층에 있는 카즈마의 집에서 희미한 빛이 새어 나왔다. 안은 벌써 잠들었으려나?

공동현관 앞에 사람 형체가 보였다. 그 형체가 곧장 카즈마 앞으로 다가오더니 고개를 숙여 인사했다.

"밤늦게 죄송합니다, 카즈마 공."

카즈마가 아는 얼굴이었다. 야마모토 사루히코. 미쿠모의 조수였다.

"어쩐 일이세요?"

"긴히 드릴 말씀이 있습니다."

"여기서 계속 기다리셨어요?"

"네. 경찰서에서 아가씨와 함께 나가시는 걸 확인한 뒤에 앞질러 왔습니다."

아가씨는 미쿠모를 가리키는 말이었다. 그가 지금도 미쿠모의 조수라는 뜻이었다. 사루히코는 정보원으로서 능력이 뛰어나 중요한 정보로 수사에 도움을 준 적이 많았다.

"죄송합니다. 미쿠모랑 밥을 먹느라 늦었습니다. 여기는 좀 그러니 안으로 들어가시죠."

"아닙니다. 이런 한밤중에 댁에 들어갈 수는…."

"딸은 잘 거예요. 어서 들어가시죠."

카즈마는 연신 들어가라고 말하며 사루히코의 어깨를 밀어 억지로 엘리베이터에 태웠다. 8층에서 내려서 우선 카즈마만 집에 들어갔다. "어서 와." 하며 하나코가 맞아 주었다. 안은 이미 자는 듯했다. 사정을 설명하자, 하나코가 말했다.

"나는 신경 쓰지 마. 차를 내올게."

"고마워. 부탁해."

현관문을 열고 사루히코를 불렀다. 사루히코는 송구하다는 듯 집으로 들어왔다. 카즈마가 거실 식탁으로 안내하자, 의자에 앉기 전 사루히코가 손에 든 쇼핑백을 건넸다.

"별 건 아닙니다만."

"마음 써주셔서 감사합니다. 자, 앉으세요."

"감사합니다."

사루히코가 의자에 앉았다. 하나코는 부엌에서 물을 끓였다. 카즈마는 사루히코가 찾아온 용건이 무엇인지 어렴풋이 짐작이 되었다.

"사실 저희 아가씨 때문에 찾아뵀습니다." 사루히코가 입을 열었다. "카즈마 공도 아시겠지만, 아가씨가 와타루 공과 파국을 맞은 뒤로 계속 그런 상태라서 너무나 참담한 심정입니다. 돌아가신 선대께서도 저승에서 슬퍼하실 겁니다."

돌아가신 선대. 20세기 홈즈로 불리던 호죠 소신을 가리키는 말이었다. 카즈마도 그 이름을 알고 있었다. 호죠 소신은 미쿠모의 아버지 소타로보다도 전국적인 인지도가 높다. 그를 소재로 한 드라마가 있을 정도였다.

"카마타 경찰서로 가신 뒤에도 회복할 조짐이 보이지 않습니다. 고구마소주 지식만 늘어가는 아가씨를 더는 두고 볼 수가…."

사루히코는 정말 울음을 터뜨릴 것 같았다. 카즈마가 난처함을 느낄 즈음, 하나코가 찻잔을 들고 나타났다. 그 모습을 본 사루히코가 고개를 숙였다.

"아이고, 사모님, 감사합니다."

"아니에요." 하나코가 대답하며 카즈마 옆에 앉았다. 사루히코가 이어서 말했다.

"이번에 카즈마 공이 카마타 경찰서 수사본부에 오신 것도 인연 아니겠습니까? 부디 카즈마 공의 힘으로 아가씨에게 활기를 불어넣어 주십시오. 이 말씀을 드리려고 이렇게 찾아뵀습니다."

어려운 일이었다. 카즈마도 와타루와 헤어지자마자 눈에 띄게 활기를 잃은 미쿠모에게 기운을 북돋우려고 나름대로 애썼지만, 결국 그녀는 카즈마의 말에 귀를 기울이지 않았다.

"그게 가능할까요?" 카즈마가 솔직하게 대답했다. "제가 활기를 불어넣으려고 해도 소용이 없을 거예요. 어제부터 같이 있었지만, 심신은 완전히 회복한 것 같더군요. 이제 남은 건 의욕 정도겠죠. 어떤 계기가 생기면 예전의 미쿠모로 돌아올 것 같습니다."

"그 계기가 없어서 곤란한 상황입니다."

사루히코가 그렇게 말하며 어깨를 축 늘어뜨렸다. 그의 심정은 이해가 된다. 미쿠모는 그 유명한 명문가, 호조 탐정사무소의 외동딸이다. 동네 경찰서 형사과 구석에 처박혀 있기에는 아까운 인재였다.

"나도 하나 물어봐도 돼?" 하나코가 끼어들었다. "애초에 미쿠모는 왜 우리 오빠랑 헤어진 거야?"

"글쎄. 그건 나도 몰라. 나뿐만 아니라 아무도 모를걸."

사루히코도 모르는지 고개를 갸우뚱했다. 하나코가 말했다.

"그 두 사람, 이제 가능성이 없을까?"

다시 만날 가능성이 없냐는 뜻이리라. 카즈마는 팔짱을 꼈다.

"모르지. 그건 당사자들만 알겠지. 두 사람 다 성인이라 남들이 끼어들 수도 없고."

"성인이긴 해도 정신적으로는 아직 어린애야, 우리 오빠는.

마침 어젯밤에 도움을 받았으니 고맙다는 인사도 할 겸 상황을 살펴보고 올까 봐."

하나코가 친한 학부모인 나카하라 아키를 구했을 때, 그녀가 있는 장소를 알아낸 사람은 와타루였다.

"말리지는 않겠지만, 너무 끼어들지 마."

"아니요, 사모님. 꼭 좀 부탁드립니다." 사루히코가 고개를 숙였다. "아가씨와 와타루 공이 다시 만난다면 아가씨도 예전 같은 활기를 되찾을 테니, 호죠 가문의 번영을 위해서도 그것이 가장 좋은 방법입니다. 부디 힘을 보태 주십시오."

"제가 대단한 변화를 가져오지는 못할 거예요. 하지만 저도 두 사람이 왜 헤어졌는지 계속 궁금했거든요."

"잘 부탁드립니다."

사루히코가 깊이 고개를 숙였다. 호죠 미쿠모는 경찰청에 들어온 지 5년 차인 일개 형사에 불과했다. 하지만 그녀의 실력은 카즈마도 익히 알았고, 지금 그녀는 실력을 충분히 발휘한다고 보기 어려웠다. 와타루와 다시 만나는 것도 한 가지 해결 방법이겠지만, 역시 그녀가 스스로 답을 찾아야 하지 않을까. 그것이 카즈마의 생각이었다.

카즈마는 찻잔으로 손을 뻗었다.

★

약속 장소는 진구마에에 있는 카페였다. 약속 시간인 오후 1

시, 가게로 들어오는 여자가 보였다. 오늘 만나기로 한 여자인 것 같았다. 미쿠모가 일어나 손을 들자, 상대방도 금방 눈치채고 미쿠모를 향해 걸어왔다.

"처음 뵙겠습니다. 바쁘신 와중에 시간 내주셔서 감사합니다." 옆에 앉은 카즈마가 말했다. 카즈마는 경찰 신분증을 꺼내 보였다. "저는 경찰청에서 나온 사쿠라바 카즈마, 이쪽은 카마타 경찰서에서 나온 호죠 미쿠모입니다. 후루사와 아카네 씨 되시죠?"

"네. 제가 후루사와 아카네예요."

이름은 후루사와 아카네. 극단에서 연극배우로 일한다고 들었다. 조금 더 화려한 이미지를 상상했는데, 미쿠모와 카즈마 앞에 나타난 여자는 굳이 말하자면 수수한 느낌이었다.

음료를 주문한 뒤 카즈마가 입을 열었다.

"삼가 조의를 표합니다. 아버님 일은 유감입니다. 아카네 씨는 극단에서 배우로 일하시는 것 맞습니까?"

"배우라고 소개할 정도는 아닌데, 일단은 그렇습니다."

"어머님께 들었습니다. 곧 공연이 있다고요."

"맞아요. 다음 주부터 공연이에요." 아카네가 핸드백에서 팸플릿을 하나 꺼내 테이블 위에 올려놓았다. "팸플릿이에요. 괜찮으시면 보러 오세요."

미쿠모는 팸플릿을 바라보았다. 다음 주 금요일부터 시부야 극장에서 공연이 시작된다고 적혀 있었고, 연극 제목은 《히미코》였다. 야마타이국의 여왕 히미코를 가리키는 말일까. 사건과는 관련이 없지만, 궁금해서 물어보았다.

"어떤 스토리죠?"

"설명하기 어려운데," 그렇게 운을 뗀 아카네가 이야기를 시작했다. "시공을 뛰어넘은 러브스토리예요. 야마타이국의 여왕 히미코를 모티브로 한 여왕이 적과 사랑에 빠져요. 그리고 죽은 후에 다른 시대에서 다시 태어나는… 그런 이야기예요."

시공을 뛰어넘은 러브스토리. 재미있을 것 같다. 미쿠모는 한 가지가 눈에 띄어 팸플릿에 있는 출연진 란을 가리켰다.

"아버님 성을 예명으로 쓰시는군요."

"맞아요. 저는 그 성이 더 익숙해서 예명으로 삼았어요."

카와시마 아카네. 그녀의 예명이었다. 이름이 위에서 다섯 번째에 있는 것을 보면 주연이나 준주연급 역할은 아닌 듯했다. 그래도 이렇게 무대 위에서 연기하는 배우라니 마냥 대단해 보였다.

주문한 음료가 나왔다. 점원이 떠나기를 기다린 뒤에 카즈마가 물었다.

"아버님을 마지막으로 뵌 게 언제죠?"

"지난주요. 한 달에 한 번 같이 밥을 먹기로 돼 있어서 시부야에 있는 닭꼬치 가게에 갔어요. 그게 마지막이에요."

아카네의 표정이 어두웠다. 아버지가 돌아가신 것을 아직 현실로 받아들이지 못한 모양이었다. 카와시마라는 성을 예명으로 삼을 정도였으니, 그녀는 아버지를 사랑했을 것이다. 그렇지 않았다면 한 달에 한 번이나 만나지는 않았을 것이다.

"아버님은 누군가에게 살해당했습니다. 저희는 아버님을 살해한 범인을 찾고 있습니다. 짐작 가는 것이 있으십니까?"

"글쎄요." 아카네는 고개를 갸웃했다. "예전부터 그랬지만, 아버지는 일 이야기를 하지 않는 분이었어요. 비밀 유지 의무라고 하나요? 경찰들은 원래 그런 걸 지켜야 한다고 생각했어요. 아버지가 은퇴하시고 경비업체에 들어가서도 비슷했고요."

아카네의 아버지인 테츠로는 마지막 직장인 동도경비보장과 계약을 맺은 건물을 경비했다고 한다. 일은 늘 실수 없이 처리했지만, 직장 내 인간관계는 얕았다는 동료들의 증언이 있었나. 그가 사건 당일 이자카야에서 만난 인물이 범행에 관여하지 않았을까. 수사본부는 그 남자의 정체를 알아낼 방침이었다.

"형사님, 저희 아버지가 왜 살해당한 거죠? 딸인 제가 이런 말 하기는 그렇지만, 정말 성실한 분이었어요. 살해당할 만한 사람이 아니었어요."

"죄송합니다." 카즈마가 고개를 숙였다. "저희가 아버님을 살해한 범인을 꼭 체포할 테니 잠시 기다려 주십시오. 그건 그렇고 아카네 씨는 아버님을 진심으로 좋아하셨군요."

아카네는 컵에 든 홍차를 한 모금 마시고 입을 열었다.

"저는 대학교에 들어가고 나서 연극을 시작했어요. 대학교 연극부에 들어간 게 계기였어요. 완전히 매료돼 버렸죠. 졸업하고서도 연극을 하고 싶었어요. 어머니는 반대하셨어요. 안정적인 회사에 취직하라고 하셨죠. 하지만 아버지가 저를 응원해 주셨어요. 10년만 해보라고. 10년 해보고 안 되면 그때 취업하라고. 일단은 도전해 보는 게 중요하다고요."

돌아가신 아버지가 떠올랐는지 아카네의 눈에 어느새 눈물이 고였다. 그녀는 핸드백에서 손수건을 꺼내 눈가를 훔쳤다. 아카네의 감정이 진정되기를 기다린 뒤에 카즈마가 물었다.

"뭐든 괜찮습니다. 아버지의 평소 언행 중에 이상한 점이나 마음에 걸리는 점이 없었습니까?"

"이상한 점이요?" 아카네가 허공을 응시했다. 무언가를 떠올리려고 하는 것 같았다. 잠시 후 그녀가 입을 열었다. "그게 두 달 전이었나? 평소처럼 아버지와 식사를 하던 때였어요. 전화가 와서 아버지가 자리를 뜨셨죠."

테츠로는 핸드폰을 들고 가게 입구 쪽으로 사라졌다. 가만히 기다리던 아카네는 갑자기 화장실에 가고 싶어 자리에서 일어났다. 화장실로 가는 도중에 통화 중인 테츠로가 눈에 들어왔다. 벽을 보고 서 있던 테츠로는 지나가는 딸을 보지 못했다고 한다. 스쳐 지나가던 아카네는 아버지의 목소리를 들었다.

"'매장금은 잊어버려.' 아버지가 그렇게 말했어요."

"매장금이요?"

"네. 확실해요. 아버지가 이상한 말을 한다고 생각했거든요.

나중에 무슨 일인지 물어보려고 했는데 화장실에 다녀오느라 잊어버리고 집에 와서야 생각났어요. 매장금이 뭐였을까 하고요."

매장금이라는 말을 듣고 미쿠모가 가장 먼저 떠올린 것은 '도쿠가와 매장금'이었다. 어릴 적 TV에서 본 적이 있다. 에도 막부가 숨긴 돈과 보물이 아직 어딘가에 잠들어 있다고 믿고, 그것을 진지하게 찾으러 다니는 프로그램이 있었다. 테츠로가 말한 매장금은 대체 무엇일까.

'매장금은 잊어버려.' 테츠로가 그렇게 말했다. 수상한 냄새가 났다. 심지어 테츠로는 은퇴한 경찰이었다. 매장금은 대체 무엇을 의미하는 것일까.

추가로 질문했지만 아카네는 더 아는 것이 없는 듯해 이쯤에서 조사를 마무리하기로 했다. 계산을 마치고 가게에서 나오자, 아카네가 핸드백에서 종이 한 장을 꺼냈다.

"사실 모레 드레스 리허설이 있어요. 원래 아버지께 드리려고 했는데, 이렇게 돼 버려서…"

모든 소품을 갖추고 하는 공개 리허설을 드레스 리허설이라고 부르는 것을 미쿠모도 알고 있었다. 언론사를 초대할 때도 있어서 본 공연과 똑같은 흐름으로 진행되는 마지막 리허설이었다.

"괜찮으시면 받으세요. 따로 부를 사람도 없어서요."

미쿠모는 종이를 받아 들었다. 당일 일정 같은 것이 표시된 서류였다.

"생긴 건 그래도 초대장이에요. 그걸 창구에 보여주면 극장에 들어올 수 있을 거예요. 시간 되시면 오세요. 그럼 저는 이만."

"협조해 주셔서 감사합니다."

아카네를 배웅했다. 카즈마는 스마트폰으로 통화를 시작했다. 조금 전 아카네와 대화하는 도중에 부재중 전화가 왔나 보다. 미쿠모는 아카네가 준 초대장을 보았다. 모레 밤 8시. 장소는 시부야 극장이었다. 모레는 어려울 것 같다. 아무래도 모레는….

"정말? 확실해?"

미쿠모는 카즈마의 목소리에 고개를 들었다. 한동안 스마트폰을 귀에 대고 있던 카즈마가 이내 통화를 끝냈다. 미쿠모가 물었다.

"뭔가 진전이 있었습니까?"

"범인이 밝혀졌대. 집에서 시신으로 발견됐나 봐."

"어떻게 된 거예요?"

"자세한 건 나도 몰라. 아무튼 미쿠모, 당장 경찰서로 돌아가자."

카즈마가 그렇게 말하며 걸어갔다. 사건이 해결됐다는 말인가. 미쿠모도 얼른 카즈마의 뒤를 쫓았다.

★

하나코의 오빠 미쿠모 와타루가 사는 츠키시마 초고층 아파트는 예전에 하나코가 가족과 살던 고급 주택이었지만, 카즈마와 결혼하기 전에 이런저런 소동을 일으키는 바람에 미쿠모 가문의 정체가 경찰에 들통날 뻔해서 이사 나온 집이었다. 그리고 시간이 흘러서 와타루가 다시 혼자 들어가 사는 곳이었다.

오늘 하나코는 쉬는 날을 맞아 오빠네 집을 찾아왔다. 유라쿠쵸에서 산 케이크 상자도 들고 왔다. 와타루는 아버지와 달리 술을 거의 마시지 않고 단 것을 좋아한다.

공동현관으로 들어갔다. 호텔 로비 같았고 항상 도어맨이 상주했다. 터치 패널에 오빠네 집 호수를 눌렀다. 미리 연락하지는 않았지만, 어차피 방에 틀어박혀 지내는 오빠이니 집에 있을 터였다.

'안녕, 하나코.'

스피커에서 오빠의 목소리가 들리자, 하나코가 말했다.

"오빠, 갑자기 미안해. 근처에 일이 있는 김에 들렀어."

'흠, 그렇구나.'

"'그렇구나'가 다야? 문 열어 줘."

"아, 미안."

자동문이 열리자, 안으로 들어갔다. 도어맨에게 가볍게 고개 숙여 인사한 뒤 엘리베이터를 탔다. 52층을 눌렀다. 빠르게 위로 올라가는 감각을 느끼자 옛날 생각이 났다.

52층에서 내렸다. 복도를 걷다 보니 맞은편에서 보라색 기모노를 입은 여자가 걸어오는 것이 보였다. 이 아파트 주민인가. 길쭉한 눈매가 인상적인 미인이었다. 상대가 가볍게 인사하기에 하나코도 고개를 숙였다. 스쳐 지나갈 때 희미하게 향기가 났다. 향수 같은 좋은 냄새였다.

오빠네 집 앞에 도착해 초인종을 눌렀다. 곧바로 문이 열리고 얼굴이 창백한 와타루가 고개를 내밀었다. 항상 유니폼처럼 입고 다니는 남색 고등학교 체육복 차림이었다. 머리도 까치집이었지만, 본인은 전혀 신경 쓰지 않는 듯했다. 이런 사람이 호죠 미쿠모와 1년이나 동거한 것이 오히려 용하다. 그러고 보면 미쿠모는 의외로 넉살 좋은 성격인 것 같다는 생각이 들었다. 보통 여자였으면 1년도 견디지 못했을 것이다.

"실례할게."

하나코가 그렇게 말하며 신발을 벗고 거리낌 없이 집에 들어갔다. 우선은 집을 죽 둘러보듯 방들을 하나하나 확인했다. 하나코가 예전에 쓰던 방은 텅 비어 있었다.

거실로 돌아와서 손에 든 상자를 테이블 위에 올려놓았다.

"이거 케이크야. 내 몫까지 사 왔어. 같이 먹자, 오빠."

"고마워, 하나코. 아이스커피 괜찮지?"

"내가 할게."

하나코는 부엌으로 가서 차를 준비했다. 사 온 케이크를 접시에 담아 거실로 가져갔다. 와타루는 잔을 들고 왔다. 안에는 아이스커피가 들어 있었다.

"잘 먹겠습니다."

케이크는 맛있었다. 하나코는 일부러 자기가 먹고 싶은 케이크를 골라 왔다. 가끔은 이런 사치도 괜찮겠지. 와타루도 만족한 것 같았다. 와타루는 입맛이 어릴 때와 똑같았다. 카레와 햄버그스테이크, 단 것을 무척 좋아했다.

"오빠, 그저께 고마웠어. 덕분에 살았어."

"뭐가?"

"전화번호로 위치를 알아내 줬잖아."

"아, 그거? 그런 건 누워서 떡 먹기야."

와타루는 컴퓨터에 능통했다. 확실히 그에게는 어려운 일도 아니었을 것이다. 하지만 와타루가 도와주지 않았다면 나카하라 아키가 어떻게 되었을지 모른다. 화장실로 도망쳤다고 해도 그 남자가 문을 부수기까지 그리 오랜 시간이 걸리지는 않았을 것이다.

초콜릿 케이크를 다 먹었다. 사실 몽블랑 케이크도 먹고 싶었지만, 꾹 참고 본론을 꺼냈다.

"오빠, 미쿠모랑은 어떻게 됐어? 다시 합칠 가능성은 없어?"

"너까지 그 얘기야?"

"무슨 말이야? 나 말고 또 누가 뭐라고 했어?"

와타루는 대답하지 않았다. 엄마 에츠코가 무어라 했나. 하나코는 에츠코가 이 아파트를 세컨드 하우스로 쓰는 것을 알고 있었다.

"사실 요즘 카즈마가 미쿠모랑 같이 일하거든. 카마타 경찰서 관내에서 사건이 일어났나 봐. 그래서 카즈마랑 그런 이야기를 했는데, 오빠, 미쿠모랑 다시 만날 마음 없어?"

"나랑 미쿠모의 문제야. 네가 끼어들 일이 아니야."

"하지만 미쿠모가 아직 원래 상태로 돌아오지 못했대. 카즈마도 옆에서 보기 안타깝다고 그랬어. 오빠, 둘이 왜 헤어진 거야? 헤어진 이유를 알려 줘."

와타루는 다시 입을 꾹 다물었다. 대체 와타루와 미쿠모는 무엇 때문에 헤어졌을까. 그 이유를 아는 사람이 아무도 없었다. 가장 흔한 이유로는 남편의 바람이 있겠지만, 와타루가 바람을 피우지는 않았을 것 같다.

"이 케이크 맛있다."

"오빠, 말 돌리지 마."

와타루는 담담히 케이크를 먹었다. 오빠는 절대 입을 열지 않을 것 같다. 와타루와 미쿠모는 어엿한 성인이니 이건 당사자들의 문제이다. 여동생인 내가 끼어들 문제가 아니다.

하나코는 작게 한숨을 쉬고 케이크 상자를 보았다. 이렇게 된 김에 몽블랑도 먹어 버릴까.

★

"늦어서 죄송합니다."

카즈마는 카마타 경찰서 회의실로 뛰어 들어갔다. 회의실 앞쪽에 수사관들이 모여 있었다. 그 중심에 자리 잡은 키바 미야코가 보였다. 그녀는 스마트폰으로 통화를 하고 있었다.

"…아무튼 테츠로와의 연결고리를 찾아내세요. 틀림없이 뭔가 있을 겁니다."

"이봐, 어떻게 된 거야?"

카즈마는 근처에 있던 반원에게 상황을 물었다. 젊은 수사관이 설명했다.

"CCTV 영상을 찾았어요. 현장에서 500미터쯤 떨어진 곳에 있는 무인주차장 CCTV요. 오후 7시쯤에 그 무인주차장에서 나가는 차가 있었습니다. 차종은 은색 왜건. 차에 탄 남자의 생김새가 이자카야 점원의 증언과 비슷해서 확인차 차량번호를 조회해 봤어요."

지역 번호를 확인하니 이즈에 등록된 차였다고 한다. 미야코는 사건 발생 직후 초동수사에서 감시 카메라를 찾아내는 데 힘을 쏟았다. 그 성과가 벌써 드러난 것이다.

"시모다시에 거주하는 이마미야 토모아키라는 남자의 차였습니다. 거기서 딱 잡힌 거죠. 피해자의 핸드폰 주소록에 같은 이름이 저장돼 있었거든요. 그리고 일주일 전에 토모아키가 테츠로에게 전화를 건 기록도 남아 있어서 곧장 시모다 경찰서에 협조 요청을 넣었어요."

연락을 받은 시모다 경찰서 수사관이 서둘러 이마미야 토모아키의 집으로 향했다. 안전을 확인하려고 했지만 집에 없는 듯해서 관리인의 허락을 받고 실내에 들어갔더니….

"시신으로 발견됐대요. 침실에서 목을 맸다고 합니다. 조금 전에 사토 씨가 현장으로 갔어요."

사토는 카즈마와 같은 반에 소속된 수사관이었다. 미야코의 지시를 받고 급히 시모다로 향한 모양이다. 곧 도착할 때가 됐다고 한다.

"아, 나오네요. 도착했나 봅니다."

앞쪽에 있는 수사관이 목소리를 높이자, 반원들이 모두 그쪽으로 모여들었다. 컴퓨터 한 대가 놓여 있었고, 거기에서 영상이 나오고 있었다. 현장에 도착한 사토가 자기 스마트폰으로 찍는 영상인 듯했다.

시신은 이미 이송됐다고 했다. 침실 기둥에 달린 밧줄 같은 것이 보였다. 저기에 목을 매단 것일까. 활짝 열린 침실 커튼 사이로 푸른 바다가 보였다. 목을 매는 데 사용된 밧줄과 맞은 편 창문으로 보이는 푸른 바다. 그 두 가지가 대비되어 기묘한 느낌을 자아냈다.

"시모다 경찰서와 함께 움직이도록. 감식을 방해하지 않는 선에서 가택 수색을 우선하세요. 토모아키와 테츠로의 연결고리를, 가능하면 그가 범인이라는 증거를 잡아내야 합니다."

미야코가 지시를 내렸다. 현장에 있는 사토에게 하는 말이었다. 아직까지는 이마미야 토모아키가 범인이라는 증거가 없다. 현장 근처에 토모아키 명의의 차가 있었고, 오늘 그가 시신으로 발견되었다. 그뿐이었다.

한 수사관이 회의실로 뛰어 들어왔다. 처음 보는 얼굴이니 카마타 경찰서 형사일 것이다. 그 수사관이 숨을 헐떡이며 말했다.

"이마미야 토모아키와 관련해서 놀라운 사실을 알아냈습니다. 토모아키는 전직 경찰입니다. 3년 전에 정년퇴직하고 시모다로 이사했다고 합니다."

수사관들이 술렁거렸다. 카와시마 테츠로도 3년 전에 퇴직한 경찰이었다. 다시 말해 두 사람은 동기일지도 모른다.

"알겠습니다. 계속 조사해 주십시오. 피해자와 이마미야 토모아키의 연결고리를 중심으로 조사하세요."

미야코는 재빨리 지시를 내리고 다시 컴퓨터 화면을 들여다보았다. 사토는 여전히 집 안을 수색하고 있었다.

"꽤 하는구나, 너희 새 반장." 카즈마 옆에 어느새 마츠나가 서 있었다. 카즈마의 옛 상사였다. 마츠나가가 작은 목소리로 말했다. "지시도 명확하고 상황 판단력도 좋아. 2과에서 들리던 소문이 낭설은 아닌가 보군."

얼마 전에 맡은 첫 사건도 불과 하루 만에 빠르게 해결했다. 이번에도 사건이 발생한 지 사흘 만에 용의자로 추정되는 남자의 집에 수사관이 파견되었다. 씁쓸하게도 용의자는 사망했지만.

"세탁기 안은 어떻죠? 아무것도 없습니까?"

미야코가 말했다. 시모다에 있는 사토에게 하는 말이었다. 금방 반응이 돌아왔다. 컴퓨터에서 사토의 목소리가 들렸다. 흥분한 목소리였다.

"아, 있습니다. 수건에 싸인 칼이에요. 혈흔이 묻어 있습니다."

카즈마도 컴퓨터 쪽으로 달려갔다. 화면으로 수건에 싸인 칼이 보였다. 카와시마 테츠로는 가슴을 찔려 사망했고, 범행 도구는 아직 발견되지 않았다.

"거의 확정이군."

미야코가 그렇게 말했다. 아직은 장담할 수 없지만, 토모아키가 테츠로를 살해한 범인일 가능성이 확연히 커졌다. 이 자리에 있는 수사관들은 대부분 그렇게 생각할 것이다.

"저는 시모다에 가겠습니다. 내일까지는 돌아오죠." 미야코가 그렇게 말하고는 카즈마 쪽을 쳐다보았다. "카즈마 경사, 부반장으로서 내일까지 이쪽 수사를 지휘해 주세요. 뭘 해야 하는지 말하지 않아도 알겠죠?"

"네. 이마미야 토모아키를 철저히 파겠습니다. 테츠로와의 연결고리, 경찰로 근무하던 당시의 평판을 조사하겠습니다. 아직 살해 동기가 불투명하니까요."

"정답입니다. 그럼 뒷일을 잘 부탁합니다."

미야코는 젊은 수사관을 대동하고 회의실에서 나갔다. 중요한 용의자가 수면 위로 떠올랐지만, 카즈마는 어쩐지 고립된 것 같은 느낌을 받았다. 자신이 모르는 곳에서 사건이 해결되어 가는, 그런 느낌이었다. 하지만 사건 해결에 한 발짝 가까워진 것만은 확실했다. 카즈마는 마음을 다잡고 주변 수사관들에게 말했다.

"이제 업무를 분담하겠습니다. 자, 우선 경찰청 정보를 조회할 사람은…."

차례로 일을 분담했다. 수사관들 맨 뒤에 미쿠모가 우두커니 서 있었다. 네가 있을 곳은 거기가 아니야. 사실은 그렇게 말하고 싶었지만, 카즈마는 그 말을 삼켰다.

★

"아이고, 안! 어서 와라."

할배와 할매가 마중을 나왔다. 돌봄교실을 마친 안이 엄마 하나코와 함께 향한 곳은 사쿠라바 가문 본가였다. 할배와 할매는 안의 아빠 카즈마의 부모님이다.

"아폴로는?"

"정원에 있을 거야." 엄마 하나코가 대답했다. "놀다 와도 돼. 엄마는 먼저 들어갈게."

"네에."

안은 현관으로 들어가지 않고 정원으로 갔다. 개집 앞에 아폴로가 엎드려 있었다. 안이 온 것을 알고 일어나서 꼬리를 흔든다. 아폴로는 은퇴한 경찰견으로, 얼마 전 음악실 천장에 숨은 안을 찾아 주었다.

"아폴로, 잘 지냈어?"

"멍!"

아폴로가 활기차게 짖었다. 안은 아폴로가 훌륭한 경찰견이었다는 이야기를 아빠 카즈마에게 들었다. 경찰견은 후각을 이용해서 범인을 추적하거나 증거물을 찾아내는 개라고 했다. 개의 후각은 인간보다 1억 배는 뛰어나다는데, 아직 학교에서 억이라는 단위를 배우지 못한 안은 그게 어떤 뜻인지 잘 몰랐다. 아무튼 냄새를 엄청 잘 맡는구나 싶었다.

사쿠라바 가문 사람들은 모두 경찰관이거나 전직 경찰관이었다. 그래서 경찰 일가라고 불렸다. 할배는 지금도 경찰로 일하고, 할매는 가끔 경찰 일을 도와주는 것 같다. 큰 할배와 큰 할매는 이제 일하지 않는 것 같지만, 예전에는 경찰이었다고 한다.

과연 사쿠라바 가문 사람들은 할부지와 할무니가 도둑인 것을 알까? 안은 요즘 그것이 제일 궁금했다. 만약 안다면 체포할까? 어찌 되었든 사쿠라바 가문은 경찰 일가이다. 아는 사람 중에도 경찰이 많을 것이다.

'역시 알고 있겠지.' 안은 점차 그런 결론을 내렸다. 아무것도 모르는 상태로 결혼을 허락했을 리가 없다. '어른들의 사정'이라는 것이 있었을 것이다.

"아폴로." 안은 늙은 개의 머리를 쓰다듬으며 말했다. "있잖아, 우리 할부지랑 할무니는 도둑이야."

아폴로가 도둑이라는 말에 반응하듯 귀를 쫑긋 세웠다. 그 모습을 보고 안이 얼른 덧붙였다.

"근데 나쁜 도둑이 아니야. 좋은 도둑이야."

안의 마음을 이해한다는 듯 아폴로가 안의 뺨을 핥았다. 안은 고마워서 아폴로의 등을 쓰다듬어 주었다.

"안, 이제 밥 먹자. 들어와서 손 씻어."

할매가 창문에서 고개를 내밀며 말하자, 안은 "네에." 하며 현관을 지나 실내로 들어갔다. 집 안에 카레 냄새가 가득했다. 사쿠라바 가문에서는 자주 카레를 먹는다.

안은 화장실에서 손을 씻고 거실로 나갔다. 사쿠라바 가문은 의자가 아니라 바닥에 앉아서 밥을 먹는다. 오늘도 온 가족이 모였다. 아빠 카즈마만 없다. 아빠는 수사 때문에 못 온다고 했다.

"좋아. 다 모였군. 그럼 맛있게 먹읍시다."

할배가 그렇게 말하자, 다들 밥을 먹기 시작했다. 안은 숟가락을 들고 카레를 먹었다. 아폴로가 창문 밖에서 실내를 보며 꼬리를 흔들었다.

"아, 하나코." 할배가 캔맥주를 한 손에 들고 말했다. "내 후배가 우에노에 있는 검도학원 사범이 된다더구나. 초등학생부터 중학생까지 가르친다는데, 이번 기회에 안을 입문시키는 게 어떠냐? 우에노면 다니기도 편할 거야."

이유는 알 수 없지만, 할배는 안에게 검도를 가르치고 싶어 했다. 이런 제안을 한 적이 한두 번이 아니었다. 그때마다 엄마 하나코는 항상….

"검도요? 글쎄요. 안한테는 아직 이른 것 같은데…." 늘 그랬듯 그렇게 운을 뗀 뒤 안에게 물었다. "안, 어때? 할배는 저렇게 말씀하시는데, 검도 해볼래?"

안은 카레를 먹으면서 고개를 가로저었다.

"별로 하고 싶지 않아."

관심이 없지는 않았다. 하지만 지금은 돌봄교실에서 친구들과 노는 것이 훨씬 재미있었다. 학원에 가야 해서 놀 수 없다며 그냥 돌아가는 친구들이 많았지만, 하나같이 즐거워 보이지 않았다. 사실은 놀고 싶어 하는 마음이 느껴졌다.

"안도 그렇다고 하니까 이번에는 좀…."

"그래? 어쩔 수 없지. 하지만 하나코, 그리고 안, 검도는 마음을 수양하는 운동이기도 하단다. 정신력, 기술, 체력. 이 세 가지를 모두 갖춰야 비로소 훌륭한 경찰이 될 수 있어. 당장 시작하라고 강요하진 않겠지만, 조만간 꼭 검도를 배우면 좋겠다. 나의 간절한 바람이다."

할배는 안이 경찰이 될 것이라고 입버릇처럼 말했다. 이미 정해진 일이라는 듯이. 경찰 일가이니 어쩔 수 없는 일이지만, 안은 가끔 길에서 마주치는 여자 경찰관의 제복을 보아도 언젠가 그 옷을 입을 자신의 모습이 도무지 상상되지 않았다.

"그런데 하나코," 이번에는 할매가 입을 열었다. "안은 성적이 어떠니? 특히 이과. 아무래도 이과적인 사고력이 중요하잖니? 늘 생각하는 거지만, 나는 안이 훌륭한 연구자가 됐으면 좋겠구나."

할매는 과학수사대라는 곳에서 일한다. 경찰 중에서도 특수한 부서라 지문을 채취하거나 신발 자국을 분석한다고 했다. 이과는 3학년 때부터 배우는 과목이고, 2학년은 이과 대신 생활이라는 과목을 배운다. 체육을 제외하고 안이 가장 좋아하는 과목은 국어였고, 그다음은 미술이었다.

"아직은 생활이라는 과목을 배워요. 이과랑 사회가 섞인 과목이에요. 생활은 아마 ○였을 거예요. 그렇지, 안?"

엄마 하나코가 묻자, 안이 고개를 끄덕였다. 안이 다니는 초등학교에서 2학년은 ◎, ○, △ 세 단계로 성적을 받는다. 안의 1학기 성적은 거의 다 ◎였지만 생활은 ○였다.

"아직 저학년이니까 학교 성적에 너무 신경 쓸 필요 없어." 할배가 웃으며 말했다. "그보다 안, 밥 다 먹었으면 할배랑 같이 드라마 보자. 이것저것 가르쳐 줄게."

안은 사쿠라바 가문에 오면 보통 식후에 형사 드라마를 시청했다. 요즘에는 '춤추는 대수사선'이라는 드라마를 본다. 안에게는 내용이 조금 어려웠지만 그럭저럭 재미있었다.

안은 카레라이스를 다 먹었다. 할매가 만들어 주는 카레라이스는 맛있다. 안은 "더 먹을래." 하면서 그릇을 들고 일어났다.

★

"안, 지난 화에서도 설명했지만 아오시마 형사가 지점이라는 말을 쓰잖아. 그건 관할서를 말하는 거야. 지점의 반대는 본점이지. 본점은 뭘 뜻하는 걸까?"

"경찰청."

"정답. 역시 안은 기억력이 좋아."

하나코의 시아버지 사쿠라바 노리카즈가 안과 함께 거실 TV 앞에 앉아 《춤추는 대수사선》을 보고 있었다. 하나코는 부엌 의자에 앉아서 시어머니 미사코와 차를 마셨다.

"새아가, 카즈마는 어떠니? 많이 바빠?"

미사코가 묻자, 하나코가 대답했다.

"네. 이번에 카마타 쪽에서 사건이 터졌는지 그쪽으로 불려 갔어요."

"아, 그 사건이구나. 살해당한 사람이 아마 은퇴한 경찰이었을 거야."

미사코는 과학수사대에서 일하는 비상근 직원이었지만, 최근에는 그다지 출근하지 않는 것 같았다. 그래도 언론을 통해 형사사건과 관련된 정보를 얻는 모양이다.

"그러고 보니 안이 숨바꼭질을 하다가 또 이상한 곳에 숨었다고 하더구나."

어디서 들었을까. 적어도 하나코는 카즈마 말고 다른 사람에게 그 이야기를 한 적이 없다. 사쿠라바 가문의 정보망은 얕볼 수가 없었다.

"죄송해요. 저도 주의를 주는데…."

"안이 남몰래 은근슬쩍 행동하는 짓은 멀리했으면 좋겠다. 무슨 말인지 알지? 하나코."

"네. 알아요."

"안을 미쿠모 가문 사람들처럼 만들 수는 없어. 그러려면 지금이 중요해."

미쿠모 가문은 범죄자 집단. 최근 들어 사쿠라바 가문 사람들은, 특히 노리카즈와 미사코는 하나코의 부모님을 노골적으로 싫어하게 되었다. 도둑 일가와 경찰 일가인 두 집안은 애초부터 만날 수 없는 평행선 같은 사이였지만, 안이 자라면서 그런 경향이 더 세졌다.

안은 커서 경찰이 될 것이다. 노리카즈와 미사코는 당연하다는 듯 그렇게 말했다. 하긴 그럴 만도 하다. 사쿠라바 가문은 키우는 개마저 은퇴 경찰견인 경찰 일가이니까.

하나코는 아직 안의 장래를 깊이 생각해 보지 않았다. 안은 초등학교 2학년이라 장래를 결정하기에는 이른 나이였다. 지금의 하나코는 그저 안이 건강하게 자라기를 바랄 뿐이었고, 사실 학교 성적도 그다지 신경 쓰지 않았다. 그런 하나코가 시어머니의 눈에는 못 미더운 모양이다.

"새아가, 아이는 어릴 때가 중요해. 중고등학생이 되고 나서는 바뀌지 않는단다. 자아가 생긴 뒤에는 늦어. 지금 시기부터 가야 할 길을 알려 주는 게 부모의 역할이야. 알겠지?"

하나코도 하고 싶은 말이 있었다. 아이가 가야 할 길은 부모가 찾아 주는 것이 아니라, 아이가 스스로 발견해야 한다. 하나코가 좋은 사례였다. 하나코는 도둑 일가에서 태어났지만 이렇게 성실하게 살고 있다. 자신이 발견한 길이라고 당당하게 말할 수 있다.

하지만 시어머니 앞이라서 하고 싶은 말을 삼키며 대답했다.

"…네. 알겠어요."

"하나코라면 이해할 줄 알았어. 내가 한시름 놨다."

하나코는 속으로 한숨을 쉬었다. 안은 타케루와 에츠코가 도둑이라는 것을 알아 버렸다. 그 사실을 안다면 시부모님은 아마 불같이 화를 낼 것이다.

안은 어린 마음에 할부지와 할무니는 좋은 도둑이니 나쁜 것이 아니라는 결론을 내리고 자신을 타이르는 것 같았다. 하나코는 자기 딸이면서도 그런 안을 보며 고개가 수그러졌다.

타케루와 에츠코는 범죄자이다. 안타깝게도 그것은 의심의 여지가 없는 사실이다. 사쿠라바 가문과 미쿠모 가문 중에 어느 한쪽을 고르라면, 하나코는 망설임 없이 사쿠라바 가문을 고를 것이다. 하지만 미쿠모 가문은 자신을 낳아 주고 길러 준 가족이라서 완전히 모른 척하기가 괴로웠다. 게다가 타케루와 에츠코가 손녀를 예뻐하는 마음도 이해가 되었다.

"그나저나 하나코, 이번 주말에 있을 운동회는 몇 시부터 니?"

"9시부터 개회식일 거예요. 집에 가서 일정표 확인하고 다시 연락드릴게요."

"고맙다. 정말 기대되는구나."

참담한 심정이었다. 타케루와 에츠코도 안을 응원하러 온다고 했다. 미쿠모 가문과 사쿠라바 가문, 양가가 마주하는 자리는 오랜만이었다.

"오, 안. 무로이 경정이 나왔다."

거실 TV 앞에서 노리카즈가 설명했다.

"지난번에도 말했듯이 무로이 경정님은 성골이야. 다시 말해 경찰 관료, 국가 공무원이지. 반대로 아오시마 형사님은 성골이 아닌 지방 공무원이야. 여기까지는 알겠지, 안?"

"응."

"그럼 문제. 성골이 되려면 어떻게 해야 할까?"

"음…. 음…. 대학교에 가야 돼."

"아깝다. 정답은 '국가공무원 시험에 합격한다'였습니다."

노리카즈의 퀴즈는 기이했지만, 안은 나름대로 즐거워 보였다. 안은 괜찮을 것이다. 그보다 문제는 이번 주말에 있을 운동회였다.

역시 사쿠라바 가문과 미쿠모 가문이 대면하는 것은 달갑지 않았다. 하나코는 어떻게든 피해야겠다고 다짐했다. 그렇다면 부모님에게는 미안하지만, 역시 미쿠모 가문 사람들에게 오지 말라고 하는 수밖에 없다. 문제는 그 말을 어떻게 전하냐였다. 직접적으로 운동회에 오지 말라고 하려니 마음이 무거웠다.

무언가 좋은 방법이 없을까. 하나코는 그렇게 생각하면서 식은 녹차를 들이켰다.

★

오후 9시쯤, 카즈마는 카마타 경찰서에서 나왔다. 하지만 집으로 돌아갈 수는 없었다. 시모다에 간 키바 미야코 반장 대신 수사를 지휘해야 해서 오늘은 집에 들어가지 못할 것이다. 저녁을 먹지 않은 것을 깨닫고 밖에 나왔을 뿐이었다.

어젯밤에 들른 이자카야가 머리를 스쳤다. 말고기 회와 크로켓이 맛있었다. 메뉴판에 정식도 있었던 것이 떠올라 그 가게에 가기로 했다. 위치도 대충 외웠다.

"오빠 왔어? 이 가게가 꽤 마음에 들었나 봐?"

가게 안으로 들어선 순간, 그런 목소리가 들렸다. 여동생 카오리와 호죠 미쿠모가 카운터석에 나란히 앉아 있었다. 정말이지 이 두 사람은…. 저절로 실소가 나왔다. 이틀 연속이다. 너희는 이 가게 붙박이냐?

"편한 곳에 앉아. 맥주 마실 거지?"

카오리가 점원이라도 되는 양 말했다. 카즈마는 미쿠모 옆에 앉으며 말했다.

"아직 일하는 중이야. 본부로 돌아가야 돼. 밥만 먹으러 온 거야."

"거참 고생이 많네."

카즈마는 메뉴판을 보았다. 전갱이튀김 정식이 맛있을 것 같아서 그것을 카운터 너머에 있는 사장님에게 주문했다.

"전갱이튀김 정식이랑 차가운 우롱차 주세요."

"예이."

옆에 앉은 미쿠모가 물었다.

"선배님, 수사에 진척이 있나요?"

지금 이 가게는 자리가 반 정도 차 있다. 카즈마는 목소리를 낮추며 말했다.

"시모다에서 시신으로 발견된 이마미야 토모아키라는 전직 경찰이 범인일 가능성이 커. 토모아키와 테츠로는 경찰학교에 다닐 때 동기였고, 같은 교실을 쓴 것까지 알아냈어. 경찰이 된 이후에 같은 직장, 같은 경찰서에 소속된 적은 없는 것 같지만, 서로 얼굴은 알았을 거야."

토모아키의 집 세탁기에서 혈흔 묻은 칼을 발견했고, 혈액 성분 분석을 맡겼다. 지금은 결과를 기다리는 중이었다.

"그래요?" 미쿠모가 잔을 한 손에 들고 말했다. 잔에 든 액체는 고구마소주일까. "살해 동기는 밝혀졌나요? 토모아키는 왜 테츠로를 살해했을까요?"

"두 사람 사이에 돈 문제가 있었나 봐. 토모아키가 주식에 손 댄 사실을 과거 동료의 증언으로 알아냈어. 토모아키는 정년퇴직한 후에 시모다로 이사했어. 사는 곳은 리조트맨션이었지. 제법 호화롭게 살았던 것 같은데, 올봄에 큰 손실을 봤대."

리조트맨션 주민의 증언이었다. 동네 술집에서 함께 술을 마시던 어느 날, 토모아키가 주식으로 큰 손실을 봤다고 말했다. 토모아키 본인은 웃었지만, 사실 아주 곤란한 상황 같았다고 리조트맨션 주민이 증언했다. 그 증언과 더불어, 한 달 전에 토모아키가 그동안 타던 고급 SUV를 중고 왜건으로 바꿨다는 사실도 알아냈다. SUV를 매각한 돈은 손실을 메꾸는 데 썼을 가능성이 컸다.

"토모아키가 주식을 거래한 내역도 곧 밝혀지겠지. 토모아키는 테츠로에게 돈을 빌렸어. 어쩌면 손실을 보기 전에 빌렸을 수도 있지. 우리는 그 돈을 상환하는 과정에 갈등이 생겨서 이번 사건이 터졌다고 봐."

"매장금은 대체 뭘까요?"

미쿠모가 말했다. 피해자의 딸 후루사와 아카네가 들은 단어였다. '매장금은 잊어버려.' 테츠로가 핸드폰에 대고 그렇게 말했다고 한다. 통화 상대는 누구였을까. 매장금은 무엇일까.

아직 아무것도 밝혀지지 않았다.

"사실은 아직 보고하지 않았어. 상황이 너무 급변했잖아. 갑자기 용의자가 밝혀졌으니까. 게다가 그 용의자는 사망했고 심지어 전직 경찰이야. 윗분들은 골머리가 썩을 테지."

"오빠네 새로운 반장님, 꽤 비상한 분 같더라." 줄곧 잠자코 있던 카오리가 말했다. "내가 경찰청에 있을 때부터 소문이 돌았어. 2과에 유능한 여형사가 있다고. 지난주 데뷔전에서도 무려 하루 만에 사건을 해결했다지? 이번 사건은 용의자가 죽긴했지만, 그래도 거의 해결된 느낌이네."

카오리는 카마타 경찰서로 오기 전에 경찰청에서 근무했다. 그래서 지금도 여러 소문이 귀에 들어오는 모양이다. 미쿠모가 한 손에 잔을 들고 카오리에게 물었다.

"눈매가 날카로운 사람 말하는 거죠? 그렇게 유능해요?"

"그렇지. 한 2년 전이었나? 태국에 있던 보이스피싱 조직의 거점이 적발된 사건 기억나지? 일본인 남자들이 태국 경찰에 잡힌 사건 말이야. 그 사건을 담당한 사람이 키바 미야코야."

태국에서 연행되는 일본인들의 영상이 인상적이라 당시 언론이 시끄러웠다. 태국 현지에서 체포된 일본인은 20명이었고, 나중에 일본에서 수금을 담당하던 남자 두 명이 추가로 체포되었다. 하지만 그것은 일종의 꼬리 자르기였다. 범죄 사회로 들어간 자금이 어떻게 됐는지, 주범이 누구인지는 알아내지 못했다. 그래도 해외에 있는 대규모 범죄 거점을 무너뜨렸다는 의미에서 충분히 기념비적인 사건이었다.

"저도 그 뉴스를 봤어요. 대단한 사람이었군요, 키바 미야코 반장님."

"몇 년 전에 아들을 잃은 뒤로 일벌레가 됐다는 소문이 있어. 감탄할 때가 아니야. 너도 그렇게 큰일을 해야지. 신세기의 홈즈 님."

전갱이튀김 정식이 나오자, 카즈마는 두 사람의 대화를 들으며 밥을 먹기 시작했다. 생각했던 대로 전갱이튀김이 맛있었다.

"미야코 반장님은 앞으로도 출세하실 거야. 쿠로마츠 치안감 님이랑 사이가 좋대. 그분은 차기 경찰청장 후보로 꼽히는 사람이야. 경찰청에도 그런 파벌 같은 게 있거든. 그렇지, 오빠?"

"나는 몰라."

그나저나 카오리는 의외로 경찰청 내부 사정에 밝은 것 같다. 경찰청에도 파벌 경쟁이 있지만, 카즈마는 그런 것을 신경 쓰고 싶지 않아서 거리를 두는 편이었다.

"미야코 반장님은 이걸로 벌써 두 번째 공을 세웠네. 언제까지 연승을 거둘지 기대된다."

"카오리 선배님, 사건은 아직 해결되지 않았어요."

"해결된 거나 마찬가지잖아. 용의자 집에서 범행 도구가 발견됐으니 이제 끝이지, 뭐."

맞는 말이다. 수사본부에서도 사건이 마무리됐다는 분위기가 지배적이었다. 지금은 시모다 경찰서에서 감식 결과가 나오기를 기다릴 뿐이었다.

사건이 해결되면 이제 카마타 경찰서에 올 일이 없어진다. 솔직히 그건 그것대로 아쉬웠다. 카즈마는 이 가게에 오는 것도 오늘이 마지막일지 모른다는 생각을 하면서 서둘러 밥을 먹었다.

★

하나코는 문이 잠기지 않은 것을 확인하고 어깨를 축 늘어뜨렸다. 이런 상황이 싫었다. 하지만 잠금장치를 아무리 바꿔도 아버지가 열지 못할 문은 없을 것이다. 안은 타케루가 온 것을 눈치챘는지 얼른 신발을 벗고 실내로 들어갔다.

"아빠, 함부로 들어오지 마. 동네 사람들이 보면 어쩌려고 그래?"

"나는 너희 아빠야. 남들이 보면 뭐 어떠냐?"

타케루는 으스대듯 등받이에 몸을 기대며 와인을 마셨다. 엄마 에츠코는 없었다. 타케루 혼자 무슨 용건일까. 그렇게 생각하며 하나코가 물었다.

"아빠, 어쩐 일로 왔어?"

"그냥 잠깐 들렀어. 그보다 하나코, 이렇게 늦은 시간까지 어디를 싸돌아다니냐?"

"카즈마네 본가에 다녀왔어. 무슨 문제 있어?"

"너란 애는 정말…. 경찰 일가랑 가깝게 지내다니, 이래서 되겠냐?"

"어쩔 수 없잖아. 남편 본가니까."

"할부지, 할부지." 안이 타케루의 어깨에 손을 올리고 흔들며 말했다. "있잖아, 우리 엄마는 엄청 세. 얼마 전에 말이야, 모르는 아저씨를 무찔렀어."

"뭐냐, 하나코? 네가 치한이라도 잡았어?"

"아니야."

안이 하나코의 얼굴을 보며 히죽거렸다.

'설마 봤나…?'

나카하라 아키를 구하던 그날 밤, 하나코는 안에게 밖에 세워둔 자전거 옆에서 기다리라고 말했다. 그런데 남자가 골프채를 들고 다가왔을 때, 계단 밑에서 안의 목소리가 들렸다. 안이 숨어서 모든 것을 목격했다는 말인가.

"맞아, 안. 엄마도 사실은 엄청난 실력…."

"아빠, 그 이상 말하지 마요."

타케루는 하나코의 말대로 입을 다물었다. 하지만 그 얼굴에는 불길한 미소가 떠올랐다. 하나코가 원한다면 그녀가 도둑질에 능하다는 사실을 안에게 알려주겠다는 표정이었다. 정말 난감했다. 할아버지와 할머니뿐만 아니라 엄마까지 도둑 일가의 일원이었다는 말은 일곱 살짜리 아이에게 무척 충격일 것이다.

"이번 주말에 있을 운동회 말인데," 타케루가 갑자기 화제를 바꾸었다. "나랑 에츠코는 응원하러 갈 예정이다. 네가 오지 말라고 해도 갈 거야. 그래도 막고 싶다면 힘으로 막아 보든가. 그게 가능하다면."

하나코는 말문이 막혔다. 되도록 오지 않기를 바랐지만, 그 말을 실제로 뱉은 적은 없었다. 타케루가 하나코의 속마음을 꿰뚫어 본 것처럼 말했다.

"우리가 오지 않기를 바라는 건 알아. 하지만 하나코, 안은 우리의 손녀다. 우리가 어떤 사람이든 손녀의 운동회를 보러 갈 권리는 있어."

반론의 여지가 없었다. 타케루에게 안은 사랑스러운 손녀였다. 손녀를 예뻐하는 것은 당연했다. 아니, 오히려 고마운 일이었다. 조부모와 떨어져 지내는 핵가족 자녀들도 많은데, 안은 이렇게 양가의 조부모와 자주 만날 수 있으니 말이다.

"좋아, 안. 할부지 스마트폰으로 루팡 3세 볼까?"

"응. 볼래."

타케루가 스마트폰을 꺼내 버튼을 눌렀다. 하나코는 루팡 3세를 보지 말라고 할 수는 없어서 자리에서 일어나 사쿠라바 가문에서 받은 여분의 카레를 냉장고에 넣었다. 조금 전 카즈마에게 오늘 집에 못 들어온다는 메시지를 받았다. 수사가 막바지인 모양이다.

"있잖아, 할부지. 제니가타 경감님은 왜 루팡을 못 잡아?"

"그건 말이다, 안. 유능한 도둑은 잡을 수 없기 때문이야. 만에 하나 잡혀도 도망가면 그만이거든."

"있잖아, 할부지. 인터폴이 뭐야?"

"국제형사경찰기구. 뭐, 한가한 놈들의 집결지지."

"잠깐." 하나코가 저도 모르게 끼어들었다. "아빠, 안한테 이상한 말 하지 마. 진짜라고 생각하면 어쩔 거야?"

"내가 하는 말은 진짜야. 인터폴은 연락만 하는 조직이고 수사권은 없거든. 본부는 프랑스 리옹이지. 전에 에츠코랑 같이 잠입한 적이 있어. 그때 리옹 레스토랑에서 먹은 레드와인 소고기 조림이 정말 끝내줬어."

타케루가 그렇게 말한다면 사실일 것이다. 아버지 타케루도 그렇고, 시아버지 사쿠라바 노리카즈도 그렇고, 손녀에게 편향된 지식만 가르치는 모습을 보자니 하나코는 생각이 많아졌다.

"안, 그거 다 보면 목욕하고 자자."

"네에."

대답은 잘한다. 안은 넋을 놓고 타케루의 스마트폰을 들여다보았다. 타케루와 에츠코가 이번 주말 운동회에 참석하는 것이 거의 확실해졌다. 이렇게 되면 하나코가 손을 쓸 방법이 없다. 완전히 끝이다. 이제는 비가 오기를 기도하는 수밖에 없었다.

일요일 운동회 때 대체 어떤 일이 벌어질까.

★

"바쁘신데 죄송해요. 여기까지 와 주셔서 감사합니다. 들어오세요."

"아닙니다. 일이니까요. 그럼 실례하겠습니다."

미쿠모는 신발을 벗었다. 살해당한 카와시마 테츠로의 딸 후루사와 아카네의 집이었다. 오늘 아침 아카네가 전화를 해서 꼭 이야기하고 싶은 것이 있다며 와 달라고 했다.

"오늘은 혼자 오셨네요."

"네. 어제 같이 왔던 카즈마 형사님은 경찰서에 있습니다."

카즈마의 상사 키바 미야코가 어제부터 시모다에 가 있어서 부반장인 카즈마가 그녀 대신 수사를 지휘하는 중이었다. 미쿠모는 인망도 두텁고 냉정한 판단을 내릴 줄도 아는 카즈마가 유능한 지휘관이 되리라 생각했다. 실제로 오늘 아침 수사회의에서 카즈마는 정확한 지시를 내렸고 사회자로서도 능숙하게 회의를 이끌었다.

지금 카즈마는 자리를 비울 수 없는 입장이라 미쿠모는 혼자 아카네의 집을 방문했다. 카즈마에게는 말만 해 놓고 왔다.

"앉으세요. 지금 차를 내올게요."

"고맙습니다."

미쿠모는 거실 의자에 앉았다. 깔끔하게 정돈된 집이었다. 벽에 붙은 외국 그림엽서가 예술적인 분위기를 자아냈다. 역시 연극배우구나. 미쿠모였다면 절대 이렇게 꾸밀 수 없었을 것이다.

"허브차예요. 입에 맞으실지 모르겠네요."

"감사합니다."

아카네가 의자에 앉는 것을 보고 미쿠모는 얼른 본론으로 들어갔다.

"할 얘기가 있다고 하셨는데, 무슨 얘기죠?"

"어제도 말했지만, 저는 어머니의 반대를 무릅쓰고 아버지의 응원을 받아서 어찌어찌 이 일을 하게 됐어요. 지금 연극배우로 일한 지 3년째예요."

아카네는 거기까지 말하고 일어나서 부엌 쪽으로 갔다. 잠시 후 무언가를 들고 돌아왔다. 통장이었다. 아카네가 그것을 탁자 위에 놓으며 말했다.

"제가 지금 소속된 극단에 들어가게 됐을 때, 아버지가 만나자고 해서 대화를 나눴어요. 아마 어디 이자카야였을 거예요."

테츠로는 배우라는 직업으로 먹고살기가 녹록지 않을 거라며 딸에게 통장과 현금카드를 건넸다. 쓸지 말지는 아카네의 자유이지만, 아버지가 딸에게 주는 마지막 선물이라 생각하고 받으라고 했다.

"아버지가 카드 비밀번호를 가르쳐 주셨어요. 억지로 주셔서 어쩔 수 없이 제가 이 통장을 들고 돌아왔어요. 갓 개설한 계좌 같았고 처음에는 20만 엔이 들어 있었어요. 나중에 정말 힘들어지면 쓰려고 책상 서랍에 넣어 뒀는데…."

반년 전, 아카네의 신용카드가 정지되는 사태가 벌어졌다. 카드 회사의 설명에 따르면, 모 인터넷 쇼핑몰에서 개인정보가 유출되는 바람에 수천 명의 카드가 정지되었다고 했다. 카드 회사에서 새로운 카드가 발급될 때까지 한 달 정도 시간이 걸리는데, 그사이에 내야 하는 공과금을 어떻게 처리할지 빨리 결단을 내려야 했다. 그때 아버지에게 받은 통장이 떠올랐다. 그 계좌에서 돈이 빠져나가게 하려고 인터넷으로 절차를 밟았다.

"절차는 문제없이 끝났지만, 제대로 돈이 빠져나가는지 걱정돼서 어느 날 통장 정리를 했어요. 잔고를 보고 깜짝 놀랐죠."

"좀 봐도 될까요?"

"네."

미쿠모는 통장을 집어 들었다. 거래 내역을 보고 눈이 휘둥그레졌다. 잔고가 2천만 엔 이상이었다. 다만 지난 몇 개월 동안 전기세와 가스 요금이 조금씩 빠져나간 기록들이 있었고, 큰 변동이 있는 것은 약 1년 6개월 전이었다. 갑자기 2천만 엔이라는 거금이 입금되었다. 입금자는 '(주) 다크럼'이었다. 주식회사 다크럼. 어떤 회사일까.

"곧바로 아버지께 연락해서 자초지종을 물었어요. 아버지는 퇴직 후에 친구와 차린 사업으로 돈을 벌었다고 하셨지만 믿을 수 없었어요. 퇴직한 지 얼마 되지도 않았는데, 2천만 엔이라는 거금이 손에 들어오다니 이상하잖아요."

일개 전직 경찰이 쉽게 손에 넣을 수 있는 금액이 아닌 것은 확실했다. 그는 대체 어떤 방법으로 2천만 엔이라는 거금을 얻었을까. 어떤 범죄 행위에 가담한 것은 아닐까.

"저는 이 통장을 돌려 드리겠다고 했는데, 아버지는 한사코 거부하셨어요. 아무튼 갖고 있으라는 말만 계속하시고…. 어제도 형사님께 이야기하려고 했는데 입이 떨어지지 않아서 어젯밤 내내 고민하다가 마음먹고 말씀드려요."

"감사합니다."

아카네가 고민하던 마음도 이해가 된다. 아버지가 부정하게 거금을 손에 넣었을 가능성이 있다는 말을 경찰에 전하는 것이니까.

"지금 생각해 보면 뭔가 이상해요. 아버지는 본인이 이렇게 될 줄 알았던 것처럼…."

착각이 아니리라. 자신에게 위험이 닥칠 것을 예감하고 딸에게 미리 유산을 남긴 것이다. 아버지로서는 지극히 당연한 생각이었다.

"이 통장에서 필요한 부분을 복사해도 될까요?"

"네. 괜찮아요. 근데 저희 집에 복사기가 없어요."

"괜찮습니다. 잠깐 편의점에 다녀오면 됩니다."

통장을 빌려서 일단 아카네의 집을 나왔다. 미쿠모는 바깥 통로를 걸으며 스마트폰을 꺼냈다. 상대는 곧바로 전화를 받았다.

"나야. 부탁이 좀 있어."

★

"잘 있었나요?"

키바 미야코가 시모다에서 돌아온 것은 오후 1시가 지나서
였다. 카즈마는 카마타 경찰서 회의실에서 미야코를 맞이했다.
수사관들은 대부분 밖으로 나갔지만, 열 명 정도는 회의실에
남아 있었다. 소위 데스크라고 불리는 후방 지원 수사관이 몇
명 있었고, 나머지는 카즈마와 같은 키바 미야코 반의 반원들
이었다. 반장에게 자세한 이야기를 들으려고 남아 있던 것이다.

"여러분, 잠깐 모여 보세요."

미야코가 가방을 책상 위에 올려놓으며 말했다. 반원들이 미
야코 주변으로 모여들었다.

"오전에 전화로 말했듯이, 이마미야 토모아키의 집에서 발견
된 칼에 있던 혈흔이 카와시마 테츠로의 것이라는 감식 결과
가 나왔습니다."

그 공지는 이미 오전에 들었다. 토모아키의 집 세탁기 안에
서 혈흔 묻은 칼이 수건에 싸인 채 발견되었다. 그 혈흔이 테
츠로의 것임이 밝혀진 이상, 범인은 십중팔구 토모아키였다. 미
야코가 이어서 말했다.

"토모아키의 사인은 질식사. 자택 침실에서 목을 매달아 죽
었습니다. 그쪽 감식반의 추측으로는 사후 24시간이 지난 것
같다고 합니다."

오늘은 수요일이다. 테츠로가 살해당한 것은 사흘 전인 일요일 밤. 토모아키는 그다음 날인 월요일에 자신이 얼마나 큰 잘못을 저질렀는지 깨닫고 자택에서 목숨을 끊었다는 말인가.

"유서는 없었습니다. 하지만 그의 범행일 가능성이 매우 큽니다."

"살해 동기는 뭡니까?" 카즈마가 수사관들을 대표해 말했다. "토모아키는 왜 테츠로를 죽였죠? 저희도 여러 방면으로 수사했지만, 경찰학교 동기였다는 것 말고는 두 사람의 연결고리를 찾지 못했습니다."

"금전적인 트러블. 그게 저의 추리입니다. 돈을 빌리고 빌려주는 과정에서 트러블이 생겼을 겁니다. 돈을 빌릴 때, 빌리는 사람이 먼저 상대를 찾아가는 게 일반적이죠. 이 사건에서는 시모다에 사는 토모아키가 카마타에 사는 테츠로를 찾아갔습니다. 즉 토모아키가 테츠로에게 돈을 빌리려고 했을 겁니다."

이번에 처음 빌린 것이 아닐지도 모른다. 토모아키는 반년 전에 주식으로 큰 손실을 봤다고 했다. 테츠로에게 이미 여러 번 돈을 꿨을 가능성이 있다. 현재 수사에서는 확인되지 않았지만, 두 사람은 경찰학교를 졸업한 후에도 사적으로 교류했을 것이다.

"아무튼 발견된 범행 도구와 현장 근처에 있던 무인 주차장 CCTV 영상을 보면 토모아키의 범행이 확실합니다. 이견 있는 사람 있습니까?"

카즈마를 비롯한 반원들은 아무 말도 하지 않았다. 이의를 제기할 상황이 아니었다. 모든 정황증거가 토모아키를 범인으로 가리켰다. 카마타 경찰서 수사관들이 멀리서 키바 미야코 반의 회의를 지켜보았다.

"그럼 계속 수사합시다. 하지만 범인이 이미 사망해서 심문할 수 없으니, 증거를 굳히기 위한 수사가 될 겁니다. 이르면 내일 본청으로 돌아갈지도 모릅니다."

이번처럼 피의자가 사망한 사건은 서류만으로 검찰에 송치된다.

경찰은 수사를 통해 범인을 체포하는 역할이고, 그것을 재판하는 것은 법원이다. 피의자가 사망한 사건은 검찰에 송치되어도 불기소 처리된다. 기소해 봤자 법원이 공소 기각 하기 때문이다. 그렇다면 애초에 경찰이 수사하지 않아도 되는 것 아닌가. 그렇게 생각할지도 모르지만, 경찰은 기소나 불기소를 결정할 권한이 없어서 사건이 일어나면 수사를 거쳐 범인을 확보하고 증거를 찾아서 검찰에 넘겨야 했다.

"사토 수사관이 내일까지 시모다에 남을 예정이니 무슨 일이 있으면 연락하십시오. 그럼 각자 자리로 돌아가 수사하세요."

"네."

사토는 키바 미야코 반에 소속된 젊은 수사관이었다. 지금은 혼자 시모다에 머무르며 시모다 경찰서와의 연락과 조정을 담당하는 중이다. 반원들은 대부분 자기 자리로 돌아갔지만, 카즈마는 미야코에게 다가갔다. 미야코가 카즈마를 보고 말했다.

"카즈마 경사, 내 대신 자리를 채워 줘서 고맙습니다. 수고했어요."

"아닙니다. 당연한 일인걸요. 그보다 잠깐 드릴 말씀이 있습니다."

카즈마가 어제 피해자의 딸 후루사와 아카네에게 들은 이야기를 미야코에게 보고했다. 두 달 전, 테츠로와 식사를 하던 아카네는 아버지가 누군가와 통화하는 내용을 우연히 들었다. 그때 테츠로는 통화 상대에게 '매장금은 잊어버려'라고 말했다.

"'매장금'이라는 단어가 어떤 뜻인지 알 수 없어서 보고를 보류했습니다. 사실 오늘 아침에 테츠로의 딸이 추가로 하고 싶은 말이 있다고 연락을 줬습니다. 카마타 경찰서의 호죠 미쿠모 형사가 이야기를 들으러 갔습니다."

"그렇군요. 신경 쓰이는 단어지만 깊이 파고들지 않는 게 좋겠습니다. 퇴직했다고는 해도, 전직 경찰의 비리를 폭로하는 건 달갑지 않으니까요."

"하지만…."

"지금 모인 증거만으로도 충분히 서류 송검 할 수 있을 겁니다. 뭔가 더 알아내면 알려 주세요."

"…알겠습니다."

"저는 일단 본청으로 돌아가죠. 카즈마 경사는 계속 여기서 수사를 지휘하세요. 오늘 밤 수사회의 때까지는 돌아오겠습니다."

미야코는 그렇게 말하며 회의실에서 나갔다. 더는 파고들지 말라는 지시였다. 이해는 된다. 범인이 이미 자살했으니 증거만 확실해지면 이 사건은 끝이니까.

"카즈마 경사님, 카마타 경찰서 부서장님께 전화가 왔습니다. 내선 1번입니다. 수사가 얼마나 진척됐는지 궁금하시대요."

다른 반원이 그렇게 말하자, 카즈마는 "알았어." 하며 고개를 끄덕이고는 근처에 있는 전화기로 손을 뻗었다.

★

약속한 카페에 들어가자, 미쿠모의 조수 야마모토 사루히코가 안쪽 자리에서 손을 들었다. 미쿠모는 무인 계산대에서 뜨거운 커피를 구매해 종이컵을 들고 안쪽 자리로 향했다. 의자에 앉아 사루히코에게 말했다.

"미안해, 사루히코. 갑자기 부탁해서."

"아닙니다, 아닙니다. 아가씨 부탁이라면 한밤중이라도 달려와야지요."

미쿠모는 1시간 전 후루사와 아카네의 집에서 잠깐 나왔을 때 사루히코에게 전화를 걸었다. 통장을 복사한 뒤 다시 아카네의 집으로 돌아가 통장을 돌려주었다. 그리고 카마타 경찰서로 돌아가는 지하철에서 사루히코에게 연락을 받아 만나기로 했다.

"그래서 조사해봤습니다만, '다크럼'이라는 회사는 한마디로 유령회사였습니다."

"벌써 알아냈어?"

"별로 어렵지 않았습니다. 5년 전에 설립된 회사인데, 당시에는 수입회사였고 본사 주소는 미나토구 아카사카에 있는 아파트였습니다. 여기 오기 전에 들러봤지만, 지금은 다른 회사가 그곳을 쓰더군요. 피부과인 것 같았습니다."

망한 회사의 명의가 누군가의 손에 들어갔고, 그 사람이 회사 이름으로 계좌를 개설했다는 말인가.

"아가씨, 은행에 직접 문의하는 건 어떨까요? 다크럼의 거래 내용을 공개해달라고요."

"그건 어려워. 이미 범인이 특정된 상태라 수사본부는 그렇게까지 힘을 쏟지 않을 거야. 수사회의에서 제안해볼 가치는 있겠지만."

"하긴, 일부러 페이퍼 컴퍼니까지 준비한 걸 보면 제법 용의주도하게 계획한 것 같습니다. 은행 쪽을 파도 아무것도 나오지 않을 가능성이 크겠군요."

미쿠모는 사루히코의 입가에 미소가 걸리는 것을 발견했다. 미쿠모가 콕 집어 말했다.

"사루히코, 내가 뭐 이상한 말 했어?"

"아닙니다. 그게 아니라," 사루히코가 헛기침하고는 이어서 말했다. "실은 기뻐서요. 아가씨와 이렇게 사건 이야기를 나누는 것이 오랜만이라."

듣고 보니 그랬다. 사루히코에게 마지막으로 조사를 의뢰한 것이 언제였더라.

"아가씨, 테츠로는 전직 경찰입니다. 복권에 당첨됐으면 몰라도, 2천만 엔이나 되는 거금을 손에 넣은 걸 알고도 못 본 척할 수는 없습니다."

"응. 나도 그렇게 생각해."

게다가 돈을 입금한 쪽은 정체를 알 수 없는 유령회사였다. 테츠로가 어떤 범죄에 손을 댄 것이 틀림없었다.

그리고 '매장금'이라는 말도 마음에 걸렸다. 아카네가 우연히 들은 테츠로의 말이었다. 그때 통화하던 상대는 토모아키가 아니었을까. 근거는 없지만, 미쿠모는 막연히 그렇게 생각했다.

토모아키가 반년 전에 주식으로 큰 손실을 봐서 돈이 궁했다는 사실을 여태까지 진행한 조사로 알아냈다. 돈이 꼭 필요하던 토모아키는 '매장금'이라는 금맥을 알아차리고 그것을 테츠로에게 이야기했을 것이다. 하지만 테츠로는 그의 말을 일축했다. 그때 나온 말이 '매장금은 잊어버려'였을 것이다.

전부 미쿠모의 추측일 뿐이었다. 하지만 미쿠모는 그 추측이 틀리지 않았다는 느낌이 들었다. 피의자 사망으로 사건의 막을 내리기는 이른 감이 있었다.

"아가씨, 이제 조금만 더 하면 되겠군요. 조금만 더 하면 예전의 아가씨로 돌아오실 것 같습니다."

"예전의 나?"

"일본에서 가장 뛰어난 형사가 되겠다면서 서슬 퍼렇게 수사하시던 아가씨 말입니다."

경찰청에 막 들어왔을 때의 이야기였다. 그때는 내 손으로 사건을 해결하겠다는 생각만 머릿속에 가득했다. 지금 떠올리면 어렸다는 생각이 든다.

"그런데 아가씨, 내일 제사는 어떻게 하실 겁니까?"

사실 내일 할아버지 호죠 소신의 제사가 있다. 장소는 가족 묘가 있는 교토 절이다. 9주기 제사였다. 가문의 기둥인 호죠 소타로의 자유로운 성격 탓인지 제사 주기가 관례와 달랐다. 재작년에 치렀어야 할 7주기 때는 제사가 없었다. 내일 있을 9주기 제사는 3주기 제사에 이은 두 번째 제사였다.

"일단 범인이 밝혀졌으니까 나도 참석하려고. 계장님께도 얘기해놨어."

"네. 참석하시는 게 좋겠습니다. 선대께서도 좋아하실 겁니다."

"사루히코도 가?"

"저는 사모님께서 잔심부름을 해달라고 하셔서 내일 아침 일찍 갈 예정입니다. 아가씨는 천천히 오시지요. 제사는 오후 1시부터입니다."

"알았어. 나는 당일치기로 다녀올 거야. 밤에 일이 있어서."

"알겠습니다."

미쿠모는 후루사와 아카네에게 드레스 리허설 초대장을 받았다. 밤 8시 시부야 극장에서 공연이 시작될 예정이었다. 시간을 맞출 수 있다면 공연을 보고 싶었다.

"아가씨, 그럼 저는 이만 가보겠습니다. 사건을 계속 조사하다가 새로운 정보가 있으면 연락드리겠습니다."

"고마워, 사루히코."

사루히코가 자리를 떴다. 미쿠모는 경찰서로 돌아가서 지금까지 알아낸 사실을 카즈마에게 보고해야겠다고 생각하며 종이컵으로 손을 뻗었다.

★

공격은 최선의 방어.

할부지가 안에게 가르쳐준 말이다. 지키기만 해서는 이길 수 없다는 뜻이라고 했다. 안은 그 말을 가슴에 새기며 화단 뒤에 숨어 운동장 쪽을 지켜보았다.

오늘도 경찰과 도둑 놀이를 한다. 지금 안은 도둑 역할이다. 하지만 안과 같은 팀인 아이들은 모두 포로가 되어 운동장 구석에 있는 철봉 앞에 모여 있었다.

포로를 터치하면 포로가 풀려나는 규칙이었다. 감시하는 경찰 역할은 한 명뿐이었다. 그 아이는 포로인 아이와 즐겁게 담소를 나누었다. 다른 경찰 아이들은 모두 안을 찾으려고 교내를 돌아다닐 터였다. 그러니 지금이 기회였다. 도망만 다녀서는 이길 수 없다.

"공격은 최선의 방어."

소리를 내어 중얼거리고는 달렸다. 안은 반에서 50미터 달리기가 가장 빠르다. 남자아이들에게도 지지 않는다.

포로 한 명이 운동장을 가로질러 달려오는 안을 발견했다. 그때 포로를 감시하던 아이도 안을 본 것 같았다. 하지만 느리다. 안은 이제 10미터 남았다. 설사 안이 잡히더라도 두세 명이 풀려난다면 그걸로 충분했다.

그때였다. 포로가 된 아이들 사이에서 갑자기 한 남자아이가 나타났다. 오오와다 하야토였다. 상대 팀 리더인 옆 반 남자아이였다.

하야토는 씨익 웃으며 안의 앞을 막아섰다. 안은 어쩔 수 없이 급하게 멈춰 섰다. 그대로 뒤돌아서 도망치려고 했지만, 달리던 힘 때문에 균형을 잃고 휘청거렸다.

"자, 체포."

그 사이에 하야토가 안의 손목을 잡았다. 안은 자신의 판단이 틀렸음을 깨달았다. 하야토가 한 수 위였다. 하야토는 안이 포로를 구출하러 올 줄 알고 스스로 포로 속에 섞여 있었다.

하야토는 스마트폰을 꺼내 귀에 댔다. "안을 체포했어. 돌아와."라고 짧게 말한 뒤 통화를 마쳤다. 안이 다니는 초등학교에서도 키즈폰은 교내에 반입할 수 있었다.

"미안해, 얘들아."

"괜찮아. 안 때문이 아니야. 다음에는 이기자."

"미안하지만 다음은 없어." 안과 친구들의 이야기를 들은 하야토가 말했다. "오늘은 이걸로 끝이야. 우리는 이제 수영교실에 가거든."

안을 찾으러 갔던 하야토의 친구들이 돌아왔다. 모두 옆 반 남자아이들이었다. 그중에는 수영교실에 다니지 않는 아이도 있는 것 같았지만, 리더인 하야토가 빠지니 다들 집으로 돌아갈 모양이었다.

"그럼 안녕, 안. 내일 보자. 어차피 내일도 우리가 이기겠지만."

그렇게 말하며 하야토 팀의 아이들이 사라졌다. 솔직히 착한 애들은 아니었지만, 경찰과 도둑 놀이, 술래잡기, 피구, 무얼 하든 그 애들을 상대로 하면 노는 보람이 있었다.

"뭐 하고 놀까?"

이치카가 물었다. 남은 아이들은 일곱 명 정도였다. 학교 건물에 달린 시계를 보니 오후 5시가 넘었다. 그때 안은 학교 건물 위에서 날아다니는 정체불명의 물체를 발견했다.

"저게 뭐지?"

안의 목소리에 다른 아이들도 학교 건물 쪽을 쳐다보았다. 4층짜리 건물 3층 부근에 은색 비행물체가 보였다.

"UFO인가?" 이치카가 말하자, 이어서 다른 아이가 말했다.

"드론이야."

그렇다. 드론이다. TV에서 본 적이 있다. 사람이 조종하는 대로 하늘을 나는 소형 비행기였다.

그런데 대체 누가 조종하는 것일까. 안은 운동장을 둘러보았다. 그때 운동장을 걷는 한 남자가 보였다. 남자도 학교 건물 쪽, 드론으로 보이는 비행물체 쪽을 보고 있었다. 안은 그 남색 추리닝 차림이 익숙했다.

"케빈!"

안은 추리닝을 입은 남자에게 달려갔다. 그는 엄마 하나코의 오빠인 미쿠모 와타루였다. 그런데 안은 그를 케빈이라고 불렀다. 자신이 삼촌을 왜 케빈이라고 부르는지는 모르지만, 그냥 아주 어릴 때부터 그렇게 불렀다.

"안녕, 안."

케빈은 비행물체를 눈으로 좇으며 말했다. 손에는 태블릿 컴퓨터를 들고 있었다. 그 기계로 조종하는 것일까.

"저거 케빈이 조종하는 거야?"

"응." 케빈이 대답했다. "드론이야. 멋있지? 해외에서 수입한 걸 개량했어."

"음…. 그럭저럭 멋있네."

케빈은 은둔형 외톨이였다. 학교를 거부하는 아이와 비슷한 것이라고 했다. 그런데 집에서 컴퓨터로 일을 하다가 이렇게 가끔 밖에 나올 때도 있었다. 안은 케빈이 단순히 집에 있는 것을 좋아하는 사람이라고 생각했다.

"왜 드론을 조종해?"

"아빠한테, 아, 할부지한테 부탁을 받았거든. 이번 주 일요일에 안의 운동회지? 그때 촬영을 해달래. 기왕 하는 김에 생동감 넘치는 영상을 찍고 싶어서."

"그럼 저기에 카메라가 달려 있어?"

"맞아. 대단하지?"

안과 케빈 주변으로 아이들이 몰려들었다. 이치카와 반 아이들뿐만 아니라, 다른 학년 아이들도 다가왔다. 케빈은 손에 든 태블릿 컴퓨터를 갑자기 안에게 넘겼다.

"자, 안. 조종해 봐. 나는 카메라를 살펴봐야 해."

"어, 어떻게 해?"

"쉬워. 움직이고 싶은 방향을 터치하면 돼. 상승은 빠르게 두 번 터치. 하강은 한 번 터치."

어려울 것 같았다. 안은 옆에 있던 나카하라 켄세이에게 "켄세이가 해 봐." 하며 태블릿 컴퓨터를 건넸다. 켄세이는 게임을 잘하니 분명 드론을 떨어뜨리지 않고 조종할 수 있을 것이다. 켄세이는 안이 건넨 태블릿 컴퓨터를 왼손으로 들고 오른손 손가락으로 화면 위를 만졌다. 순간 드론이 급강하했다가 곧바로 상승해서 학교 옥상까지 단숨에 날아올랐다.

"좋아, 잘한다. 조종은 교대로 해."

케빈은 그렇게 말하며 어깨에 멘 배낭을 내리고 노트북을 꺼냈다. 안에게도 보이도록 구부정한 자세로 노트북을 조작했다. 곧 화면에 풍경이 나왔다. 풍경이 빙글빙글 돌았다. 이것이 드론에 달린 카메라로 찍은 영상일까.

"안, 생동감 넘치지?"

"그럭저럭."

케빈은 어른이면서 어린아이처럼 자기 장난감을 자랑하는 면이 있어서 안은 그를 과하게 칭찬하지 않으려고 노력했다. 예전에 케빈의 외국산 자전거를 칭찬했더니 케빈이 끝없이 자전거 이야기를 늘어놓아서 힘들었던 기억이 있다.

하지만 이 카메라 달린 드론은 정말 멋있었다. 이런 것을 개조하다니, 역시 케빈은 기계 천재였다.

★

하나코는 오후 6시 30분에 안을 데리러 돌봄교실 '단짝'에 갔다. 돌봄교실에는 안이 없었다. 마스다 선생님이 말하길, 숙제를 마치고 밖으로 놀러 나가서 아직 돌아오지 않았다고 했다. 잠시 기다렸지만 돌아올 기미가 없어서 하나코는 초등학교로 향했다.

도심에 있는 학교치고는 운동장이 꽤 넓었다. 축구를 하며 노는 아이들이 보였다. 안은 어디에 있을까. 또 숨바꼭질을 하다가 이상한 곳에 숨은 것은 아니겠지.

안을 찾으며 걸음을 옮길 때였다. 공중에서 이상한 소리가 들렸다. 소형 헬리콥터가 날개 소리를 내며 날고 있었다. 무선 조종식 헬리콥터인가.

소형 헬리콥터가 하나코 쪽으로 내려와서 얼굴 앞에 우뚝 멈춰 섰다. 날개 소리를 내며 공중에 떠 있었다. 어딘가에 이 기계를 조종하는 사람이 있을 것이다.

운동장 가운데에 아이들 몇 명이 보였다. 그 무리에 남색 추리닝을 입은 성인 남자가 섞여 있었다. 하나코는 그쪽을 향해 걸어갔다.

"오빠, 뭐 해?"

하나코의 오빠 와타루였다. 안과 친구들도 같이 있었다. 아무래도 기계를 조종하는 사람은 안인 것 같았다. 태블릿 컴퓨터를 손에 들고 있었다.

"안녕, 하나코. 난 드론을 테스트하고 있어."

이게 드론인가. 하나코는 위를 올려다보았다. 은색 드론이 5미터 상공에서 날고 있었다.

"아빠가 부탁했어. 안이 운동회 하는 모습을 찍어 달라고. 현장감 넘치는 영상을 찍을 수 있을 것 같아서 드론에 카메라를 달아 봤어."

정말이지 못 말리는 가족이다. 이렇게까지 할 필요는 없다고 생각했지만, 아버지와 오빠가 안을 위해 이러는 것을 알기에 무조건 하지 말라고 할 수도 없었다.

"그래. 그런데 오빠, 할 거면 눈에 띄지 않게 해 줘."

"알았어. 운동회 당일은 하늘빛에 맞춰서 색을 바꿀게. 날씨가 좋으면 밝은 파란색으로 해야지."

그런 문제가 아니었지만, 하나코는 아무 말도 하지 않았다. 안과 아이들은 신나게 드론을 조종했다. 벌써 조종법을 완벽하게 익힌 것 같았다. 역시 아이들은 새로운 것을 배우는 속도가 빠르다. 하나코였다면 그리 쉽게 드론을 조종하지는 못했으리라.

"오빠, 잠깐 얘기 좀 하자."

"응? 왜?"

와타루는 태블릿 컴퓨터를 보면서 무릎 위에 놓인 노트북 키보드를 두드렸다. 드론에 달린 카메라 영상을 확인하는 모양이었다.

"일요일 운동회에 올 거지? 그럼 그 추리닝 말고 다른 걸 입고 오는 게 좋겠어."

"역시 그런가?"

"응. 어쨌든 성인이니까."

와타루는 엄밀히 말하면 은둔형 외톨이가 아니었다. 이렇게 종종 바깥에 나오는 데다 아무렇지 않게 장을 보러 가기도 했다. 은둔형 외톨이보다는 어마어마한 집돌이라는 표현이 어울렸다. 요즘 와타루가 어떤 일을 하는지는 모르지만—아마 자산운용 같은 일이겠지만—집에 있는 컴퓨터로 다 해결할 수 있는 작업이라 외출할 기회가 극히 적을 뿐이었다.

"케빈, 드론이 이상해."

안이 와타루에게 말했다. 안은 와타루를 케빈이라고 부른다. 와타루가 예전에 케빈이라는 가명을 쓴 적이 있어서 다들 그렇게 부르던 것을 어린 안이 그대로 외워 버렸다. 삼촌이 경찰의 눈을 피해 도망가려고 만든 가명이라고 설명할 수는 없었다. 아무것도 모르는 안은 여전히 와타루를 케빈으로 부른다.

"또 배터리 때문인가? 이제 예비 배터리가 없으니까 여기까지만 해야겠다."

"알았어."

공중을 날던 드론이 하강해 운동장에 착륙했다. 아이들이 달려가서 드론을 와타루에게 가져다주었다. 와타루는 원래 성격이 어린아이 같아서 아이들과 금방 친해지는 모양이었다.

"케빈, 케빈, 언제 또 와?"

"케빈, 케빈, 인스타 해?"

시끌벅적하게 묻는 아이들의 목소리를 들으며, 와타루는 난처한 표정으로 드론을 정리하기 시작했다. 삼촌의 인기가 많아지자, 안은 기분이 좋은지 자랑스럽게 가슴을 폈다.

"오빠, 시간 되면 우리 집에서 밥 먹고 갈래?"

"저녁 메뉴가 뭔데?"

"햄버그스테이크."

"그럼 먹을래."

와타루가 배낭을 메고 일어났다. 드론은 양팔에 안았다. 그러고 보니 카즈마는 오늘 집에 들어오려나. 하나코는 문자메시지로 물어보려고 핸드백에서 스마트폰을 꺼냈다. 잠금을 해제하자 몇 분 전에 온 부재중 전화가 표시됐다. 엄마 에츠코의 전화였다. 통화버튼을 누르고 스마트폰을 귀에 댔다. 금방 통화가 연결되었다.

"미안해, 엄마. 내가 잠깐…."

"하나코, 지금 어디야?"

에츠코가 급박하게 물었다. 하나코가 대답했다.

"초등학교 운동장. 안을 데리러 왔어."

"지금 당장 내가 말하는 병원으로 와."

"병원? 대체 무슨 일…."

"하나코, 진정하고 들어. 사실은…."

에츠코가 하는 이야기를 듣고 하나코는 말을 잃었다.

★

"…여기까지가 시모다 경찰서의 보고입니다. 지금까지 모은 증거를 보면, 역시 토모아키의 범행이 확실합니다. 이어서 담당반의 보고입니다."

카즈마는 키바 미야코의 말에 귀를 기울였다. 수사회의는 책상 중앙에 앉은 키바 미야코의 주도하에 진행되었다. 현장 주변을 탐문하던 수사관들이 일어나 오늘의 성과를 보고했지만,

눈에 띄는 성과는 없는 것 같았다.

"또 보고할 사항 있습니까?"

카즈마가 옆을 보았다. 호죠 미쿠모가 앉아 있었다. 카즈마는 그녀를 향해 고개를 끄덕인 뒤 손을 들고 일어났다.

"수사1과 사쿠라바 카즈마입니다. 저는 카마타 경찰서의 호죠 미쿠모 형사와 함께 피해자 유족의 진술을 중심으로 수사했습니다. 그 과정에서 알아낸 사실을 보고하겠습니다. 우선 첫 번째, 살해당한 테츠로는 정체를 알 수 없는 누군가와 통화하면서 '매장금'이라는 단어를 사용했습니다."

계속해서 자세한 설명을 이어나갔다. 주변의 반응은 미지근했다. 하지만 여기까지는 예상 범위 안이었다.

"그리고 두 번째, 테츠로의 딸이 증언한 바에 따르면, 테츠로는 1년 6개월 전에 2천만 엔이라는 거금을 손에 넣었습니다. 본인은 친구와 시작한 사업이 성공을 거둬서 번 돈이라고 말했다고 합니다."

수사관들이 술렁거렸다. 2천만 엔은 큰 금액이다. 게다가 테츠로는 전직 경찰이다. 정년퇴직한 후에 시작한 사업으로 2천만 엔을 버는 것이 얼마나 어려운지, 여기에 있는 수사관들이라면 쉽게 상상할 수 있을 것이다.

"이게 그 통장 사본입니다. '다크럼'이라는 회사에서 돈이 들어왔습니다. 이 '다크럼'이라는 회사는 서류상으로 아카사카에 있는 회사인데, 실체는 확인되지 않았습니다. 아마 유령회사인 것 같습니다."

미쿠모가 알아낸 정보였다. 오늘 오전에 후루사와 아카네에게 들은 이야기라고 했다.

"2천만 엔은 무시할 수 없는 금액입니다. 토모아키가 테츠로를 살해한 동기였을지도 모릅니다. 향후 조사에서 '다크림'이라는 회사의 실체, 그리고 다크림과 토모아키, 테츠로 두 사람의 연결고리를 밝혀내야 합니다. 제 보고는 이상입니다."

카즈마는 앞쪽에 앉은 미야코의 얼굴색을 살폈다. 그녀는 평소와 다름없는 무표정이었다. 미야코는 파고들지 말라고 못을 박았으나, 미쿠모에게 들은 이야기는 무시할 수 없는 내용이었다. 그래서 카즈마는 반드시 보고해야 한다고 판단했다.

그 뒤에도 보고가 이어졌지만, 눈에 띄는 내용은 딱히 없었다. 끝으로 미야코가 향후 수사방침을 결정지을 터였다. 그런데 그녀의 입에서는 예상 밖의 말이 튀어나왔다.

"감사합니다. 저도 한 가지 보고할 것이 있습니다. 오늘부로 이 사건은 해결된 것으로 간주하고, 수사본부를 해산하겠습니다. 지금까지 모은 증거를 가지고 이마미야 토모아키를 카와시마 테츠로 살인 사건의 범인으로 서류 송검 할 예정입니다."

수사관들이 서로 시선을 교환했다. 카즈마가 옆을 보니, 미쿠모는 큰 표정 변화 없이 앞을 바라보고 있었다. 미야코가 이어서 말했다.

"불만스러울 만도 합니다. 명확한 살해 동기를 밝혀내지 못했으니까요. 이건 수사1과 과장을 비롯한 상부의 의견이라고 생각하십시오. 피해자와 가해자가 모두 전직 경찰인 점을 고려한 결과입니다."

몇 시간 전, 미야코는 본청에 간다고 했다. 거기서 논의한 끝에 나온 결론일까.

이해하지 못할 것도 없었다. 한마디로 냄새나는 것에 뚜껑을 덮겠다는 뜻이었다. 전직 경찰이 전직 경찰을 살해하고 스스로 목숨을 끊었다. 살해 동기는 두 사람의 금전적인 트러블인 것 같다. 계속 수사하다가는 단순한 살인 사건을 넘어서 두 사람이 관여한 범죄 행위까지 파헤치게 될 것이다. 상부가 이쯤에서 손을 떼고 더는 경찰의 수치를 드러내지 말자고 판단한 것은 그리 이상한 일이 아니었다. 하지만….

2천만 엔이라는 거금이 움직였다. 카즈마는 이대로 방지할 수 있는 문제가 아니라고 생각했다. 하지만 상부의 판단도 이해가 되었고, 그것을 어쩔 수 없이 수용하는 미야코의 심정도 어렴풋이 상상되었다. 미야코의 사나운 표정을 보니, 그녀 역시 꺼림칙한 감정을 억누르는 듯했다.

"제 보고는 여기까지입니다. 오늘부로 수사본부를 해산하겠습니다. 카마타 경찰서 여러분, 지금까지 협조해 주셔서 감사합니다."

미야코가 일어나서 깊이 고개를 숙였다. 그 모습을 보고 다른 수사관들도 일어나서 앞을 향해 고개를 숙였다. 미야코는 카마타 경찰서의 간부들과 대화를 시작했다.

"선배님, 수고하셨습니다."

"미쿠모, 미안하다. 네가 힘들게 알아낸 정보를 활용하지 못했네."

"어쩔 수 없죠. 전직 경찰의 비리를 파헤치려면 용기가 필요하니까요. 비록 자살했지만, 그래도 범인이 밝혀졌으니 사건은 해결된 셈이잖아요."

맞는 말이다. 불기소되겠지만, 서류 송검은 할 테니 경찰로서 역할을 다한 셈이다. 사건이 미궁에 빠지는 것보다 훨씬 나았다.

"다음에 또 한잔하러 가시죠, 선배님."

"그래. 그것도 좋겠다."

그렇게 대답하면서도 카즈마는 일말의 아쉬움을 느꼈다. 역시 미쿠모와 콤비로 일할 때가 좋았다. 과연 이번처럼 카마타 경찰서에 수사본부가 설치되는 사건이 발생해서 그것을 카즈마가 담당하는 날이 또 올까. 가능성은 아주 낮았다.

수사관들이 회의실을 정리하기 시작했다. 이제 카즈마를 비롯한 반원들이 본청으로 돌아가 서류 작업과 보강 수사만 하면 끝이었다. 카즈마는 자기가 사용한 의자를 옮기다가 주머니에 든 스마트폰에서 진동을 느꼈다. 꺼내서 화면을 보니 하나코에게서 전화가 오고 있었다. 카즈마는 스마트폰을 귀에 대며 창가로 이동했다.

"여보세요? 카즈마." 하나코의 목소리가 날아들었다. "일하는 중에 미안해. 지금 통화 가능해?"

"응. 괜찮아. 그보다 무슨 일 있어?"

하나코의 목소리가 좋지 않았다. 평소보다 딱딱한 느낌이었다. 불안이나 긴장감 같은 스트레스를 견뎌내는 목소리였다.

"할아버지가 쓰러지셨대. 엄마한테 연락을 받았어. 지금 안이랑 같이 가는 중이야."

"뭐라고?"

"진짜야. 나도 자세한 건 몰라. 실려 간 병원은…."

하나코가 알려준 병원 이름을 머릿속에 새겼다. 하나코의 할아버지는 전설의 소매치기 미쿠모 이와오였다. 카즈마는 회의실을 뛰쳐나갔다.

ROOKIE OF LUPIN

제 3 장

탐정은 부활한다

안의 아빠와 엄마는 성이 다르다. 안이 그 사실을 깨달은 것은 지금으로부터 1년 6개월 전, 안이 초등학교에 입학할 때였다. 안의 아빠 이름은 사쿠라바 카즈마, 엄마 이름은 미쿠모 하나코. 두 사람의 성이 다른 이유가 궁금했던 안은 목욕을 하다가 아빠에게 물었다.

"아빠랑 엄마는 왜 성이 달라?"

돌아온 대답은 이러했다. "결혼하고 나서 부부의 성이 똑같아지는 이유는 법 때문이야. 안이 이해하기는 조금 어려울지도 모르지만, 일본에는 부부가 같은 성을 써야 한다는 규칙이 있거든. 원래는 아빠랑 엄마도 똑같은 성을 써야 하고, 실제로도 그렇게 하고 싶어. 그런데 안, 이건 진짜 어려운 얘기인데, 아빠네 가족이랑 엄마네 가족은 조금, 그러니까 아주 조금, 사이가 나빠. 그래서 아빠랑 엄마는 여전히 성이 다르고, 안은 엄마랑 성이 똑같은 거야."

"기사님, 얼마나 더 가야 돼요?"

"다 왔어요. 저 골목만 꺾으면 돼요."

안은 지금 택시에 있다. 옆자리에는 엄마 하나코가, 그 옆자리에는 케빈이 있다. 안의 큰 할부지가 쓰러졌다고 했다. 그래서 그 병원으로 가는 길이었다. 안의 큰 할부지는 할부지 타케루의 아빠인 건강한 할아버지였다.

골목에서 길을 꺾자 택시가 멈췄다. 큰 병원이었다. 오후 7시쯤이라 병원 내부가 조금 어둑했다.

"하나코, 돈은 내가 낼게. 먼저 가."

"고마워, 오빠. 가자, 안."

안은 엄마와 함께 택시에서 내렸다. 정문을 지나 쭉 들어가 보니 야간전용 출입구가 있어서 그쪽으로 들어갔다. 병원은 조용했다. 안과 엄마의 발소리가 아무도 없는 복도에서 크게 울려 퍼졌다. 엄마 하나코가 걸음을 멈추고 안내판을 올려다보았다.

"이쪽이다."

다시 걸었다. 엘리베이터를 탔다. 내부가 무척 넓은 엘리베이터였다. 왜 이렇게 넓을까. 안은 엄마에게 묻고 싶었지만, 지금은 참기로 했다. 엄마는 진지한 표정이었다. 켄세이네 엄마를 구하러 갈 때도 진지한 표정이었지만, 지금 표정이 훨씬 심각했다.

3층에서 내렸다. 1층보다 사람이 많았다. 대부분 흰 옷을 입은 간호사들이었다. 안의 반에도 엄마가 간호사인 아이가 있는데, 그 아이는 자기도 커서 간호사가 되겠다고 말했다.

"…감사합니다."

엄마 하나코는 지나가던 간호사에게 길을 묻고 고개 숙여 감사 인사를 했다. 그리고 안의 손을 잡고 걸었다. 복도 안쪽으로 들어가자 익숙한 사람들이 보였다. 긴 의자가 여러 개 놓여 있었고, 안의 할부지와 할무니, 큰 할무니가 앉아 있었다.

"하나코, 왔구나." 할무니가 그렇게 말하며 일어나서 달려왔다. "안도 와 줬구나. 고마워."

할무니가 안의 머리를 쓰다듬었다. 엄마가 말했다.

"오빠도 왔어. 우연히 같이 있었거든. 그래서 할아버지는 어 떠셔?"

"아직 모른다." 대답한 사람은 안의 할부지였다. "나도 조금 전에 왔거든. 어머니 말로는 어머니가 저녁 준비를 마치고 아 버지를 불렀는데, 아버지가 방에 쓰러져 있었다는구나. 가슴을 움켜쥐고 괴로운 표정으로. 바로 수술할 정도는 아니고, 지금 은 이것저것 검사하는 단계라는 것 같다."

"그렇구나."

엄마 하나코는 그렇게 말하며 긴 의자에 앉았다. 안은 할무 니 무릎 위에 앉았다. 복도 맞은편에서 케빈이 걸어왔다. 손에 는 드론을 들고 있었다. 그 모습을 본 할부지가 케빈에게 말했 다.

"와타루, 그걸 어쩌려고? 설마 여기서 날릴 생각은 아니지?"

"여보, 와타루가 아무리 엉뚱해도 그런 짓은 안 해요."

"맞아, 아빠. 오빠는 안이 운동회 하는 모습을 찍으려고 드 론을 테스트하다가 왔어."

미쿠모 가문 사람들이 모두 모였다. 이런 일은 몹시 드물었 다. 사쿠라바 가문 사람들은 명절이나 누군가의 생일이 되면 다 같이 모여서 시끌벅적하게 밥을 먹었지만, 미쿠모 가문 사 람들은 제각기 원하는 대로 사는 느낌이었다. 하지만 안은 그

런 미쿠모 가문이 싫지 않았다. 오히려 재미있는 사람들이라고
생각했다.

"야, 와타루. 그 드론에 카메라도 달려 있냐?"

"응. 달려 있어."

"흠, 쓸 만하겠군. 정찰 업무를 할 때 딱이겠어. 와타루, 다음
에 내 드론도 만들어 줘라."

"아빠, 이런 상황에 꼭 그렇게 점잖지 못한 이야기를 해야겠
어?"

안은 가족들의 대화를 듣다가 놀라운 사실을 알아차렸다.
만약 그것이 진짜라면, 정말로 경악스러운 일이었다.

온 가족이 똑같은 직업을 가진 집안은 '○○일가'라고 불린
다. 사쿠라바 가문이 경찰 일가라고 불리는 것처럼.

안의 할부지와 할무니는 도둑이다. 엄마는 아니라고 했지만,
안은 그것이 의심할 여지가 없는 진실이라고 생각했다. 그렇다
면 큰 할부지와 큰 할무니, 케빈도 도둑일 가능성이 있을까. 안
은 지금까지 세 사람이 어떤 일을 하는지 듣지 못했다. 게다가
엄마도 수상했다. 얼마 전 켄세이네 엄마를 구하러 갔을 때 본
민첩한 움직임. 절대로 평범한 사람의 움직임은 아니었다.

안은 어느새 확신했다. 미쿠모 가문이 도둑 일가임을. 그리고
동시에 흥분했다. 아빠는 경찰 일가였고, 엄마는 도둑 일가였
다. 이렇게 두근거리는 일이 또 있을까.

★

하나코는 일단 안심했다. 이와오의 용태가 어떤지는 아직 모르지만, 담당 간호사가 긴급 수술을 할 필요는 없다고 했기 때문이다. 지금 이와오는 검사를 받는 중이라고 했다. 그래도 방심할 수는 없었다. 건강해 보여도 이와오는 고령이었다.

조금 전 간호사가 와서 의사 면담을 해야 한다고 말했다. 온 가족이 갈 수는 없어서 대표로 아버지 타케루와 할머니 마츠가 의사를 만나러 갔다.

안은 얌전히 와타루의 태블릿 컴퓨터를 들여다보고 있었다. 아무래도 게임을 하는 모양이다.

"아버님 연세가 몇이더라?"

에츠코가 묻자, 하나코가 대답했다.

"85세일 거야."

"벌써 그렇게 됐나? 하긴 나도 나이를 꽤 먹었으니."

에츠코는 한탄했지만 사실 그녀는 여전히 동안이었다. 올해로 61세이면서 40대라고 해도 믿을 만큼 젊어 보였다. 에츠코는 끊임없는 노력 덕분이라고 말했지만, 하나코는 자기가 좋아하는 일을 하는 사람은 젊어 보인다는 결론을 내렸다. 아버지 타케루에게도 해당되는 말이었다.

하나코는 자타가 공인할 정도로 유난히 할아버지를 좋아하는 아이였다. 부모님이 일 때문에 오랫동안 집을 비울 때가 많아서 자연스럽게 조부모님과 자주 시간을 보냈다. 특히 손녀의 재능을 일찍이 알아차린 이와오는 하나코가 유치원생일 때부터 소매치기 영재교육—하나코는 놀이라고 생각했지만—을 시켰다. 결혼한 뒤로는 발길이 뜸해졌지만, 그래도 하나코는 최소한 달에 한 번 조부모님을 찾아뵈려고 노력했다.

"여보, 뭐래요?"

복도 저편에서 타케루와 마츠가 걸어오자, 에츠코가 자리에서 일어나며 물었다. 하나코도 얼른 일어나서 아버지와 할머니에게 갔다. 타케루가 팔짱을 끼고 설명했다.

"협심증 발작이래. 쉽게 말하면 혈관이 좁아져서 혈액이 심장에 가지 못하는 거야. 심근경색으로 발전하는 케이스도 있다는데, 아버지는 그 직전의 발작 정도로 끝났대."

가슴을 쓸어내렸다. 큰일로 번지지 않아서 다행이다. 안이 고개를 들고 엄마 쪽을 보자, 하나코는 안의 머리를 쓰다듬었다. 큰 할부지는 괜찮대. 그런 의미를 담은 손길이었다.

"2, 3일 입원해야 하고 그 이후에는 약으로 치료한대. 아버지도 나이를 드신 게지. 오늘 밤은 어머니가 병원에 있을 거야. 쓰러진 당사자는 어찌나 태연한지 배가 고프다고 했다네. 정말 못 말리는 사람이야."

말투는 거칠었지만, 타케루도 한시름 놓은 것 같았다. 하나코는 마츠에게 말했다.

"할머니, 저도 같이 있을까요?"

"고맙다, 하나코. 하지만 나 혼자서도 충분하단다. 간호사 선생님도 보호자는 한 명까지만 같이 있을 수 있다고 하더구나."

병원의 방침이라면 따를 수밖에 없었다. 마츠는 일단 집으로 돌아가 갈아입을 옷과 필요한 물건을 챙겨 오겠다고 했다.

"우리는 여기 있어도 방해만 돼. 돌아가자. 하나코, 와타루, 너희도 그만 가는 게 좋겠다."

타케루는 그렇게 말하고 에츠코와 함께 복도를 지나 사라졌다. 하나코는 가능하면 마츠를 따라가서 이것저것 거들고 싶었다. 그런데 마츠가 말했다.

"하나코, 방금 너희 할아버지랑 잠깐 얘기했는데, 아무래도 네게 부탁할 것이 있는 모양이야."

"저한테요?"

"그래. 어떤 부탁이려나. 318호란다. 우리는 먼저 가 있을 테니 너는 잠깐 얼굴 비추고 오렴."

"알았어요. 오빠, 안을 맡아줄래?"

"나만 믿어."

하나코는 가족들과 헤어져 복도를 걸었다. 이미 저녁 시간이 끝났는지 환자들은 TV를 보고 있었다. TV 소리가 복도까지 희미하게 새어 나왔다.

318호는 복도 끝에 있었다. 1인실인지 병실 입구에 '미쿠모 이와오'라고 적힌 명패가 걸려 있었다.

"실례합니다."

하나코가 작은 목소리로 말하며 병실에 들어갔다. 모퉁이에 침대가 있었고, 거기에 할아버지 이와오가 누워 있었다. 앞쪽에는 손님용 소파가 놓여 있었는데, 길쭉해서 마츠가 편하게 누울 수 있을 것 같았다.

"할아버지, 괜찮으세요?"

하나코가 그렇게 말하면서 할아버지의 얼굴을 들여다보았다. 팔에 링거가 꽂혀 있었지만, 산소마스크는 쓰지 않은 상태였다. 이와오가 눈을 뜨고 말했다.

"여기까지 와 줘서 고맙다, 하나코. 내가 너무 걱정을 끼쳤구나."

"그런 말씀 마세요. 몸은 어때요? 아직 힘들어요?"

"아니, 아무렇지도 않다. 약이 참 대단해. 하지만 나이에는 당해낼 재간이 없구나. 협심증이라더라. 내 심장은 천하무적인 줄 알았는데."

그렇게 말하며 이와오가 웃었다. 생각보다 건강해 보여서 마음이 놓였다.

"무리하지 말고 푹 쉬어요, 할아버지. 이제 젊지 않으세요."

"하나코, 너까지 나를 노인 취급할 셈이냐?"

"노인 맞잖아요. 증손녀까지 보셨으면서."

"그건 그렇구나."

이와오는 이곳저곳을 떠돌던 예전 습관이 완전히 사라졌는지 마츠와 함께 츠키시마 집에서 지내는 중이었다. 지금은 침대에 누워 온화하게 웃는 이와오였지만, 그 눈빛 속에서 전설의 소매치기로 불리던 남자의 긍지가 엿보였다.

"그런데 할아버지, 저한테 하실 말씀이 뭐예요?"

"실은 말이다, 하나코. 난 내일 여행을 떠날 계획이었다. 일주일 정도 칸사이를 돌아다니려고 했어. 뭐, 이제는 그것도 못 하게 됐지만, 그 여행에는 한 가지 목적이 있었단다. 내일 어떤 사람의 제사에 가려고 했어. 그 사람의 이름은 호죠 소신이다."

하나코는 그 이름을 들은 적이 있다. 호죠 소신. 미쿠모의 할아버지이자 20세기 홈즈로 칭송받던 명탐정이었다. 몇 년 전에 세상을 떠났다고 들었다.

"할아버지, 호죠 소신과 아는 사이였어요?"

"그런 셈이지." 이와오가 대답했다. "인연이 있었어. 그 친구가 죽은 지 벌써 8년이 지났다. 이제라도 그 친구의 묘 앞에서 제대로 기도를 올리고 싶었어. 하나코, 나 대신 네가 교토에 가 줄 수 있겠니?"

할아버지는 지금껏 이런 부탁을 한 적이 거의 없었다. 마음속 깊숙이 숨겨둔 무언가가 있는 모양이다. 교토는 멀지만, 당일치기로 다녀오지 못할 것도 없었다.

"알았어요, 할아버지. 제가 대신 갈게요."

교토 심은사라는 절에 가면 된다고 했다. 제사는 오후 1시부터 시작되는 모양이다. 위치는 나중에 인터넷으로 찾아보기로 했다.

"부탁한다, 하나코."

"잘 다녀올게요. 할아버지는 푹 쉬세요."

건강해 보여도 이와오가 환자라는 사실에는 변함이 없으니 하나코는 얼른 병실을 나왔다. 복도를 걷는데 저쪽에서 달려오는 남자의 모습이 보였다. 카즈마였다.

"하나코." 카즈마가 달려왔다. "할아버님은 괜찮으셔? 걱정돼서 급하게 왔어."

"할아버지는 괜찮아. 협심증 발작이라는데, 약 덕분에 좋아졌나 봐. 지금은 멀쩡하셔."

"그렇구나. 다행이다."

일하는 도중에 달려와 준 모양이다. 하나코는 카즈마의 얼굴을 보자 가슴을 옥죄던 긴장이 풀렸는지 갑자기 힘이 빠졌다. 저도 모르게 카즈마의 팔을 붙잡았다.

"하나코, 괜찮아?"

"괜찮아. 좀 지쳤나 봐. 안은 할머니랑 같이 있어. 아마 1층 택시 승차장 앞에 있을 거야."

하나코는 카즈마와 팔짱을 끼고 걸었다. 밖에서 이렇게 단둘이 걷는 것도 오랜만이라는 생각이 들었다.

★

오후 9시가 되기 전, 미쿠모는 드디어 퇴근했다. 수사본부가 해산한 뒤에도 자잘한 잡무와 영수증 정리를 하다 보니 이런 시간이 되어 버렸다. 경찰서에서 나가는 길에 스마트폰 램프가 깜빡거리는 것을 발견했다. 미쿠모 하나코에게 부재중 전화가 와 있었다.

전화를 거니 곧바로 통화가 연결되었다.

"네, 호죠 미쿠모예요. 전화를 못 받아서 죄송해요."

"바쁜데 미안해, 미쿠모. 다시 걸어 줘서 고마워."

"그보다 할아버님은 괜찮으세요?"

"아, 카즈마한테 들었구나. 덕분에 큰일은 없었어. 2, 3일은 병원에 계실 것 같지만."

미쿠모는 저녁 수사회의가 끝나고 나서 카즈마가 다급하게 회의실에서 나가는 것을 보았다. 문자메시지로 상황을 물으니 하나코의 할아버지가 쓰러졌다는 답장이 돌아와서 걱정하던 참이었다.

"그렇군요. 다행이에요."

"고마워. 그보다 미쿠모한테 할 얘기가 있어."

하나코가 그렇게 운을 떼며 이야기를 시작했다. 미쿠모는 그 내용을 듣고 깜짝 놀랐다. 하나코가 내일 치러질 할아버지 소신의 제사에 온다고 했다. 그것도 입원한 미쿠모 이와오 대신.

미쿠모 이와오. 전설의 소매치기로 이름을 떨친 사람이었다. 지금은 현역에서 물러나서 아들 타케루가 수장이 된 모양이지만, 그의 이름은 아직도 많은 일화와 함께 범죄 사회에서 명성을 이어나갔다.

"나도 잘 모르겠어. 그냥 본인 대신 제사에 참석하라고 하셨어. 그래서 미쿠모가 생각났어. 혹시 미쿠모도 가지 않을까 싶어서."

"네, 가요. 당일치기로요."

"잘됐다." 하나코가 수화기 너머에서 안도한 목소리로 말했다. "난 교토에 가본 지가 한참 돼서 좀 불안했거든. 아, 잠깐만."

아이 목소리가 들렸다. 안일까. 카즈마와 하나코의 일곱 살 난 외동딸이었다. 미쿠모는 경찰 일가와 도둑 일가의 피가 섞인 특이한 혈통을 지닌 그녀가 앞으로 어떤 삶을 살지 몹시 궁금했다.

잠시 후, 하나코의 목소리가 들렸다.

"미안해, 미쿠모. 그래서 내일 말인데, 괜찮으면 같이 갈래?"

"좋아요. 저도 그 말을 하려고 했어요. 도쿄역에서 만날까요?"

자세한 내용은 문자메시지로 정하기로 하고 전화를 끊었다. 그리고 미쿠모는 생각했다.

호죠 소신과 미쿠모 이와오. 두 사람이 주로 활약하던 때는 20세기 중후반이었다. 어느 정도 접점이 있었다는 이야기를 들은 적이 있다. 미쿠모에게 그런 이야기를 해줄 사람은 사루히코뿐이었다.

사루히코에게 전화를 걸자, 곧바로 통화가 연결되었다. 미쿠모 하나코에게 전화를 받은 것과 그녀가 내일 제사에 온다는 이야기를 전했다.

"그렇군요. 미쿠모 하나코가 내일…."

"사루히코, 말해 봐. 미쿠모 이와오가 왜 할아버지 제사에 오고 싶어 하는 거야?"

"안 그래도 언젠가 아가씨께 말씀드릴 생각이었습니다. 아가씨, 지금 시간 괜찮으십니까?"

"마침 퇴근했어."

"그렇다면…."

10분 후, 역 앞 식당에 도착했다. 사루히코는 이미 가게 안 테이블석에 앉아 있었다. 변함없이 행동이 재빠르다. 미쿠모가 전화할 것을 미리 알았나 의심스러울 정도였다. 미쿠모는 고등어 된장조림 정식을 주문했다. 사루히코는 참치 마즙 정식을 시켰다.

"그래서 나한테 할 얘기가 뭐야?"

"선대 소장님이신 호죠 소신 선생님과 미쿠모 이와오, 두 사람과 관련된 일입니다. 미쿠모 이와오는 L의 일족을 이끄는 대도. 당연히 소신 선생님과도 접점이 있었지요. 하지만 상대는 의적이었습니다. 악인의 물건만 훔치는 그 철저한 미학이 마음을 울렸는지, 소신 선생님께서는 언젠가부터 미쿠모 이와오에게 존경심을 품으셨습니다."

탐정과 도둑. 기묘한 우정이 탄생했다. 때로는 힘을 모아 함께 거대한 악을 쫓기도 했다.

"8년 전, 소신 선생님의 장례식 이후, 봉안이 끝나서 손님들이 본당 쪽으로 나가실 때였습니다. 물론 그때 아가씨도 계셨지요."

할아버지는 미쿠모가 대학생일 때 돌아가셨다. 미쿠모는 한없이 슬프고 우울했다. 장례식이 어떻게 흘러갔는지 솔직히 잘 생각나지 않는다. 계속 울었기 때문이다. 조문객이 많았던 것만 기억난다.

"저는 멀찍이 숨어서 지켜보는 남자를 발견했습니다. 기척을 죽이고 그 사람에게 다가갔지요. 그 남자가 바로 미쿠모 이와오였습니다."

사루히코는 그때 처음으로 그와 제대로 대화를 나누었는데, 강렬한 분위기에 압도당했다고 한다. "미쿠모 이와오 님이시죠? 선대 소장님께 말씀 많이 들었습니다. 괜찮으시면 분향이라도 해 주십시오."라고 사루히코가 말하자, 미쿠모 이와오는 웃으며 말했다. "나 같은 도둑놈이 천하의 명탐정 무덤을 더럽히면 되겠나. 삼가겠네."

미쿠모 이와오는 걸음을 옮기다가 갑자기 멈춰 섰다.

"그리고 그 사람은 제게 이렇게 말했습니다. '다른 누구도 아닌 내가…. 내가 호죠 소신을 죽인 거나 마찬가지일세.'라고."

"사루히코, 그게 무슨…."

할아버지는 암으로 돌아가셨다. 암이 발견됐을 때는 이미 병세가 깊어서 치료받을 상태가 아니었다고 한다. 눈을 감기 직전까지 일하던 할아버지의 모습을 옆에서 지켜본 미쿠모도 아는 사실이었다. 다만 할아버지가 어떤 사건을 쫓았는지는 알지 못했다.

"저도 모르겠습니다." 사루히코가 고개를 가로저었다. "선대 소장님이 돌아가신 데에 어느 정도 본인의 책임이 있다는 말처럼 들렸습니다. 소타로 님께 그 얘기를 전하니 아무 말씀도 없이 웃으셨습니다."

미쿠모는 괴짜인 아버지의 반응이 어땠을지 쉽게 상상이 되었다. 그는 모든 것을 알면서도 입을 꾹 다무는 성격이었다.

"사루히코, 할아버지가 마지막으로 쫓던 사건을 알아봐야겠어."

"내일 교토에 가시잖습니까? 탐정사무소에 가면 자료가 남아 있을 겁니다. 그리고 아가씨, 이건 부탁하신 달걀입니다."

사루히코가 하얀 비닐봉지를 내밀었다. 팩에 든 날달걀이 들어 있었다. 미쿠모는 매일 아침 달걀을 먹는다. 교토에서 살 때부터 늘 그랬듯이, 지금도 이렇게 사루히코를 통해 축산농가에서 달걀을 직접 구매한다.

"아가씨는 정말 달걀을 좋아하시는군요."

"달걀은 완전식품이야. 비타민C와 식이섬유를 제외한 영양소가 다 들어 있어. 이걸 어떻게 안 먹겠어?"

미쿠모는 턱을 짚으며 생각했다. 미쿠모 이와오가 호죠 소신을 죽인 것과 마찬가지라니, 대체 어떤 의미일까.

다음 날 오전 9시. 미쿠모는 도쿄역 야에스 출입구에 있었다.
당일치기라서 짐은 많지 않았다. 상복도 본가에 있으니 가져갈
필요가 없었다. 오가는 많은 행인 속에서 한 여자아이가 달려
왔다.

"미쿠모 언니!"

"안."

미쿠모가 몸을 숙여 안을 안았다. 못 본 사이에 많이 컸다.
마지막으로 봤을 때가 2년 전이니 안이 초등학교에 입학하기
전이었다. 그때는 옆에 와타루가 있었다는 사실을 떠올리자,
미쿠모는 약간 감상에 젖었다.

"미쿠모, 오늘 잘 부탁해."

그렇게 말하며 미쿠모 하나코가 걸어왔다. 그녀는 사복 차림
이었고 옷 가방을 들고 있었다. 교토에 도착해 상복으로 갈아
입을 생각인 듯했다.

"잘 부탁드려요. 안도 같이 왔군요."

"응. 어젯밤에 너랑 통화하는 걸 들켰거든. 자초지종을 설명
했더니 자기도 꼭 가고 싶다고 해서…. 어쩔 수 없이 학교를 쉬
고 같이 가기로 했어. 안은 한번 하겠다고 마음먹으면 꼭 해야
직성이 풀리거든. 대체 누구를 닮았는지…."

"그러게요. 누구를 닮았을까요?"

우선 표를 샀다. 지정석 3열 좌석을 사서 승강장으로 향했다. 매점에서 주스와 과자를 사 들고 내부 청소가 끝난 열차에 올라탔다. 점심이 되기 전 교토에 도착할 것이다. 그러면 본가로 직행해서 옷을 갈아입고 바로 사찰에 갈 예정이다. 조금 서둘러야 하지만, 제사 시간에 늦지는 않을 것이다.

안이 창가에 앉았고, 가운데 자리에 미쿠모가, 통로 쪽 자리에 하나코가 앉았다. 안이 그렇게 앉으라고 했다. 안이 갑자기 물었다.

"있잖아, 있잖아. 미쿠모 언니는 형사지?"

"맞아. 나는 형사야. 안의 아빠처럼."

"형사는 나쁜 사람을 잡는 게 일이지?"

"잘 아네. 나쁜 사람을 체포하는 게 내 일이야."

요즘은 조금 나태해져서 그다지 체포하지 못했지만. 미쿠모는 속으로 생각하며 반성했다.

"그러면, 그러면, 도둑이 있으면 체포해?"

"하겠지. 남의 물건을 훔치면 안 되니까."

"좋은 도둑도?"

응? 조금 이상했다. 특별할 것 없는 대화라고 생각했는데, 안의 눈빛은 예상보다 진지했다. 누군가가 옆구리를 찌르는 느낌이 들어 반대편으로 고개를 돌리니, 하나코가 난처한 미소를 짓고 있었다. 하나코가 소리를 내지 않고 "미안해, 미쿠모."라고 입을 움직였다. 미쿠모는 그것만 보고도 상황을 간파했다.

'아, 그렇게 됐구나.' 언젠가 들킬 날이 오리라 생각했지만, 이렇게 빨리 올 줄은 몰랐다.

"좋은 도둑이면 체포하지 않을래."

"다행이다. 난 역시 미쿠모 언니가 좋아."

안은 진심으로 안도한 표정을 짓고 창밖으로 눈을 돌렸다. 하나코가 미쿠모의 귓가에 속삭였다.

"아버지가 말해 버렸어. 정말 제멋대로라니까."

"고생하셨겠네요."

"요즘 나랑 오빠까지 의심받아. 뭐, 의심받아도 어쩔 수 없지만."

당연하다. 미쿠모 가문은 L의 일족이니까. 하나코는 유일하게 건전한 직업을 가진 사람이지만, 도둑질 기술만큼은 확실히 전수받은 모양이다. 참으로 대단한 사람들이다.

"처음에는 고민하는 것 같더니, 요즘에는 상황을 즐기고 있어. 아이들의 적응력은 정말 놀랍다니까."

출발을 알리는 벨이 울리더니, 열차가 달리기 시작했다. 안은 계속 창밖 풍경을 바라보았다.

"그런데 하나코 언니," 미쿠모는 거두절미하고 물어보았다. "언니 할아버님이 왜 우리 할아버지 제사에 오려고 하신 거죠? 그 이유를 아시나요?"

"나도 전혀 모르겠어. 자세히 물어보고 싶었는데 병원이라 오래 머물 수 없었거든. 본인 대신 다녀오라는 말씀만 하셨어.

미쿠모, 뭐 아는 거 있어?"

"그게 저도 잘⋯."

"연세도 비슷하시고, 아무래도 같은 업계라고 할까? 범죄 사회와 관련 있는 분들이니까 서로 아는 사이였나 봐."

하나코가 그렇게 말하며 페트병에 든 녹차를 마셨다. L의 일족이면서 형사와 결혼한 여자이다. 지금은 우에노에 있는 서점에서 일하는 한 아이의 엄마이지만, 사실 이 사람이 가장 특이하지 않나, 라는 생각이 종종 들었다. 언행은 지극히 평범하지만, 그래서 오히려 더 대단한 느낌이었다. 도둑의 딸이 경찰 일가의 장남과 부부가 되어 아주 당연하다는 듯 살고 있다. 웬만해서는 불가능한 일이었다.

"할아버님은 좀 어떠세요?"

"아까 할머니랑 통화했는데, 일찍 퇴원시켜 달라고 아우성이신가 봐."

미쿠모는 딱 한 번 그들을 만나봤다. 와타루와 함께 저녁을 대접받았다. 이와오는 성격이 완고해 보이는 노인이었고, 그의 부인 마츠는 조용하고 차분한 사람이었다. 아무리 봐도 한 시대를 풍미한 소매치기와 자물쇠 전문가 같지는 않았다.

"미쿠모 언니, 후지산은 아직 안 보여?"

"아직 조금 더 가야 돼. 보일 때쯤 알려줄게."

"있잖아, 미쿠모 언니는 성골이야?"

"아니. 나는 성골이 아니야. 안은 아는 게 많구나."

"나는 다 알아. 미쿠모 언니는 지방 공무원이구나. 힘들겠다, 여러모로."

어디까지 알고 말하는 것일까. 그때 옆에 앉은 하나코가 작은 목소리로 말했다.

"미쿠모, 미안해. 사쿠라바 가문 할배가 알려준 거야. 이상한 지식만 늘어서 아주 난감해."

"그렇군요."

나면서부터 특수한 환경에 있었다는 점에서 미쿠모 본인도 안과 비슷하다는 생각이 들었다. 탐정 일가의 외동딸로 태어나서 코난 도일과 엘러리 퀸, 에도가와 란포에 둘러싸여 자란 어린 시절. 생각해 보면 추리소설도 할아버지의 영향을 받아 읽기 시작했다.

"있잖아, 미쿠모 언니. '과수연'이라고 알아?"

"알지. '과수연'이라는 말도 아는구나."

"TV에서 봤어. 《과수연의 여자》. 공식적인 이름은 과학수사연구소야."

"우와, 그런 것까지 알아?"

열차는 이제 겨우 시나가와를 빠져나온 참이다. 시끌벅적한 여행길이 될 것 같다. 차내 안내방송이 도중에 정차할 역과 도착 시각을 알렸다.

★

하나코는 택시에 있었다. 안과 호죠 미쿠모도 함께였다. 교토역에 도착해 기차에서 내린 뒤 곧바로 택시를 잡아 미쿠모의 본가에 가서 상복으로 갈아입었다. 그리고 또 택시를 잡아탔다.

"어디서 봤다 싶드만," 택시 기사가 백미러를 힐끔거리면서 말했다. "니 호죠 탐정사무소 딸 아이가? 이야, 못 본 새 마이 컸다. 절세미인이다."

택시 기사의 사투리를 듣자, 하나코는 새삼 교토에 왔음을 실감했다. 지금껏 급하게 이동하느라 천천히 관광할 여유가 없었다.

"오늘 큰 선생님 기일이라 캤제? 참말로 시간 빠르다."

택시 기사가 미쿠모의 얼굴을 안다. 호죠 탐정사무소가 교토를 대표하는 탐정사무소이자 전국적으로도 이름을 떨친 곳이라는 증거였다.

"옛날에는 큰 선생님 태우고 마이 돌아댕겼거든. 근데 니 억수로 곱네. 연예인보다 새찹다. 남자친구는 있나? 있제?"

하나코는 곁눈질로 미쿠모를 보았다. 미쿠모는 조금 난처한 듯 창밖을 쳐다보았는데, 같은 여자인 하나코가 보기에도 쑥스러워하는 얼굴이 귀여웠다.

"있겄제. 남자들이 내비두겄나. 아, 다 왔다."

택시가 멈추었다. 하나코가 "이건 내가 낼게." 하면서 지갑을 꺼내 요금을 냈다. 택시 기사가 "고맙심더." 하면서 내미는 거스름돈을 받고 택시에서 내렸다.

'심은사'라는 절에 도착했다. 현재 시각은 오후 12시 50분. 1시부터 제사가 시작된다고 했으니 시간이 아슬아슬하다. 사찰 부지에는 정원이 있었고 연못도 보였다. 안이 그쪽을 흥미롭게 쳐다보았지만, 지금은 시간이 없다. 하나코는 "나중에 보자." 하면서 안의 손을 끌어당겨 사당으로 들어갔다.

사당 안에는 적막이 흘렀다. 불단에는 금빛으로 번쩍이는 본존이 안치되어 있었고 그 주변에 눈부신 닫집이 서 있었다. 주지 스님은 아직 오지 않은 듯했다. 손님 열 명 정도가 정좌한 채 주지 스님이 오기를 기다리고 있었다.

"아가씨, 이쪽입니다."

나이 지긋한 남자가 그렇게 말하며 다가왔다. 미쿠모의 조수 사루히코라는 남자였다. 그는 사흘 전에 하나코의 아파트를 찾아왔다. 미쿠모를 몹시 걱정한 끝에 그녀가 와타루와 재결합하면 슬럼프에서 벗어날 수 있으리라는 결론을 내린 모양이었다.

"처음 뵙겠습니다. 미쿠모 하나코입니다."

하나코는 첫 만남인 척 넘어가는 것이 좋겠다는 생각이 들어 그렇게 인사했다. 사루히코도 하나코에게 장단을 맞춰 주었다.

"와 주셔서 감사합니다. 저는 오랫동안 호죠 가문을 섬겨 온 야마모토 사루히코라고 합니다. 말씀 많이 들었습니다. 이쪽으로 오시지요."

사루히코가 그렇게 말하며 하나코와 안을 앞쪽으로 안내했다. 하나코가 사양하며 말했다.

"저희는 뒤쪽에 앉을게요. 할아버님 대신 왔을 뿐이라서요."

"아닙니다. 이번 제사에는 손님을 많이 초대하지 않았으니 가능한 한 앞쪽에 앉아 주시면 좋겠습니다."

하나코는 사루히코에게 떠밀려 앞에서 두 번째 줄에 앉았다. 미쿠모는 첫 번째 줄에 앉았다. 미쿠모 옆에는 어떤 여자가 앉았고, 그 옆에는 아직 아무도 앉지 않았다. 미쿠모 옆에 앉은 여자가 뒤를 돌아보았다. 하나코는 그 얼굴을 보고 놀랐다.

그저께였을까. 미쿠모와 다시 만날 생각이 없냐고 물으러 와타루의 집을 찾아갔을 때였다. 아파트 복도에서 기모노를 입은 여자와 마주쳤다. 그때 그 여자였다.

"하나코 언니, 소개할게요. 저희 어머니 호죠 타카코예요."

"처음 뵙겠습니다."

타카코가 그렇게 말하며 고개를 숙이자, 하나코도 고개를 숙였다.

"처음 뵙겠습니다. 미쿠모 하나코입니다."

타카코가 미소를 지었다. 의미심장한 미소였다. 그녀가 그저께 도쿄에 있었고, 와타루의 집을 방문한 것은 확실했다. 대체 왜…. 미쿠모와 관련된 일인가 싶었지만, 미쿠모는 자기 엄마가 와타루의 집에 간 사실을 모르는 듯했다.

"안, 얌전히 있어야 돼. 이제 비나이다, 비나이다 할 거니까."

"응. 비나이다, 비나이다 할 거야."

주변 분위기를 읽었는지 안은 얌전히 방석 위에 앉아 있었다. 하나코는 주위를 둘러보았다. 호죠 소타로의 모습이 보이지 않았다. 호죠 가문의 주인이자 호죠 탐정사무소의 소장이며 일본에서 가장 유명한 탐정 호죠 소타로. 하나코는 덥수룩한 머리 모양이 트레이드 마크인 그를 잡지에서 몇 번 본 적이 있다.

그때였다. 어디선가 바이올린 소리가 들려왔다. 바이올린 소리가 들리는 쪽으로 고개를 돌리니, 옆 건물과 연결된 통로로 들어오는 두 남자가 보였다. 앞에 선 남자는 바이올린을 켜면서 걸어왔다. 호죠 소타로였다. 그 뒤에 있는 사람은 붉은 가사를 입은 스님이었다. 소타로가 연주하는 곡은 비발디의 '사계'였는데, 그 밝은 곡조가 제사와 어울리지 않는 분위기를 자아냈다.

하나코는 바이올린을 켜는 호죠 소타로를 멍하니 바라보았다. 그런데 다른 손님들은 이런 상황이 익숙한지 평온해 보였다. 바이올린을 켜면서 걸어온 소타로는 주지 스님이 자리에 앉는 것을 확인한 뒤에야 연주를 멈추고 타카코 옆에 있는 빈 방석에 앉았다. 바이올린을 바닥에 아무렇게나 내려놓더니, 이번에는 경상 위에 놓인 경전을 집어 들고 중얼중얼 소리를 내어 경을 읽기 시작했다.

하나코는 속으로 자신의 아버지와 막상막하라는 생각을 했다. 아니, 천연덕스러움으로 보자면 호죠 소타로가 훨씬 윗길일 지도 모르겠다.

"자, 그럼." 주지 스님이 목청을 높였다. "지금부터 호죠 가문의 제사를 거행하겠습니다."

하나코는 허리를 꼿꼿이 세우고 주지 스님의 염불 소리에 귀를 기울였다. 옆에 앉은 안도 경건한 표정으로 손을 모았다.

"안, 위험해. 연못에 떨어져도 모른다."

하나코가 그렇게 주의를 주었지만, 안은 듣는 둥 마는 둥 연못가에 있는 바위 위를 걸어 다녔다. 운동신경이 뛰어난 아이라서 균형을 잃고 연못에 떨어지지는 않겠지만, 엄마로서 주의를 주지 않을 수 없었다.

사당 안에서 치러지는 의식은 끝났다. 이제 묘지에 가서 분향할 차례인데, 안이 정원에 있는 연못을 보고 싶다고 졸라서 어쩔 수 없이 안을 데리고 정원으로 왔다. 연못에는 잉어가 헤엄쳤다.

"애가 몇 살?"

등 뒤에서 목소리가 들렸다. 돌아보니, 미쿠모의 어머니 호죠 타카코가 하나코를 향해 걸어오고 있었다. 하나코가 대답했다.

"일곱 살이에요. 초등학교 2학년이요."

"애가 영리해 보이네. 운동신경도 좋은 것 같고."

50세쯤 됐을까. 미쿠모의 어머니답게 갸름한 미인이었다. 그저께 입은 보라색 기모노뿐만 아니라 오늘 입은 검은 상복마저 잘 어울렸다. 서른을 넘긴 하나코가 말하기는 뭣하지만, 그야말로 어른스러운 아름다움을 풍기는 여성이었다.

"역시 따님 때문인가요?" 하나코는 고민 끝에 그 말을 꺼냈다. "저희 오빠랑 미쿠모요. 그것 때문에 저희 오빠 집에 가신 거죠?"

"맞아. 도쿄에 볼일이 있어서 간 김에 들렀어. 우리 애가 올해로 스물일곱이거든. 완전히 시기를 놓쳤지 뭐야."

요즘 시대에 스물일곱 살이면 결혼 시기를 놓쳤다고 하기 어렵다. 미쿠모의 어머니는 딸의 신랑감 후보를 찾는 것이 취미라는 이야기를 카즈마에게 들은 적이 있다. 미쿠모는 외동딸이니 엄마로서 빨리 사위를 얻고 싶어하는 것은 당연할지도 모른다.

"아무리 봐도 우리 애는 아직 그쪽 오빠한테 미련이 뚝뚝 떨어진다니까. 우리 바깥양반도 그쪽 오빠를 마음에 들어해서 둘이 결혼하는 것 말고는 방법이 없을 것 같아."

자세한 내용은 모르지만, 와타루는 호조 소타로의 눈에 든 모양이었다. 오늘 처음 호조 소타로를 보니 그 이유를 알 것도 같았다. 호조 소타로도 오빠처럼 '그쪽 계열' 사람이었다. 쉽게 말하자면, 보통 사람의 상식에서 벗어나는 정신세계를 가졌다는 뜻이다. 그래서 마음이 통하는 것이리라.

"헤어진 이유. 그걸 알면 어떻게 되지 않을까 싶어서 그쪽 오빠를 찾아가 봤는데, 결국 핵심을 듣지 못했어. 계속 어물쩍 넘어가다가 끝났지 뭐야? 그쪽 오빠, 의외로 수완이 보통이 아니더라."

다른 사람은 몰라도 오빠는 질문을 어물쩍 넘기거나 말을 얼버무릴 의도가 없었을 것이다.

"하나코 씨, 그 두 사람이 왜 헤어졌는지 짐작 가는 데 없어?"

"아쉽게도요. 누가 바람을 피운 건 아닌 것 같은데…"

어지간히도 주변에 알리고 싶지 않은 모양이다. 미쿠모와 와타루는 자신들이 헤어진 이유를 절대 말하지 않았다.

"어쩔 수 없네. 시간에 맡기는 수밖에. 하나코 씨, 뭔가 진전이 있으면 알려줘요."

"네. 그럴게요."

"이제 그만 묘지에 갑시다."

"안, 가자. 묘지에 가야지."

안이 달려와서 하나코 옆에 섰다. 처음 보는 사람에게 낯을 가리는 안은 타카코의 얼굴을 힐끔거리며 눈치를 보았다. 이를 알아차린 타카코가 말했다.

"안, 안녕? 교토는 처음이야?"

"네. 처음이에요."

"안이 교토를 좋아해 주면 아줌마가 엄청 기쁠 것 같아."

"교토 좋아요."

멀리서 바이올린 소리가 들렸다. 연주자는 호죠 소타로가 분명했다.

"그렇구나. 기쁘네. 그런데 안, 교토가 왜 좋아? 오늘 처음 와 봤잖아."

"음, 음, 교토에는 일본에서 두 번째로 보물이 많아요. 그래서 좋아요."

국보와 중요 문화재를 보물이라고 말한 것 같다. 학교에서 이런 것을 배웠을 리가 없다. 틀림없이 타케루의 짓이다. 타케루는 항상 안에게 쓸데없는 것만 가르친다. 안이 이어서 말했다.

"보물이 첫 번째로 많은 곳은 도쿄고, 세 번째는 나라(奈良)예요."

"안, 잘 아는구나." 타카코가 그렇게 말하고는 하나코의 귓가에 작게 속삭였다. "역시 L의 일족 후손답네."

"…죄송해요."

하나코는 얼굴이 붉어지는 느낌을 받았다. 바이올린 소리가 서서히 가까워졌다. 저쪽에 상복을 입은 무리가 보였다. "미쿠모 언니!" 하며 안이 달려갔다. 하나코는 그 모습을 보면서 타카코에게 물었다.

"오늘 제가 여기 온 이유는 할아버지의 부탁을 받아서예요. 저희 할아버지와 호죠 소신 선생님이 아는 사이인 줄은 몰랐어요. 혹시 이유를 아시나요? 저희 할아버지가 저한테 본인 대신 제사에 다녀오라고 한 이유요."

"모르지, 뭐. 고민해 봤자 답은 안 나와. 노인네 변덕이었을지도 모르고."

변덕이라. 하긴 이와오는 성격이 변덕스러웠다. 안이 "엄마, 빨리!"라고 부르는 목소리가 들리자 하나코는 그쪽으로 걸음을 옮겼다.

★

미쿠모의 본가는 4층짜리 건물이었고, 1층과 2층이 탐정사무소, 3층 위쪽이 주거 공간이었다. 오후 3시, 미쿠모는 심은사에서 제사를 무사히 마치고 본가로 돌아왔다. 하나코와 안은 근처를 산책하겠다고 밖으로 나갔다. 미쿠모는 사루히코와 함께 2층으로 갔다. 1층은 사무실 겸 응접실이었고, 2층은 자료실이었다. 지금까지 아버지와 할아버지가 맡은 사건 자료와 아버지가 모은 수집품이 놓여 있었다.

"아가씨, 이겁니다."

사루히코가 캐비닛에서 꺼낸 파일을 미쿠모 앞으로 내밀었다. 미쿠모는 얼른 의자에 앉아서 파일을 훑어보았다. 할아버지가 맡은 마지막 사건은 대체 뭐였을까.

발단은 8년 전, 할아버지에게 들어온 상담이었다. 시내에 사는 회사원이 자기 아들에 관해 상담했다. 회사원의 아들은 도쿄에 있는 대학교를 다녀서 학교 근처에서 자취한다고 했다. 그 대학생이 도박에 빠져 친구들에게 돈을 빌렸다. 거기까지는 흔한 이야기였다.

그 대학생은 큰판으로 나가기로 했다. 불법 도박이었다. 판돈이 큰 불법 도박으로 한탕 해서 단번에 빚을 청산하려고 승부수를 던졌다. 하지만 결과는 당연히 패배였다. 빚은 더 불어났다. 그 대학생은 여러 번 불법 도박에 손을 댔고 빚은 결국 500만 엔까지 불어났다.

"애물단지 같은 아들이었군요." 사루히코가 옆에서 끼어들었다. "그런데 아가씨, 이제야 생각났습니다. 그 당시에 선대 소장님께서 부탁하셔서 제가 이 사건을 조사했을 겁니다."

이러지도 저러지도 못하게 되자, 아들은 교토에 있는 아버지에게 울며 매달렸다. 아들의 잘못이니 아버지는 빚을 대신 떠안을 수밖에 없었다. 하지만 불법 도박인 것이 마음에 걸렸다. 애초에 불법적으로 이루어진 도박이니 거기에 어떤 사기 공작이 있었던 것은 아닐까. 아들이 패배한 것은 도박장 측이 꾸며낸 결과가 아닐까. 그렇게 생각한 아버지는 지푸라기라도 잡는 심정으로 호죠 탐정사무소의 문을 두드렸다.

"사정이 딱해서 선대께서도 마음이 약해지셨나 봅니다. 아니, 그렇지 않았어도 불법 도박은 엄연한 범죄이니 그걸 적발하는 건 탐정의 당연한 의무라고 생각하셨을지도 모르지요."

소신은 수사에 착수했다. 홀로 상경해서 그 불법 도박장에 잠입하려고 했다. 하지만 경계가 어찌나 삼엄한지 창구에 신분증명서를 제출해야 했고 경찰 수사를 피하고자 도입된 여러

절차를 통과해야 했다. 그 도박장은 신주쿠 카부키쵸에 있는 아파트 한 호실을 사용했고, 많아도 여덟 명 정도의 손님만 받아서 룰렛이나 포커를 진행했다.

소신은 룰렛에 빠져 그 도박장에 다니는 어떤 회사의 임원을 점찍었다. 그 남자에게 접근해서 소개를 받았고 마침내 도박장에 잠입할 수 있게 되자, 아는 경찰청 형사에게 연락하여 그들과 합동으로 불법 도박을 적발하려고 계획을 세웠다. 잠입수사까지 며칠 남지 않은 시점이었다. 소신이 쓰러졌다.

"토라노몬 병원으로 옮겨지셨지요. 저도 곧장 병원으로 달려갔습니다. 의사 선생님 말씀으로는 다시 회복할 가능성이 낮다고 했습니다. 온몸에 암이 퍼진 상태였습니다. 선대께서는 병원을 싫어하셨으니까요."

미쿠모도 당시 일을 생생하게 기억하고 있었다. 도쿄에서 쓰러진 소신은 곧장 교토에 있는 병원으로 옮겨졌다. 돌아가신 것은 그로부터 일주일 뒤였다. 순식간에 벌어진 일이라 미쿠모는 할아버지와 대화조차 할 수 없었다. 그래도 그 일주일 동안 계속 할아버지 곁에 붙어 있었다.

"사루히코, 이 사건은 결국 어떻게 됐어?"

"경찰이 적발했을 겁니다. 불법 도박에 관여한 사람이 여럿 체포됐지요. 다만 배후에 있던 운영자, 실제로 돈을 관리하고 고객을 선택하던 흑막을 찾아내지는 못한 것 같습니다. 범인이 만일의 사태를 철저히 대비해두었나 봅니다. 모르긴 몰라도 반사회적 단체였을 겁니다."

범인이 적발되었다면 경찰에도 정보가 남아 있을 테니 조회
해서 파헤치면 된다. 할아버지가 마지막으로 맡은 사건이 무엇
인지는 밝혀졌지만, 거기에 미쿠모 이와오의 흔적은 없었다. 미
쿠모 이와오는 할아버지의 장례식에서 자신이 호죠 소신을 죽
인 것이나 마찬가지라고 말했다. 하지만 미쿠모 이와오가 불법
도박을 주도한 흑막이라는 생각은 들지 않았다. L의 일족이 불
법 도박에 손을 댈 리가 없었다.

"미쿠모 이와오도 상당한 고령일 터. 그저 선대 소장님이 그
리웠던 건 아닐까요?"

"그럴지도 모르지."

어쨌든 8년 전 사건이었다. 불법 도박장을 드나들던 의뢰인
의 아들에게도 잘못이 있었고 범인도 적발되었다. 이제 와서
파헤칠 만한 사건은 아닌 듯했다.

미쿠모 이와오는 왜 자신이 호죠 소신을 죽인 것이나 마찬가
지라고 생각했을까. 께름칙한 감정을 느꼈지만, 미쿠모는 무릎
위에 펼쳐 둔 파일을 덮었다. 늦어도 저녁에는 기차를 타야 했
다.

"미쿠모, 고마워. 이것저것 안내해 줘서."

"아니에요. 교토에는 더 많은 관광 명소가 있어요. 다음에
또 와서 여유롭게 구경하세요."

미쿠모 일행은 교토역 건물에 있었다. 하나코가 기차를 타기 전에 쇼핑을 하고 싶다고 하기에, 그 의견을 따라 미쿠모도 일찍 역으로 왔다. 물론 수행원인 사루히코도 옆에 있었고, 이유는 알 수 없으나 소타로까지 함께였다.

하나코는 기념품이 든 쇼핑백을 손에 들었다. 미쿠모도 기차를 타기 전에 경찰서로 가져갈 기념품 과자를 살 생각이었다. 그리고 기차 안에서 먹을 도시락도. 7시쯤 도쿄로 출발할 예정이었다.

"어? 피아노다."

안이 그렇게 말하며 어딘가를 가리켰다. 그곳에 그랜드피아노 한 대가 놓여 있었다. 광장처럼 탁 트인 곳이었다. 미쿠모는 교토 출신이지만 역 건물에 들어온 적이 많지 않아서 이런 곳에 피아노가 있는 줄은 몰랐다. 이런 것을 길거리 피아노라고 하던가.

"엄마, 저거 쳐도 돼?"

"음, 쳐도 될 것 같아. 근데 안, 잘 칠 수 있어?"

"잘 칠 수 있어."

안이 그렇게 말하며 그랜드피아노 쪽으로 달려갔다. 필사적으로 의자 위에 기어오르는 모습이 귀여웠다. 안이 건반을 두드리기 시작했다. 누구나 한번은 들어 봤을 멜로디. '고양이 밟았다'였다.

작곡가는 미상이지만, 전 세계인에게 친숙한 곡이다. 피아노를 배우지 않았어도 이 곡을 칠 줄 아는 사람이 있을 정도였다. 재미있게도 이 곡은 나라별로 불리는 이름이 다르다. 한국에서는 '고양이 춤', 러시아에서는 '개의 왈츠', 네덜란드에서는 '벼룩 행진곡'이라고 불린다. 참고로 중국에서는 '도둑 행진곡'이라고 불린다. 하나코에게는 이 사실을 알려주지 않는 것이 낫겠다.

연주가 막 시작됐을 때는 보통 빠르기였는데, 속도가 점점 빨라졌다. 미쿠모가 지금껏 들어 본 연주 중에 가장 빠를 정도로 업 템포였다. 안은 머리를 앞뒤로 흔들면서 열심히 건반을 두드렸다. 악기를 연주한다기보다 어떤 스포츠를 하는 것처럼 보였다. 하나코가 씁쓸하게 웃으며 말했다.

"안은 빨리 치는 게 이기는 건 줄 알아. 초등학교 들어가기 전에는 피아노 학원에 다녔거든."

곧이어 '튤립'이라는 동요로 곡이 바뀌었지만, 이번에도 역시 템포가 빨랐다. 그 재빠른 손놀림에 감탄이 나올 정도였다.

"사루히코."

줄곧 잠자코 있던 소타로가 사루히코를 부르며 오른손을 내밀었다.

"잠시 기다리십시오."

사루히코가 들고 있던 케이스를 열어서 바이올린과 활을 꺼내 소타로에게 건넸다. 소타로는 곧장 피아노 쪽으로 걸어가서 안에게 무어라 말을 걸었다.

두 사람의 즉흥 연주가 시작되었다. '고양이 밟았다' 업 템포 버전. 바이올린이 더해졌을 뿐인데 훨씬 그럴듯한 연주가 되어서, 방금까지는 피아노에 눈길도 주지 않던 행인 열 명쯤이 가던 길을 멈추고 두 사람의 연주에 귀를 기울였다.

템포가 점점 더 빨라졌다. 더는 무리라는 생각이 들 때쯤 연주가 멈추었다. 안이 앞으로 픽 쓰러지는 시늉을 하자, 관객들이 웃음을 터뜨렸다.

연주를 마친 소타로가 하나코 쪽으로 걸어왔다. 그리고 하나코의 얼굴을 보며 말했다.

"역시 L의 일족 딸이군. 내 스피드를 따라올 줄이야."

"면목이 없습니다." 하나코가 고개를 숙였다. "딸이 노는데 장단을 맞춰 주셔서 감사합니다. 딸아이가 좋아하는 것 같았어요."

소타로가 들고 있던 바이올린과 활을 사루히코에게 건네며 짧게 말했다.

"가자, 사루히코."

"네, 소장님."

사루히코는 교토에 하룻밤 더 머물 예정이었다. 소타로는 잠시 걸어가다가 이내 걸음을 멈추었다. 뒤를 돌아보더니 미쿠모에게 손짓했다.

"왜요, 아버지?"

미쿠모가 그렇게 말하며 다가가자, 소타로가 진지한 얼굴로 말했다.

"첫 번째 문제. 발터사가 만든 9mm 군용 자동 권총. 1938년에 독일 국방군의 제식 권총으로 채택되었다."

세계 권총 퀴즈인가. 미쿠모는 당연하다는 듯 대답했다.

"발터 P38."

"두 번째 문제. 존 브라우닝의 설계를 기반으로 미국 콜트사가 개발한 군용 제식 자동 권총. 1911년부터 1985년까지 미군의 제식 권총으로 사용되었다."

"M1911. 콜트 거버먼트."

"세 번째 문제. 1983년에 오스트리아군의 제식 권총으로 채택되었고, 나중에 미국에서 민간용 모델이 발매되었다. 플라스틱 같은 수지 소재를 다용한 것이 특징."

"글록 17. 참고로 글록 17의 컴팩트 모델인 글록 19는 뉴욕 시경과 UN 보안용으로도 사용되죠. 우리 경찰청의 SAT에서도…."

"이제 됐다, 미쿠모. 전부 정답이야. 그런데 껑다리랑은 아직 다투는 중이냐?"

껑다리는 와타루를 가리키는 말이었다. 미쿠모의 아버지는 와타루를 그렇게 불렀다. 미쿠모가 대답하지 않자, 소타로는 어깨를 으쓱하며 말했다.

"뭐, 상관없다. 넌 아직 젊으니까. 그보다 미쿠모, 너한테 말해 둘 게 있다. 내가 아버지다운 말을 할 때는 아주 드무니까

새겨들어라."

"…그, 그럴게요."

"네가 누구인지, 그걸 잊지 마라. 이상이다."

소타로는 그렇게 말한 뒤 발길을 돌려 사루히코와 함께 사라졌다. 안이 손을 흔들며 배웅했다. 하나코가 미쿠모 쪽으로 가서 말을 걸었다.

"미쿠모, 아버지가 특이하시구나."

"뭐…. 저는 어릴 때부터 봐서 익숙해요. 아, 이제 기차 승차장으로 갈까요?"

"그래. 일찍 가는 게 낫겠다. 안, 가자."

하나코는 안의 손을 잡고 걸었다. 미쿠모가 그 뒤를 쫓았다. 네가 누구인지, 그걸 잊지 마라. 아버지의 말이 뇌리에 박혀 떠나지 않았다.

★

"저 왔어요."

카즈마는 그렇게 말하며 신발을 벗었다. 겉옷을 벗으면서 복도를 걸었다. 부엌에 있던 어머니 미사코가 카즈마의 얼굴을 보고 놀라서 말했다.

"어머, 카즈마잖아. 왜 왔니?"

"왜 왔냐니요. 여기가 용건 있을 때만 오는 곳이에요? 하나코랑 안이 늦게 들어온다길래 들렀어요."

오늘은 오랜만에 정시 퇴근했지만, 공교롭게도 하나코와 안이 교토에 가서 없었다. 미쿠모의 할아버지 호죠 소타로의 제사에 참석하기 위해서였다. 미쿠모 이와오의 대리인으로 급하게 참석하게 되었다고 한다. 20세기 홈즈와 전설의 소매치기. 특이한 조합이지만, 미쿠모 가문이 엮였다 하면 어떤 일이든 그러려니 하게 된다. 카즈마는 하나코와 살면서 다소 면역이 생긴 것 같다.

"하나코랑 안은 어디 갔니?"

사실대로 말하면 부모님이 꼬치꼬치 캐물을 것 같아서 적당히 둘러댔다.

"글쎄요. 학부모 모임에서 밥이라도 먹나 보죠. 어머니, 밥 있어요?"

"없어. 있을 리가 없잖아."

"농담이죠?"

"농담이야. 오늘 메뉴는 회랑 크로켓이란다."

카즈마는 냉장고를 열어 캔맥주를 꺼냈다. 캔을 따려고 하는데 뒤에서 목소리가 들렸다.

"카즈마, 맥주는 아직 마시지 마라."

아버지 사쿠라바 노리카즈였다. 올해로 예순셋이지만, 지금도 경찰청에서 촉탁직으로 근무한다. 경호부에서 오래 근무한 덕분에 예순다섯 살에 은퇴하면 들어갈 민간 경호업체가 이미 정해져 있다고 한다.

"가족회의다. 당신도 와."

사쿠라바 가문은 무슨 일이 있을 때마다 온 가족이 모여 가족회의를 한다. 다른 집에서도 당연히 가족회의를 하는 줄 알았던 어린 카즈마는 그것이 사쿠라바 가문에서만 하는 행사임을 알았을 때 무척이나 놀랐다.

"갑자기 웬 가족회의예요?"

"잔말 말고 와."

노리카즈가 그렇게 말하며 복도 저편으로 사라졌다. 카즈마는 하는 수 없이 캔맥주를 다시 냉장고에 넣고 방으로 향했다. 아버지와 어머니는 이미 앉아 있었다.

"무슨 얘기를 하시려고요?"

은퇴한 경찰견 아폴로가 정원에 있는 개집 앞에 앉아서 가족들을 보고 있었다. 노리카즈는 언짢은 표정으로 말했다.

"당연히 안에 관한 얘기지."

역시나. 안에 관해서 하고 싶은 말이 있을 줄 알았다. 하지만 카즈마는 시치미를 뗐다.

"안이요? 무슨 문제가 있나요?"

"내가 이 지역 방범협회 이사라는 건 너도 알 거다. 어제 그 모임에 나갔다가 안이 다니는 초등학교 교장과 잠깐 대화를 나눴어. 안이 공부도 잘하고 운동신경도 좋다고 하더구나."

"그럼 아무 문제도…."

"끝까지 들어. 문제는 방과 후다. 항상 친구들과 숨바꼭질이나 술래잡기를 한다고 들었다. 지난주에는 음악실 천장에 숨어서 한바탕 소동이 일어났다지?"

그 이야기는 하나코에게 들었다. 직장으로 전화가 와서 하나코가 학교에 갔다고 했다. 안을 발견한 것은 하나코가 아니라 아폴로였다. 때마침 창문 너머에서 아폴로가 "멍!" 짖었다. 자기가 찾았다고 말하는 듯이.

"그뿐만이 아니야. '경찰과 도둑'이라는 놀이가 있다고 들었다. 경찰과 도둑으로 팀을 나눠서 술래잡기하는 놀이 같던데, 안이 도둑 팀을 이끄는 대장이라고 하더구나. 나는 그 이야기를 듣고 눈물이 나올 뻔했다. 아직 그렇게 어린 여자아이인데 도둑이라니, 이 얼마나 비통한 일이냐."

"애들 놀이일 뿐이잖아요." 카즈마가 대꾸했다. "경찰과 도둑 놀이가 뭔지는 저도 알아요. 계속 도둑 역할만 하는 게 아니에요. 돌아가면서 역할을 바꿔요."

"애들 놀이를 얕보면 안 돼. 나는 진심으로 안의 장래가 걱정된다. 슬프지만, 안에게는 미쿠모 가문의 피가 흘러. 그 피가 날뛰기 전에 손을 써야 해."

"손을 쓰다니, 대체 어떻게요?"

노리카즈가 주머니에서 봉투를 꺼내서 그 안에 들어 있던 종이를 탁자에 올려놓았다. 사진이었다. 초등학교 3, 4학년쯤 된 남자아이가 찍혀 있었다.

"이 아이는…."

"음, 이 아이는 말이다." 노리카즈가 수첩을 꺼내 보면서 말했다. "니시아자부초등학교 3학년이야. 아버지는 현재 경찰청 조직범죄대책부 제2과에서 근무하고, 할아버지는 미타카 경찰서 부서장이지."

"그러니까 얘가 우리랑 무슨 상관이…."

"한 명 더 있다."

노리카즈는 카즈마의 말을 귓등으로 흘리며 사진 한 장을 더 꺼내 탁자 위에 두었다. 그 사진에도 초등학생쯤으로 보이는 남자아이가 담겨 있었다.

"이 아이는 키타아오야마학원 초등부 5학년이야. 아버지는 경찰청 총무부 홍보과 근무, 한마디로 엘리트지. 할아버지는 정년 전에 퇴직해서 지금 구의회 의원이란다. 둘 다 혈통적으로는 더할 나위 없는 집안이야. 안의 상대로 딱이라고 본다."

"상대라니, 아버지, 설마 진심으로 안을…."

"그래. 약혼시킬 거다. 이런 건 이를수록 좋아. 안이 자칫 잘못해서 이상한 놈이랑 엮이면 안 되니까. 카즈마, 너도 그렇게 생각하지?"

노리카즈는 자신만만한 미소를 지었다. 좋은 신랑감을 찾아왔으니 감사히 생각해라. 그렇게 말할 것처럼 으스댔다.

"아무리 그래도 너무 일러요. 안은 이제 일곱 살이라고요."

"옛날에는 10대에 시집가는 사람도 많았어. 도쿠가와 이에야스의 손녀 센히메가 도요토미 히데요리에게 시집갔을 때도 나이가 일곱 살쯤이었다."

"그건 17세기 얘기잖아요. 어머니도 뭐라고 말씀 좀 해보세요."

그러자 미사코가 한쪽 사진으로 손을 뻗었다.

"나는 키타아오야마에 다니는 이 아이에게 한 표. 누가 뭐라든 키타아오야마학원은 명문이니까. 만에 하나 경찰청에 들어가지 못해도 일류 기업에 들어갈 수 있을 거야."

"당신은 보는 눈이 있어. 역시 과학수사대 요원다워."

카즈마는 머리가 지끈거렸다. 부모님이 미쿠모 가문에 지지 않으려고 나쁜 의미로 폭주하는 것 같았다. 손녀의 혼처를 정하자니. 냉정한 상태였다면 그런 결론에 다다르지는 못했을 것이다.

카즈마는 자리에서 일어났다. 방에서 나가려고 하는데 노리카즈가 불러 세웠다.

"카즈마, 아직 얘기 안 끝났다."

"이제 그만하세요. 죄송하지만 더는 못 듣겠어요. 지금은 안의 약혼 상대를 정할 때가 아니에요."

카즈마는 한숨을 쉬며 방에서 나갔다. 냉장고에서 맥주를 꺼내 들고 툇마루로 나갔다. 개집 앞에 앉은 아폴로가 카즈마의 얼굴을 보고 "멍!" 짖었다. 카즈마의 고충을 안다며 위로하는 것 같았다.

★

좌석이 100석 정도인 작은 극장. 극단 '소행성'의 무대가 미쿠모의 눈앞에서 펼쳐졌다. 다음 주부터 시작되는 공연의 드레스 리허설이었다.

손님은 30명 정도였다. 뒤쪽에서 카메라가 도는 것을 보니, 출연자들이 나중에 영상을 보며 자신의 연기를 확인할 것 같다. 관객 중에 기자와 평론가가 있는지, 무릎 위에 수첩을 올려놓고 무언가를 끄적이는 사람이 몇몇 보였다.

미쿠모는 교토에서 돌아오자마자 바로 이곳에 왔다. 사실 교토에서 하룻밤 묵어도 됐을 테지만, 모처럼 후루사와 아카네에게 초대장도 받았고 이런 때가 아니면 연극을 볼 기회도 없으니 극장을 찾았다.

연극 제목은 《히미코》였고, 일본 고분시대를 무대로 한 로맨스극이었다. 히미코라는 여왕, 그리고 그녀와 적대 관계에 있는 지방 호족의 아들 쿠마히코의 사랑 이야기를 주축으로 스토리가 진행되었다. 극 중반쯤에 히미코가 쿠마히코의 저택에 불을 질렀고, 쿠마히코는 끝내 자결한다. 거기서 이야기가 말 그대로 시공을 뛰어넘는다.

이어지는 이야기의 무대는 20세기 초중반이었다. 주인공은 도쿄에 사는 여대생 히미코였다. 그녀는 유학하려고 간 워싱턴에서 일본계 미국인이자 신문기자인 쿠마히코와 사랑에 빠져 미래를 약속한다. 하지만 히미코가 일본으로 귀국한 뒤 2차 세

계대전이 발발했고 두 사람의 운명은 어긋나고 말았다.

'히미코, 이제 정신 차려. 미국인과 결혼하겠다니, 말이 되는 소리를 해.'

'아니야. 쿠마히코 씨와 나는 영원한 사랑을 맹세했어. 무슨 일이 있어도 함께하기로 맹세했어.'

지금 무대 위에서 히미코는 친구인 마사코—마사코를 연기한 사람은 후루사와 아카네였고 고분시대에는 히미코를 모시는 신관 역할이었다—에게 연애상담을 하고 있었다.

미쿠모는 어느새 극에 빠져들었다. 히미코와 쿠마히코의 슬픈 사랑이 어떻게 될지 진심으로 궁금했고, 무엇보다 히미코가 너무 가여웠다. 고분시대에는 연인의 집에 불을 질러야만 했고, 20세기에는 전쟁이라는 재앙 때문에 사랑하는 사람과 헤어져야 했다. 이루어질 수 없는 그 사랑 이야기를 보고 있자니, 사신과 와타루의 상황이 겹쳐 보였다. 우리는 전쟁이 터진 상황도 아니고, 서로 죽여야 할 경쟁 관계인 것도 아니지만.

연극은 2시간 정도로 막을 내렸다. 미쿠모는 저도 모르게 일어나서 손뼉을 쳤다. 기립박수였다. 하지만 기립박수를 보내는 사람이 자기 혼자인 것을 깨닫고 얼굴을 붉히며 다시 앉았다.

자리에서 일어나 밖으로 나갔다. 관계자로 보이는 사람들이 좁은 로비에서 담소를 나누었다. 옷차림만 봐도 업계 관계자 같은 사람들, 예를 들면 몸에 딱 붙는 정장이나 특이한 안경 같은 패션 아이템으로 꾸민 사람들이 많아서 괜히 주눅이 든 미쿠모는 얼른 극장을 나가려고 했다. 그때 뒤에서 목소리가 들렸다.

"미쿠모 형사님."

뒤돌아보니 후루사와 아카네가 서 있었다. 극 중에서 마지막으로 입은 프릴 원피스 차림이었다. 그녀가 미쿠모에게 다가왔다.

"와 주셨군요. 감사해요."

"저야말로 감사합니다. 진짜 좋았어요."

"정말요?"

"정말이고말고요." 미쿠모는 저도 모르게 흥분해서 이야기를 시작했다. "감동 받았어요. 특히 마지막 장면에서요. 쿠마히코가 B29를 타고 도쿄를 공습하는 장면 있잖아요. 그때 정말 엄청나게 감동했어요. 여러 감정이 동시에 복받치더라고요."

떠올리기만 해도 눈물이 날 것 같았다. 솟구치는 미쿠모의 감정을 알아차렸는지 아카네가 말했다.

"기쁘네요. 이렇게 감동해 주는 분이 계시다니."

"죄송해요. 갑자기 감정을 주체하지 못해서…"

"괜찮아요. 그런데 미쿠모 형사님, 사건이 해결됐다고 들었어요."

사건. 그 단어를 듣자 미쿠모는 현실 세계로 돌아온 느낌이 들었다. 그렇다. 지금 미쿠모 앞에 있는 사람은 친구가 아니라 사건으로 알게 된 피해자 유족이었다. 미쿠모는 금방 형사 모드로 돌아왔다.

"네. 시모다시에서 어떤 남성이 자살했어요. 그 사람이 아버님의 죽음에 관여했을 가능성이 큽니다."

"역시 그렇군요. 아까 경찰서에서 전화가 와서 들었어요. 이제 수사가 종료된다고 하더라고요. 살해 동기는 개인적인 원한인 것 같다고 했고요. 그 통장에 들어온 돈도, '매장금'이라는 말의 의미도 알아내지 못했지만, 수사가 종료되는 거죠?"

아카네는 슬픈 미소를 지었다. 수사본부가 해산된 것은 사실이다. 상관들은 가해자가 전직 경찰이라는 이유로 일부러 사건을 일찍 접으려고 한다.

"정말 이대로 끝인가요? 살해 동기도 제대로 밝히지 못한 채로 수사가 끝나는 건가요?"

미쿠모는 주변 사람들의 시선을 느끼면서 바로 몇 시간 전 일을 떠올렸다. 교토역에 설치된 길거리 피아노 앞이었다. 아버지에게 들은 말. '네가 누구인지, 그걸 잊지 마라.'

미쿠모는 형사다. 그녀의 아버지는 그걸 잊지 말라고 한 것 아닐까.

아버지를 잃은 유족이 지금 미쿠모의 눈앞에서 사건의 진상을 궁금해한다. 그렇다면 그것을 수사하는 것이 형사가 할 일 아닌가. 산이 거기에 있으니 산을 오르는 것이 산악인이 할 일이라고 했다. 사건이 거기에 있다면 마땅히 수사를 하는 것이 진정한 형사이고, 동시에 그것이 탐정의 딸로서 져야 할 책무

가 아닐까.

"아카네 씨. 아버님이 왜 돌아가셨는지, 그리고 통장에 들어온 거금이 뭔지, 아카네 씨가 궁금해하는 진실을 제가 다 밝혀낼게요."

"하지만 미쿠모 형사님, 사건은 이미 해결됐다고 하지 않았나요? 수사해도 되는 건가요? 아, 죄송합니다. 경찰이 일하는 방식을 비난하려는 의도는 아니에요."

막혀 있던 무언가가 뻥 뚫린 느낌이 들었다. 나만 믿으라고 호언장담하고 싶은 기분이었다. 미쿠모는 크게 고개를 끄덕였다.

"걱정하지 마세요. 제가 이래 봬도 형사거든요."

★

아침 9시. 카즈마는 카마타 경찰서에 도착했다. 손에는 스타벅스에서 산 녹차라테가 들려 있었다. 조금 전 미쿠모에게 앞뒤 설명도 없이 빨리 와 달라는 문자메시지를 받았다.

그런데 막상 형사과에 와 보니 미쿠모가 보이지 않았다. 어떻게 해야 할지 몰라 주위를 배회하는데 미쿠모의 상사 마츠나가가 카즈마를 발견했다.

"어, 카즈마. 미쿠모가 불러냈나?"

"네. 그런데 미쿠모가 없네요."

"그 녀석은 회의실에 있어. 드디어 부활한 것 같다."

"부활이요?"

카즈마는 마츠나가가 알려준 회의실로 향했다. 안에 들어가 보니, 회의실 상태가 엉망이었다. 서류와 파일이 여기저기 굴러다녔다. 미음 자로 늘어선 책상 한쪽에 엎드려 있는 호죠 미쿠모가 보였다. 잠든 모양이다.

"미쿠모?"

카즈마가 부르자, 미쿠모는 졸린 눈을 떴다. 그리고 하품을 참으며 말했다.

"아, 선배님. 정말 오셨네요."

"그야 오지. 네가 오라며? 자, 네가 부탁한 녹차라테야."

"감사합니다."

종이컵을 받아든 미쿠모는 녹차라테를 맛있게 한 모금 마셨다. 카즈마는 널브러진 서류들을 둘러보면서 말했다.

"미쿠모, 엄청나게 어지럽혔구나."

"전부 훑어봤어요. 사건을 하나하나 다시 살펴보고 싶어서요. 덕분에 밤을 새웠어요."

무슨 영문인지 모르겠다. 어제 미쿠모는 하나코와 함께 교토에 다녀왔을 것이다. 혹시 교토에서 무슨 일이 있었나. 그녀의 투지에 불을 지필 만한 어떤 일이.

"그래서 뭔가 알아냈어?"

"알아냈어요. 선배님, '삼어회'라고 아세요?"

"글쎄, 처음 듣는데."

"제3지구 본부에 소속된 경찰 중에 낚시를 좋아하는 사람들을 위한 모임이에요. 요즘은 인기가 시들한 것 같지만, 예전에는 회원이 100명 가까이 있었고 재정이 넉넉할 때는 고깃배나 크루저를 빌려서 낚시를 즐겼대요."

제3지구란 세타가야구, 메구로구, 시부야구를 가리키는 말이다. 미쿠모는 이어서 설명했다.

"살해당한 카와시마 테츠로와 시모다에서 죽은 이마미야 토모아키도 삼어회 회원이었어요. 드디어 찾은 거예요. 두 사람의 연결고리를요. 아까 테츠로의 전부인과도 통화했어요. 테츠로가 20년 전에 시부야구 요요기 경찰서에서 근무할 당시, 낚시에 푹 빠져 지냈대요. 쉬는 날이면 항상 낚싯대를 들고 외출했다고 하더라고요. 공교롭게도 토모아키는 20년 전에 테츠로와 같은 제3지구 메구로 경찰서 형사과에 있었어요. 둘 다 삼어회 회원이었어요."

공식 동아리는 아니지만, 같은 취미를 지닌 경찰들이 모여 활동한다는 이야기를 들은 적이 있다. 바둑이나 장기, 테니스가 유명했지만, 개중에는 낚시를 즐기는 사람도 있었을 것이다.

"토모아키는 아마 그중에서도 낚시를 아주 좋아하는 편이었을 거예요. 정년퇴직한 뒤에 시모다로 이사했을 정도니까요. 아, 맞다. 사루히코와 수사하는 중이었지. 이런, 까맣게 잊고 있었네."

미쿠모는 책상 위에 놓인 컴퓨터를 자기 쪽으로 당겼다. 카즈마가 미쿠모 뒤에 서서 화면을 들여다보니, 화면은 둘로 나뉘어 있었고 한쪽 화면에는 종이컵을 든 미쿠모의 상반신이 나오고 있었다. 다른 한쪽 화면은 새까맣다. 화상통화 중인 모양이다.

"사루히코 씨가 어디에 갔는데?"

"뻔하잖습니까?" 미쿠모가 당연하다는 듯 대답했다. "시모다요. 방금까지 토모아키의 아파트를 수색했어요. 집에 낚시 도구만 모아두는 방이 있었습니다. 낚시를 어지간히도 좋아했나봐요."

토모아키의 집은 이미 가택수색이 끝난 뒤였다. 통장 같은 귀중품은 발견되지 않았고 다른 보관 장소가 있을 것으로 추측되었지만, 수사본부는 이를 파헤치기도 전에 해산되었다. 사건의 진상은 전부 묻혔다.

"여러모로 조사하다가 알았는데, 역시 토모아키가 범인이라고 단정하기에는 무리가 있어요."

"토모아키가 범인이 아니라는 거야?"

"그런 셈이죠. 토모아키가 현장 근처에 있는 무인 주차장에 차를 세웠고, 범행 도구가 토모아키의 집 세탁기 안에서 발견됐을 뿐이니까요."

범행 도구가 발견된 것이 크게 작용했다. 그것이 토모아키를 범인으로 만드는 가장 큰 증거였다. 하지만 미쿠모가 말한 대로 집에서 범행 도구가 발견됐다는 것만으로 그를 범인으로 간주한 것은 성급했을지도 모른다. 모두 상부의 판단이었다. 전직 경찰이 저지른 전직 경찰 살인 사건. 이를 대중에 드러내고 싶지 않아서 내린 결정이었다.

"역시 핵심은 테츠로의 딸 후루사와 아카네가 갖고 있던 통장에 들어온 돈의 출처예요. 그리고 '매장금'이라는 단어도 있죠. 토모아키와 테츠로가 범죄에 손을 댄 건 확실해 보입니다. 두 사람은 대체 어떤 짓을 했을까요? 그게 궁금해지네요."

"아가씨, 아가씨, 들리십니까?"

컴퓨터에서 목소리가 들렸다. 조금 전까지 새까맣던 화면에 야마모토 사루히코의 모습이 비쳤다. 미쿠모는 컴퓨터를 향해 말했다.

"미안해, 사루히코. 내가 잠들어 버렸나 봐. 여기 카즈마 선배님도 왔어."

카즈마가 미쿠모 뒤에서 얼굴을 내밀었다. "안녕하십니까. 사쿠라바 카즈마입니다."

"아니, 카즈마 공 아니십니까. 수고가 많으십니다."

"그런데 사루히코, 거기는 어디야?"

사루히코는 실외에 있는 것 같았다. 그가 스마트폰을 옆으로 기울이자, 바다가 보였다. 시모다에 있다는 말이 사실인 것 같다. 사루히코의 목소리가 들렸다.

"조금 전 토모아키의 집을 수색해봤지만 눈에 띄는 것은 없었습니다. 토모아키는 낚시를 무척이나 좋아했는지 낚시 도구전용 방까지 마련했더군요. 집에 남아 있던 영수증으로 단골 낚시가게를 찾아냈고, 아가씨가 그쪽으로 가보라고 지시하신 참입니다."

"미안해, 사루히코." 미쿠모가 솔직하게 사과했다. "전혀 기억이 안 나. 잠들기 직전이었나 봐."

"아닙니다. 마음에 두지 마십시오."

이 두 사람의 대화는 묘하게 재미있다. 약간 구시대적인 면이 있어서 공주님과 하인이 연상된다. 하지만 미쿠모는 실제로 호죠 탐정사무소의 외동딸이니 공주라는 표현이 꼭 틀린 것도 아니었다.

"도착했습니다."

낚시가게가 보였다. 2층짜리 건물이었다. 사루히코는 스마트폰 카메라를 정면으로 들고 걷는 중인지, 영상이 그의 시점으로 흘러갔다. 자동문이 열리자, 사루히코가 안으로 들어갔다.

가게 내부가 알록달록했다. 낚싯대와 릴, 바늘, 루어 같은 낚시 도구가 빽빽이 들어차 있었다. 낚시를 하지 않아서 낚시 바늘 묶는 법도 모르는 카즈마에게는 미지의 세계였다.

계산대가 있었고, 그 안쪽에 하와이안 셔츠를 입은 남자가 서 있었다. 사루히코가 그쪽으로 다가갔다. 하와이안 셔츠를 입은 남자 뒤로 보이는 벽에는 먹으로 탁본을 뜬 물고기 그림이 몇 장이나 붙어 있었다. 그런 것을 어탁이라고 하던가.

"불쑥 찾아와서 죄송합니다. 저는 이런 사람입니다."

사루히코의 손이 명함 한 장을 내밀었다. 아무래도 호조 탐정사무소 명함인 것 같다. 남자가 말했다.

"탐정님이 저희 가게에 어쩐 일이시죠?"

"이마미야 토모아키라는 분을 아시지요? 이 가게에 자주 오신 것으로 압니다."

"아, 토모아키 씨요? 물론 알죠. 그런데 돌아가셨다고 들었어요."

"토모아키 씨는 오랫동안 이 가게 단골이셨나요?"

"저희 아버지가 운영할 때부터 단골이셨으니 벌써 30년 가까이 됐죠. 한 3년 전에 도쿄에서 이사를 오셨어요. 그전까지는 도쿄에서 경찰로 일했다고 들었습니다."

남자는 이 가게 사장인 모양이다. 사루히코는 오랫동안 탐정 조수로 일한 사람답게 사장의 이야기를 능숙하게 이끌어냈다. 베테랑 형사보다도 뛰어난 화술이었다.

"이 지역이 마음에 들었나 봐요. 하긴 낚시광에게 여기만 한 곳이 없죠. 바다뿐만 아니라 계류낚시도 잘되거든요. 토모아키 씨는 바다 전문이었지만."

토모아키는 평판이 나쁘지 않았다고 한다. 유유자적하게 낚시를 즐기는 남자. 그것이 토모아키에 대한 평이었다. 전직 경찰이었다는 사실은 그다지 알려지지 않았다고 한다.

"재테크에 실패했다면서 한동안 엄청 침울해하던 시기가 있었는데, 자살할 만큼 힘들어하는 줄은 몰랐어요. 역시 사람은 겉만 봐서는 모르나 봅니다."

사장은 토모아키가 테츠로 살인 사건에 관여했을 가능성이 있다는 것을 모르는 듯했다. 테츠로 사건은 언론에도 공개되지 않았다. 민감한 문제가 포함되어 있어서 상관들이 어디까지 공개할지를 검토하고 있었다. 그리고 상관들이 검토하는 데 사용할 그 자료들을 지금 카즈마네 반이 만들고 있었다.

"토모아키 씨에게 원한을 품은 사람이요? 없었을 것 같은데. 토모아키 씨가 동네 음식점에는 종종 드나들었지만, 그렇게 깊이 교류하는 사람은 없었어요."

"토모아키 씨는 주로 어떤 고기를 잡으셨죠?"

"최근에는 돌돔 하나만 노렸어요. 이 근처에서는 여러 어종이 잡히거든요. 계절에 따라 어종이 달라지죠. 토모아키 씨는 대물을 잡으려고 큐슈 부근으로 원정을 간 적도 있다고 들었습니다."

카즈마는 돌돔이 어떤 물고기인지 잘 모른다. 도미의 일종인 것만 어렴풋이 추측할 뿐이었다. 카즈마의 속마음을 읽었는지 미쿠모가 컴퓨터 화면에 시선을 고정한 채 설명했다.

"농어목 돌돔과에 속하는 대형 육식어로, 일본 근해에 서식해요. 갯바위의 제왕이라는 별명이 있을 정도로 낚시꾼들에게 인기가 많은 어종이에요. 몸길이는 50센티미터 전후, 검은 줄무늬가 특징이죠. 고급 어종으로도 유명해요."

"미쿠모, 잘 아는구나. 낚시 좋아해?"

"단순한 지식이에요."

미쿠모가 무뚝뚝하게 말했다. 화면에는 사루히코의 얼굴이 비쳤다. 사루히코가 스마트폰 카메라를 본인 쪽으로 돌린 모양이다.

"아가씨, 어떻습니까? 이 이상 알아낼 정보는 없을 듯합니다."

"그러게. 어떻게 할까."

미쿠모가 그렇게 말하며 턱에 손을 댔다. 의자에 기대어 이리저리 궁리하던 미쿠모는 갑자기 무언가를 깨달은 듯 몸을 앞으로 기울이며 컴퓨터 화면에 얼굴을 들이댔다.

"사루히코, 벽에 붙은 어탁을 비춰 봐. 위에서 두 번째 단, 오른쪽에서 세 번째 열."

카메라가 조금 흔들린 뒤에 어탁 한 장이 화면에 비쳤다. 상당히 큰 물고기를 탁본한 것이었다. 사장의 목소리가 들렸다.

"아, 이거 토모아키 씨가 잡은 거예요. 그게 아마 2년 전이었나?"

어탁에는 물고기 이름과 몸길이, 무게, 잡은 장소 등이 적혀 있었다. 그리고 오른쪽 아래에는 잡은 날짜, 잡은 사람의 이름, 마지막으로 확인자 이름이 쓰여 있었다. 확인자는 증인 같은 역할일까. 그 물고기를 잡은 사람은 이마미야 토모아키, 확인자는 카마모토 무네노리였다.

"사장님, 이 카마모토 무네노리라는 분은 누구죠?"

"이 동네 사람이 아니에요. 도쿄에서 온 토모아키 씨의 친구 아닐까요? 가끔 친구들이랑 같이 왔거든요."

미쿠모는 이미 컴퓨터 앞을 박차고 일어난 뒤였다. 어지러운 서류들을 하나하나 집어서 들여다보고 내던지기를 반복했다. 이윽고 미쿠모가 서류 한 장을 손에 들고 일어났다.

"찾았어요. 카마모토 무네노리. 삼어회 회원이에요."

"그럼 그 사람도…."

카즈마는 저도 모르게 미쿠모에게 달려갔다. 그녀는 명부 같은 것을 들고 있었다. 미쿠모는 크게 고개를 끄덕였다.

"맞아요. 경찰이에요. 나이로 봐서 아직 현역일 것 같습니다."

★

"여러분, 잠시 주목해 주세요."

급식 시간, 코바야시 선생님이 교단에 섰다. 아이들은 대부분 급식을 다 먹은 상태였고, 식기 정리까지 마친 아이도 있었다. 코바야시 선생님이 말했다.

"루나, 사에, 유리, 앞으로 나오자."

코바야시 선생님이 부르자, 세 여자아이가 앞으로 나갔다. 세 사람은 저마다 과자 상자를 들고 쑥스러운 듯 고개를 숙였다. 코바야시 선생님이 설명을 시작했다.

"드디어 모레 운동회예요. 다들 기대되죠? 하지만 선생님한테는 여러분이 다치지 않는 게 제일 중요해요."

코바야시 선생님은 그렇게 말했지만, 안은 순위를 매기는 경기에 참여하는 이상 1위를 노려야 한다고 생각했다. 개인 경기뿐만 아니라 반 대항 경기도 있었고, 최종적으로는 백팀 대 홍팀의 대결이었다. 홀수 반이 백팀이었고 짝수 반이 홍팀이었다. 안은 2학년 1반이라 백팀이었다.

"얼마 전에 이 세 사람이 선생님에게 한 가지 제안을 했어요. 운동회 때 다 같이 소원팔찌를 하면 어떠냐고요. 그래서 셋이 힘을 합쳐 우리 반 인원만큼 소원팔찌를 만들어 왔어요. 운동회 당일에 다들 손목에 차고 오세요."

세 여자아이가 상자를 열었다. 아이들은 앞다투어 상자로 몰려들었다. 코바야시 선생님이 목소리를 높여 말했다.

"여유 있게 만들었으니까 걱정할 필요 없어요. 색이 다양하니까 친구끼리 교환해도 됩니다."

상자를 손에 든 루나가 근처를 지나가자, 안은 상자 속에서 소원팔찌 하나를 집었다. 하얀색 바탕에 산뜻한 하늘색이 섞인 팔찌였다. 색 조합이 예뻤다.

안과 주변 아이들은 서로 자기 팔찌를 자랑했다. 아무래도 백팀인 것을 고려했는지, 하얀색과 파란색, 하얀색과 초록색 같은 배색이 많았다.

"안, 이거 해 줘."

이치카가 그렇게 말하며 손을 내밀자, 안은 이치카의 왼쪽 손목에 소원팔찌를 채워 주었다. 그런 다음 안도 자신의 소원 팔찌를 손목에 채워 달라고 했다. 팔찌가 멋있고 예뻤다. 마음에 들었다.

종이 울렸다. 이제 30분 동안 점심 쉬는 시간이다. 아이들은 모두 소원팔찌를 차고 있었고, 얼굴이 반짝반짝 빛났다.

"안, 어떡하지? 비가 오는 것 같아."

이치카가 말했다. 오늘은 공교롭게도 비가 온다. 다만 어떤 반 아이가 말하기를, 오늘 저녁에 비가 그칠 테니 일요일 운동회 때는 맑을 것이라고 했다.

"음…. 어떻게 하지?"

평소였다면 밖에서 놀 시간이었다. 몸을 움직이고 싶을 때는 체육관에 가는 것도 좋은 방법이지만, 비 오는 날 체육관은 너무 붐벼서 마음껏 놀 수가 없다.

자리에서 일어나는 켄세이가 보였다. 책 한 권을 손에 들고 있었다. 켄세이는 독서를 좋아해서 자주 도서실에 드나든다. 가끔은 도서실에 가는 것도 괜찮을 것 같았다.

"이치카, 켄세이랑 같이 도서실 갈래?"

"응. 좋아. 켄세이, 잠깐만."

셋이서 교실을 나왔다. 복도를 걷기 시작했다. 켄세이가 손에 든 책은 해외 마녀 이야기인 듯했다. 서로 소원팔찌를 자랑하면서 걷는데, 앞쪽에서 목소리가 들렸다.

"야, 너희."

오오와다 하야토가 안 앞을 막아섰다. 그 옆에는 항상 거느리고 다니는 친구들이 있었다. 하야토는 안과 아이들이 손목에 찬 소원팔찌를 보고 웃었다.

"그 촌스러운 건 뭐냐? 수제 소원팔찌라니 창피하다, 진짜."

안은 울컥 화가 났다. 팔찌를 만들어 준 세 사람에게 실례되는 말이었다. 안이 받아치려고 입을 열었지만, 켄세이가 안을 막았다. 켄세이가 냉정한 말투로 말했다.

"안, 신경 쓸 필요 없어. 부러워서 저러는 거야." 그러더니 켄세이는 걷기 시작했다. "가자, 안, 이치카."

하야토는 세 사람을 노려보았다. 그러다가 툭 내뱉었다.

"매춘부. 켄세이네 엄마는 매춘부야."

켄세이가 걸음을 멈추었다. 그리고 하야토 쪽을 돌아보았다. 화가 많이 난 것 같았다. 화가 났다기보다 슬퍼하는 것 같기도 했다. 다만 안은 하야토가 하는 말이 무슨 뜻인지 몰랐다. 매춘부라는 단어에 어떤 한자가 쓰이는지 알 수 없었기 때문이다. 그래도 심한 욕인 것은 짐작이 갔다.

"너희 그거 알아?" 하야토가 주변 아이들에게 가르쳐주듯 말했다. "켄세이네 엄마는 남의 집안일을 대신 해주는데, 그게 사실은 위험한 일이래. 얼마 전에 경찰 조사도 받았잖아. 자업자득이지."

켄세이의 뺨이 부들부들 떨렸다. 화를 참는 것 같았다. 이내 켄세이는 휙 뒤돌아서 잰걸음으로 복도를 걸어갔다. 이치카가 걱정스러운 얼굴로 켄세이를 쫓아 달려갔다.

"안, 너도 얼른 가지 그래?" 하야토가 말했다.

"오늘 방과 후에 너희랑 안 놀아 줄 거야."

"상관없어. 오늘 수영 가는 날이거든. 그리고 안, 너 계주에서 마지막 주자라며? 최대한 열심히 해 봐. 자, 우리는 빨리 체육관에 가서 농구 하자."

하야토는 주변 아이들에게 말하고는 사라졌다. 안은 가만히 입술을 깨무는 것 말고는 아무것도 할 수 없었다.

★

미쿠모는 혼죠 경찰서 근처 카페에 있었다. 시모다 시내에 있는 아파트에서 자살한 전직 경찰 이마미야 토모아키의 친구로 보이는 카마모토 무네노리가 혼죠 경찰서에서 일한다는 사실을 경찰청 데이터베이스를 뒤져서 알아냈다.

"미쿠모, 졸려 보이는데 괜찮아?"

카즈마가 묻자, 미쿠모가 대답했다.

"괜찮습니다."

카마모토 무네노리는 올해로 56세였고, 지금은 혼죠 경찰서 조직범죄대책과 계장이라고 했다. 조금 전 미쿠모와 카즈마가 혼죠 경찰서를 방문했지만, 무네노리는 거기에 없었다. 마약범죄를 단속하기 위해 내사 중이라는 대답만 돌아왔다. 그를 불러 달라고 부탁했지만 거절당했다. 같은 경찰관이어도 소속이

다르면 저마다 다른 방식으로 대응한다. 협조적인 사람이 있는가 하면 그렇지 않은 사람도 있다.

난처할 때는 상사에게 상담할 것. 이 규칙은 어느 업계에서나 똑같을 것이다. 미쿠모와 카즈마가 의지하는 사람은 마츠나가 계장이라, 카즈마는 곧장 그에게 전화를 걸어 자세한 이야기를 전했다. "내가 돕지." 마츠나가는 흔쾌히 대답했지만, 그에게 전화를 건 지 1시간 반이 지나도록 새로운 소식은 없었다. 그 사이에 점심으로 카즈마는 돈가스 카레, 미쿠모는 나폴리탄을 먹어 치웠다.

"오, 드디어 전화가 왔다."

카즈마가 그렇게 말하며 스마트폰을 꺼내 무어라 대화하기 시작했다.

살해당한 카와시마 테츠로와, 그를 살해한 뒤 자살한 것으로 보이는 이마미야 토모아키. 그 두 사람은 어떠한 범죄에 관여했을 가능성이 컸다. 그 근거로 꼽을 수 있는 것이 '다크럼'이라는 수상한 회사가 테츠로의 계좌에 보낸 거금 2천만 엔과, 테츠로가 말한 '매장금'이라는 단어였다.

"감사합니다. 지금 가겠습니다." 카즈마가 그렇게 말하며 전화를 끊고 미쿠모에게 말했다. "마츠나가 계장님이 얘기해 두셨대. 가자."

계산을 마치고 밖으로 나갔다. 길을 건너면 바로 혼죠 경찰서였다. 조직범죄대책과에 가보니, 조금 전 미쿠모와 카즈마를 돌려보낸 젊은 형사가 마중을 나왔다. 그 형사가 말했다.

"얘기 들었습니다. 안내해드리죠."

암행순찰차 뒷좌석에 올라탔다. 젊은 형사가 차에서 설명해준 바에 따르면, 현재 혼죠 경찰서 조직범죄대책과는 반사회적 단체의 마약 밀매를 적발하려고 거점 몇 군데를 감시하는 중이라고 했다. 그 가운데 한 곳이 지금 가는 킨시쵸 아파트라고 했다.

"킨시쵸에 있는 아파트는 약물 보관 장소로 의심됩니다. 거래로 매입한 물건을 잠시 보관하는 장소요." 젊은 형사가 말했다. 그러면서 백미러로 미쿠모를 힐끔힐끔 쳐다보았다. 미쿠모로서는 익숙한 일이었다. 직장인 카마타 경찰서에서도 다가오는 남자들이 많았지만, 카오리가 중간에서 막아 주는 덕분에 미쿠모는 편하게 지낼 수 있었다.

무전이 왔다. 운전석에 앉은 젊은 형사가 무전을 받았다. 무전기에서 긴박한 목소리가 새어 나왔다. 젊은 형사가 당황한 말투로 말했다.

"감시 거점이 습격을 받았나 봅니다. 속도를 높일 테니까 꽉 잡으세요."

경광등이 켜지고 사이렌이 울림과 동시에 차의 속도가 빨라졌다. 미쿠모는 보조 손잡이를 잡았다. 운전이 거칠어진 것으로 보아 젊은 형사는 무척 동요하는 것 같았다.

단 몇 분 만에 경찰차가 멈췄다. 젊은 형사가 운전석에서 내려 한 건물 안으로 뛰어 들어갔다. 3층짜리 공동주택이었다. 도로 건너편에 그 공동주택보다 두 배는 큰 아파트가 있었고, 혼죠 경찰서 수사관들은 그중 한 호실을 감시했을 것이다.

"미쿠모, 너는 여기서 대기해."

"하지만 선배님…"

"시키는 대로 해."

카즈마는 그렇게 말하며 주택 부지 안으로 들어갔다. 계단이 안쪽에 있어서 미쿠모가 있는 곳에서는 아무것도 보이지 않았다. 얼마 후 구급차 사이렌 소리가 들렸다. 동시에 자전거를 탄 경찰관 두 명이 도착했다. 미쿠모는 경찰 신분증을 보여주고 두 사람에게 상황을 설명했다. 근처 파출소에서 출동한 두 사람은 곧바로 주변을 봉쇄하고 교통정리를 시작했다. 미쿠모는 그 모습을 지켜보다가 공동주택 안으로 들어갔다.

계단을 올랐다. 2층에는 이상이 없었고 3층 복도가 소란스러웠다. 무슨 일인가 싶어 문을 열고 복도로 나온 주민들도 있었다. 복도 끝에 위치한 집 앞에 남자 몇 명이 모여 있었다. 거기서 카즈마를 발견한 미쿠모는 "선배님." 하며 달려갔다.

"미쿠모, 아래에서 기다리라고—"

"지원해줄 경찰들이 와서 괜찮아요. 그보다 상황은요?"

"나도 자세한 건 모르지만," 카즈마가 그렇게 운을 떼고 설명했다. "이 집에서 두 수사관이 감시 업무를 했나 봐. 15분쯤 전에 한 수사관이 뭘 사러 밖에 나갔대."

목적지는 근처 편의점이었다. 수사관은 마실 것과 담배를 사서 돌아왔다. 집 문이 열려 있어서 이상하게 생각했다. 안을 들여다보니 다른 수사관이 쓰러져 있었다. 가슴에서 흐르는 피를 보고 서둘러 스마트폰으로 119에 신고했고, 경찰서에도 지원을 요청했다.

"그 수사관이 밖에 있던 시간은 사실상 7, 8분이었다는 얘기지. 그사이에 나타난 누군가가 이 집에 침입해서 감시 업무를 하던 수사관을 습격했어."

아래에 구급차가 도착했다. 잠시 후 들것을 든 구급대원 세 명이 나타나서 황급히 집 안으로 들어갔다.

"선배님, 그 습격받은 수사관이 설마…."

"맞아." 카즈마가 비통한 표정으로 고개를 끄덕였다. 그리고 목소리를 낮춰 말했다. "무네노리 형사님이야. 우리가 엄청난 일에 엮인 것 같다."

들것이 밖으로 나왔다. 다친 무네노리의 몸이 하얀 천으로 덮여 있었다. 천 밖으로는 얼굴만 나와 있었고, 무네노리는 산소마스크를 쓴 상태였다. 구급대원이 들것을 옮기자, 미쿠모와 카즈마가 길을 터주었다.

"선배님, 이건 역시…."

카즈마가 단호한 표정으로 고개를 가로젓자, 미쿠모는 그 이상 말을 이을 수 없었다. 구급차 사이렌이 울렸다. 아래를 내려다보니, 모여드는 구경꾼들이 보였다.

★

오후 7시. 하나코는 히가시무코지마 초등학교 체육관에 있었다. 바닥에 천이 깔려 있었고 그 위에 철제의자가 놓여 있었다. 학부모 약 30명, 그와 비슷한 인원의 교사, 학교 관계자가 모여 있었다. 모레 열릴 운동회에서 할 일을 마지막으로 확인하기 위해 모인 사람들이었다.

"…차로 오실 때는 반드시 남문으로 들어와서 허가증을 앞 유리창에 놓아 주세요. 그리고 주차장에 자리가 없으면…"

얼마 전 학교에서 본 교감 선생님이 설명했다. 이 전체 설명이 끝나면 조별로 모여서 최종 확인을 한다고 했다.

하나코는 나카하라 아키 대신 안내위원이 될 예정이었지만, 조 배정이 바뀌었다. 어제 학교로부터 집계위원을 맡아 달라는 연락을 받았다. 하나코는 집계위원이 어떤 일을 하는지 몰랐지만, 집계라는 단어가 들어갔으니 점수를 세는 역할일 것 같았다. 아이들은 홍팀과 백팀으로 나뉘고, 안이 속한 2학년 1반은 백팀인 것을 하나코도 알고 있었다.

"…전체 설명은 이상입니다. 이제 조별로 모여 미팅을 해주세요. 모일 장소를 말씀드리겠습니다. 안내위원은 무대 앞, 주차위원은 남쪽 농구대 아래, 이어서…"

안내받은 장소로 모였다. 집계위원인 학부모는 하나코를 포함해 다섯 명이었고, 젊은 여교사 한 명이 담당자로서 학부모를 보조한다고 했다. 다섯 학부모 중 네 명이 여자였다. 그런데 한 명뿐인 남자의 얼굴이 낯익었다. 그 사람도 이쪽을 알아봤는지 하나코의 얼굴을 보며 말했다.

"당신, 미쿠모 하나코라고 했나요?"

"안녕하세요. 잘 부탁드립니다."

오오와다라는 남자였다. 영화회사 프로듀서로, 하나코가 월요일에 나카하라 아키를 구한 일로 학교에 왔을 때 만난 학부모-교사 모임 회장이었다. 상당히 저질스러운 이야기를 하던 사람이라 기억이 났다.

여교사가 이 조를 이끄는 줄 알았으나, 이야기를 시작한 사람은 오오와다였다.

"여러분, 안녕하십니까. 오오와다입니다. 저는 작년에도 집계위원이었으니 뭘 해야 하는지 대충 압니다. 다른 조와 다르게 이 조는 솔직히 편합니다. 얽매이는 시간도 비교적 적고요."

여교사도 끼어들지 않는 것을 보면 오오와다에게 지휘를 맡길 생각인 듯했다. 오오와다가 운동회 일정표를 손에 들고 설명했다.

"아시겠죠? 달리기 같은 개인 경기와 댄스 경기는 집계에 포함하지 않습니다. 순위를 매기는 단체 경기 성적만으로 홍팀과 백팀의 승부를 결정합니다. 선생님이 넘겨주시는 순위 성적을 토대로 점수를 계산하면 끝입니다. 자세한 계산법은 얼마 전에 나눠드린 매뉴얼에 적혀 있습니다."

"저기, 저는 매뉴얼을 못 받았는데요."

하나코가 그렇게 말하며 손을 들자, 여교사가 대답했다.

"알겠습니다. 나중에 가져올게요."

"계속 설명하죠." 오오와다가 설명을 이어갔다. 다른 학부모들은 볼펜을 손에 들고 오오와다의 이야기를 귀 기울여 들었다. "우선 오전에 나온 성적은 오전 중에 집계하는 게 좋습니다. 오전에는 그쪽이랑 그쪽이, 오후에는 그쪽이랑 그쪽, 그리고 제가 담당하죠."

오오와다가 멋대로 팀을 나누었지만, 항의하는 사람은 아무도 없었다. 하나코는 오후 집계를 맡게 되었다.

"질문 있으신가요? 뭐, 딱히 열심히 할 것도 없습니다. 계산이 좀 틀려도 결과에 영향은 없으니까요. 오전 집계는 점심시간에, 오후 집계는 반 대항 계주 때 진행할 테니 시간이 되면 본부로 모이세요. 다른 질문 있습니까?"

아무도 질문하지 않아서 집계위원 미팅은 끝이 났다. 운동회 날은 본부 텐트로 모이면 된다고 했다. 다른 조는 아직 미팅 중인 것 같았지만, 집계위원들은 체육관을 뒤로했다. 하나코는 여교사에게 매뉴얼을 받은 뒤 체육관에서 나갔다. 입구에서 신발을 신는데, 누군가가 말을 걸었다. 고개를 들어보니 오오와다가 서 있었다.

"하나코 씨는 집계위원이 처음이죠?"

"네. 제가 누가 될지도 모르지만, 잘 부탁드려요."

"이게 대단한 일도 아닌데요, 뭐. 아, 한 가지 알려줄 게 있는데 잠깐 시간 돼요?"

"네."

오오와다가 걸음을 떼자, 하나코가 그 뒤를 따라갔다. 잠시 걷는데, 경쾌한 소리와 함께 노란 불빛이 반짝였다. 오오와다가 자동차 잠금을 해제한 것이다. 실루엣을 보니 2인승 스포츠카였다.

"타요. 여기는 어둡잖아요."

오오와다가 변명하듯 말하며 조수석 문을 열어 주었다. 하나코는 어떻게 할지 고민했지만, 학교 내부이니 상대가 이상한 짓을 하지는 않을 것 같아서 조수석에 올라탔다. 잠시 후 오오와다가 운전석에 탔다. 실내등을 켜고 매뉴얼을 펼치기에, 하나코도 똑같이 했다. 오오와다가 설명해 주었다.

"오후 프로그램의 하이라이트는 반 대항 계주예요. 그런데 이건 집계가 그리 어렵지 않습니다. 가장 귀찮은 건 장애물 달리기죠. 장애물을 깔끔하게 넘지 못하면 감점해야 하거든요."

"그렇군요."

"아, 그리고 하나코 씨, 컴퓨터 다룰 줄 알아요?"

"어느 정도는 해요. 어려운 건 못 하지만요."

"다행입니다. 마음이 놓이는군요."

오오와다가 갑자기 하나코 무릎에 손을 올렸다. 하나코는 순간 무슨 일이 일어났는지 이해가 되지 않았다. 향수 냄새가 코를 찔렀다. 오오와다가 하나코에게 얼굴을 들이댔다.

"잘해 줄게. 어때? 당장 드라이브라도 갈까? 좋은 호텔이 있거든."

오오와다가 그렇게 말하면서 하나코의 무릎을 쓰다듬었다. 하나코는 소름이 끼쳐서 저도 모르게 오오와다의 손을 쳐냈다.

"그만해요. 제 남편은—."

"알아. 형사잖아. 형사의 아내로 썩기는 아까워, 당신."

더는 참을 수 없었다. 하나코는 손잡이를 당겨 조수석 문을 열고 굴러떨어지듯 차에서 내렸다. 재빨리 일어나서 달렸다. 학교를 벗어나서야 멈춰 서서 크게 한숨을 내쉬었다.

정말 뭐 하는 놈일까. 얼굴에 철판을 깔았다는 말은 그 남자를 보고 만들었나 보다. 아이들이 함께 학교에 다니는 이상, 졸업할 때까지 같은 학부모일 테고 해를 거듭하다 보면 아이들이 같은 반이 될 가능성도 있다. 그런데 어떻게 이런 짓을 할 수 있을까. 도저히 이해할 수 없었다.

하나코는 걸음을 떼려고 하다가 자신이 학교까지 자전거를 타고 왔다는 사실이 뒤늦게 떠올라서 어깨를 축 늘어뜨린 채 다시 학교를 향해 걸었다.

★

카즈마가 코토바시에 있는 종합병원에서 나왔을 때는 밤 9

시쯤이었다. 옆에는 미쿠모도 있었다.

"선배님, 어떻게 하실래요?"

미쿠모가 묻자, 카즈마가 대답했다.

"밥이라도 먹을까?"

"좋아요."

킨시쵸역 방면으로 걷다가 처음 눈에 들어온 이자카야 문을 열었다. 의외로 내부 인테리어가 세련됐다. 가장 안쪽 테이블에 자리를 잡았다. 카즈마는 생맥주, 미쿠모는 고구마소주 온더록을 주문했다.

카즈마는 점원이 가져다준 맥주를 마셨다. 기분이 그래서인지 별로 맛있지 않았다. 미쿠모가 주문한 안주가 나오자 젓가락으로 집어 먹었다.

칼에 찔린 무네노리는 지금도 중환자실에서 치료를 받고 있다. 병원으로 이송됐을 때는 생명이 위험했지만, 몇 시간에 걸친 수술 끝에 고비는 넘겼다고 한다. 다만 대화할 수 있는 상태는 아니었고, 회복하기까지 시간이 걸린다고 했다.

"선배님, 두 번째 잔은 뭐로 하실래요?"

정신을 차려보니 커다란 맥주잔이 비어 있었다. 카즈마가 대답했다.

"같은 걸로."

"여기요. 생맥주 하나 주세요."

무네노리를 찌른 범인은 아직도 밝혀지지 않았다. 사건 현장이 된 곳은 잠복을 위해 혼죠 경찰서 조직범죄대책과가 빌린 방이었고, 무네노리는 그 맞은편에 있는 아파트를 감시하는 중이었다. 그곳이 임시 마약 보관소라고 추측했기 때문이다. 혼죠 경찰서 조직범죄대책과는 눈여겨보던 반사회적 단체—거대 조직폭력배의 부하조직인 듯하다—를 불러 조사했지만, 그들은 일관되게 아무것도 모른다고 주장했다.

경찰청에서는 지원군이 나와서 무네노리를 찌른 범인을 전력으로 쫓았다. 현직 형사가 직무 중에 습격당한 뉴스는 워낙 충격적이라 언론에서 크게 보도되었다. 하지만 범인을 잡을 증거는 아직 아무것도 발견되지 않았다.

점원이 가까운 테이블을 정리했다. 미쿠모는 그 점원이 가게 주방으로 돌아가기를 기다린 뒤에 말했다.

"선배님, 역시 입막음이었을까요?"

병원에서는 혼죠 경찰서 형사가 내내 근처에 있어서 대화할 수 없었다. 카즈마도 미쿠모와 비슷한 생각을 했다. 무네노리가 습격을 받은 이유는 카즈마와 미쿠모가 접촉을 시도했기 때문이었을까.

"가능성이 없지는 않아. 그런데 내 솔직한 생각으로는 이렇게까지 할 일이었나 싶어. 무네노리 씨는 형사잖아."

"하지만 실제로 무네노리 형사님이 습격을 당했잖아요. 이 타이밍에 그분이 칼에 찔린 게 우연일 리가 없어요."

카즈마는 그 점에 동의했다. 우연을 의심하는 것은 수사의 기본이기도 하다. 그런데 현직 형사의 입을 막으면서까지 숨겨야 할 일이 대체 무엇일까. 테츠로와 토모아키가 그렇게까지 엄청난 범죄에 관여했다는 말인가.

게다가 카즈마와 미쿠모가 무네노리를 주목한 것은 오늘 오전이었다. 그렇게 생각하면 일 처리가 너무 빠르다. 역시 무네노리는 다른 이유로 습격을 당한 것일까.

"선배님, 무네노리 형사님 일은 아무한테도 말하지 않으셨죠?"

미쿠모도 똑같은 생각을 했나 보다. 그녀의 물음에 카즈마가 고개를 끄덕였다.

"물론이지. 마츠나가 계장님을 제외하면."

혼죠 경찰서에 이야기를 전할 때, 마츠나가에게는 간략하게 사정을 설명했다. 오랫동안 알던 사이라 그가 신뢰할 만한 형사인 것은 카즈마도 잘 안다.

"그렇군요. 그럼 역시…."

시끌벅적한 소리가 들렸다. 세 젊은이가 가게 안으로 들어오더니 점원의 안내를 받아 카즈마와 가까운 테이블석에 앉았다. 미쿠모가 말투를 바꾸며 말했다.

"선배님, 저 어제 공연을 봤어요. 후루사와 아카네 씨의 공연요."

"아, 드레스 리허설이었나? 그런 게 있다고 했지."

"진짜 좋았어요. 히미코라는 여왕이 주연이었어요. 히미코가 자기와 적대관계에 있는 호족의 아들 쿠마히코를 사랑하게 되거든요. 당연히 쿠마히코도 히미코를 사랑하고요."

미쿠모는 즐겁게 이야기했다. 그녀의 이런 표정은 오랜만인 것 같아서 카즈마는 열심히 호응하며 이야기에 귀를 기울였다.

"…공연이 끝났을 때 너무 감동해서 저도 모르게 벌떡 일어나서 박수를 쳤어요. 정신을 차리고 보니 기립박수를 보내는 사람이 저 혼자라서 낯이 뜨겁더라고요. 아, 비유예요. 실제로 얼굴이 뜨겁진 않았어요."

그녀는 4년 전, 수사1과에 배속되었다. 겉모습은 그저 대학교를 갓 졸업한 여자애 같았지만, 추리력이 무척이나 뛰어났다. 4년이 지난 지금도 겉모습은 크게 변하지 않았고 발랄한 아름다움을 풍겼다. 이렇게 예쁜 아이와 사귀는 남자는 좋겠다고 생각한 순간, 카즈마의 머릿속에 손위 처남인 미쿠모 와타루의 얼굴이 떠올라서 저도 모르게 쓴웃음을 지었다.

"…그러다가 극장 복도에서 아카네 씨를 만났어요. 아카네 씨는 사건이 해결됐다고 생각하지 않는 것 같았어요. 그럴 만도 하죠. 아버지는 살해당했고 죽인 범인은 자살했으니까요. 갖고 있던 거금의 출처도 알아내지 못했고요. 그래서 제가 맹세했어요. 이 사건은 제가 해결하겠다고요. 선배님, 그렇게 됐으니까…."

미쿠모는 거기서 잠시 말을 끊었다가 잔을 들며 말했다.

"사건 해결을 위해서 건배하시죠."

"그래. 그러자."

카즈마가 맥주잔을 들어 미쿠모의 잔에 부딪쳤다. 미쿠모는 가볍게 말했지만, 그 속에서 진심이 느껴졌다. 과거의 활기를 되찾은 것이 분명했다.

'미쿠모의 능력은 내가 가장 잘 안다. 어쩌면, 어쩌면…'

그런 옅은 기대가 고개를 들었다.

★

이튿날인 토요일, 미쿠모는 도쿄에 있는 병원으로 갔다. 오전 9시가 넘은 시각, 휴일을 맞은 병원은 한없이 고요했다. 미쿠모처럼 병문안을 온 사람들의 모습이 드문드문 보였다.

손에 든 쇼핑백에는 교토에서 유명한 장아찌 가게에서만 파는 장아찌 세트가 들어 있었다. 아침 일찍 사루히코에게 부탁해서 받은 물건이었다. 아가씨는 손이 많이 가는 사람이라며 탄식하는 사루히코였지만, 한편으로는 미쿠모를 뒤치다꺼리할 수 있어서 기뻐하는 것 같았다. 미쿠모는 장아찌를 건네받으며 사루히코에게 한 가지 더 부탁을 했다. 사루히코의 능력이면 늦어도 오늘 중에는 조사가 끝날 것이다.

엘리베이터에서 내리자마자 간호사 데스크가 보였고, 흰 유니폼을 입은 간호사들이 그 안쪽에서 일하고 있었다. 미쿠모는 방문하겠다는 연락을 미리 하지 않아서 몇 호실로 가야 하는지 몰랐다. 하지만 괜찮을 것이다. 입원 병동 병실에는 대체로 이름이 적힌 명패가 걸려 있는 법이다.

이런 병원에 오면 떠오르는 것이 있었다. 8년 전, 할아버지가 돌아가시던 때였다. 미쿠모는 학교가 끝나면 매일같이 할아버지의 병실을 찾아가 아침까지 할아버지를 지켜보다가 등교했다. 겨우 일주일이었지만, 아직도 그때가 생생하게 떠올랐다.

병실 입구에 걸린 명패를 확인하며 안쪽으로 들어갔다. 미쿠모는 복도 끝에서 걸음을 멈추었다. 이 병실이다. 문은 활짝 열려 있었지만, 흰 커튼 같은 것이 있어서 내부는 보이지 않았다.

"실례합니다."

그렇게 말하면서 커튼을 걷었다. 희미하게 TV 소리가 들려왔다. 안으로 들어가자마자 세면대가 있었고 그 너머에 긴 소파가 놓여 있었다. 소파 위에는 긴소매 앞치마를 입은 여자가 다소곳이 앉아 있었다. 나이는 여든 살쯤 되어 보였다. 여자는 미쿠모의 얼굴을 보고 빙그레 웃었다. 미쿠모는 당황해서 고개를 숙였다.

"불쑥 찾아와서 죄송합니다. 저는 호죠 미쿠모라고 합니다."

여자는 온화한 미소를 지을 뿐이었다. 미쿠모는 손에 든 쇼핑백을 소파 끝에 내려놓았다.

"이거, 별건 아니지만…."

TV에서는 사극이 흘러나왔다.

"마츠."

침대에 누운 노인이 말했다. 긴소매 앞치마를 입은 여자가

'마츠'라는 이름을 듣고 반응했다.

"왜 그래요?"

"저 아가씨에게 시원한 것을 사다 주시게. 나는 차가운 콜라로 부탁해."

"저기… 신경 쓰지 않으셔도 됩니다."

미쿠모가 그렇게 말했지만, '마츠'라고 불린 여자는 재빠르게 병실에서 나갔다. 발소리가 들리지 않아서 미쿠모의 눈이 휘둥그레졌을 때, 침대에 누운 노인이 말했다.

"아가씨, 미안하지만 TV를 꺼주겠나? 거기에 리모컨이 있을 거야."

미쿠모는 TV장 근처에서 리모컨을 찾아 TV를 껐다. 리모컨을 원래 있던 곳에 돌려놓고 침대에 누운 노인에게 눈길을 돌렸다.

흰색과 남색이 섞인 바둑판무늬 유카타가 무척 멋스러웠다. 오른손에 연결된 링거가 환자 같은 인상을 주었지만, 안타까운 감정이 들지 않을 만큼 그는 혈색이 좋았다.

"슬슬 올 때가 됐다 했어."

이와오는 왠지 기쁘게 웃으며 말했다.

ROOKIE OF LUPIN

제 4 장

도둑 천지

이와오. 말하지 않아도 누구나 아는 대도. 범죄계의 전설 같은 인물이었다. 경찰인 미쿠모 입장에서는 원래 검거해야 할 범죄자이지만, 미쿠모 가문과의 관계 때문에 그럴 수는 없었다. 만에 하나 체포하려고 수갑을 꺼낸다 해도 호락호락 잡힐 사람이 아닌 것은 분위기만으로도 알 수 있었다.

"제가 올 줄 어떻게 아셨어요?"

미쿠모가 그렇게 묻자, 이와오는 고개를 갸우뚱했다.

"글쎄. 그냥 그런 느낌이 들었네. 이 나이가 되면 말이지, 살아온 경험과 감 덕분에 앞으로 어떤 일이 일어날지 대충 보이거든. 그뿐일세."

생김새는 사뭇 달랐지만, 어쩐지 할아버지 소신과 닮은 점이 있었다. 자아내는 분위기가 비슷하다고 할까. 남자라는 말보다 사나이라는 말이 더 어울리는 느낌이었다.

"그저께 교토에서 저희 할아버지 제사를 치렀습니다. 가족들만 불러서 소박하게요. 거기에 손녀분인 하나코 언니가 참석해 줬습니다. 아니, 정확히 말하면 할아버님 대신, 할아버님의 부탁을 받아서 제사에 참석했죠."

이와오는 아무 말도 하지 않았다. 계속하라는 듯 미소를 지을 뿐이었다.

"저는 조수 사루히코에게 이와오 님과 할아버지가 어떤 사이였는지 들었습니다. 이와오 님이 할아버지의 죽음에 책임감을 느끼는 것도요. 8년 전, 저희 할아버지는 신주쿠 카부키쵸에서 불법 도박을 추적했습니다."

불법 도박으로 큰 빚을 떠안은 청년이 교토에 사는 아버지에게 도움을 요청한 것이 계기였다. 할아버지는 도박장 손님에게 접근했고, 잠입 수사를 시작하기 직전에 도쿄에서 쓰러졌다.

"8년 전 불법 도박을 조사하던 당시, 할아버지는 오랜 친구인 이와오 님에게 협조를 요청했을 겁니다. 하지만 이와오 님은 부탁을 거절했죠. 아닙니까?"

"거절한 게 아니야." 이와오는 고개를 가로저었다. "조금만 기다려 달라고 했지. 그때 우리 가문에 급한 일이 있었거든. 타케루랑 애들이 사쿠라바 가문의 피로연에서 카즈마를 탈환하려고 애쓰던 시기였네. 우리의 정체가 경찰에 들통날 뻔한 시기이기도 했고."

미쿠모는 속으로 그때였구나 하며 납득했다. 사쿠라바 가문의 피로연—카즈마와 어떤 여자의 결혼식 피로연에 미쿠모 가문이 쳐들어가 신랑을 납치했다는 이야기를 예전에 와타루에게 들었다. 그 일을 계기로 카즈마는 하나코와 부부가 되기로 결심했다고 한다. 경찰에 정체를 들켜서 1년 정도 숨어 지낸 적도 있다고 했다. 분명 힘든 시기였을 것이다.

"만약 그때 내가 소신을 도왔더라면, 아니, 아니지. 하다못해 얼굴이라도 봤다면, 조금 더 일찍 그 친구의 병을 알아차릴 수 있었을 테지. 나랑 그 친구는 오래된 사이니까. 게다가 나는 병이 있다는 낌새를 기가 막히게 잘 알아차리거든. 정작 중이 제

머리는 못 깎았지만."

그러니 자기가 죽인 것이나 다름없다는 말인가. 한집에 사는 식구끼리는 사소한 변화를 알아차리기 어렵다. 가끔 만나는 사이일수록 잘 알아차리는 것도 있는 법이다.

"하지만," 미쿠모가 반박했다. "그때 두 분이 만났다고 해도, 이미 늦은 뒤였을 거예요. 그 정도로 병세가 깊었어요. 만약 1년 전에 발견했대도 살 수 있었을지…. 하지만 그런 걸 모르고 하시는 말씀은 아니겠죠."

이와오는 대답하지 않았다. 눈을 감은 채 침대 위에 태연스레 누워 있을 뿐이었다.

"저는 이렇게 추측했습니다. 이와오 님이 손녀인 하나코 언니를 교토에 보낸 데에는 다른 이유가 있었다고요."

이와오가 눈을 떴다. 그리고 고개를 끄덕이며 말했다.

"재미있군. 괜히 소신의 손녀가 아니야. 그렇다면 나는 왜 하나코를 교토로 보냈을까? 아가씨는 이미 답을 아는 것 같군."

"8년 전에 할아버지가 쫓던 불법 도박 사건 때문이죠? 관계자 몇 명이 체포됐다지만, 사실상 꼬리 자르기에 불과했고 실제로 불법 도박을 주도한 사람은 밝혀내지 못했습니다. 혹시 8년 전 불법 도박 사건은 이번에 카마타에서 전직 경찰이 살해당한 사건과 연관이 있는 건가요?"

L의 일족은 얕볼 수 없는 정보망을 갖추었고, 특별한 정보망이 없었다고 해도 이와오는 사쿠라바 카즈마의 처조부였다. 카

즈마가 어떤 사건을 맡았는지 알아도 이상하지 않았다. 다시 말하면, 이와오가 하나코를 교토에 보낸 것은 미쿠모를 위한 어시스트였던 것이다. 8년 전의 불법 도박 사건을 쫓으라는 메시지이기도 했다.

"거기까지 알아냈다면 이제 충분하겠군. 뒷일은 아가씨가 알아서 해야 해. 내가 할 수 있는 건 아무것도 없네."

"감사 인사를 드리고 싶었을 뿐이에요. 감사합니다."

8년 전, 할아버지가 마지막으로 맡은 카부키쵸 불법 도박 사건. 아직 자세히 조사하지는 않았다. 이제 신주쿠 경찰서로 가서 자료를 확인할 생각이었다.

"마츠, 그런 곳에 우두커니 서 있지 말고 이쪽으로 와. 이 아가씨한테 시원한 걸 주게."

미쿠모가 뒤를 돌아보니, 바로 뒤에 마츠가 서 있었다. 어느 틈에 돌아온 것일까. 마츠는 일류 자물쇠 전문가라서 이 세상에 못 따는 자물쇠가 없다고 했다.

"이거 드세요."

"감사합니다."

마츠가 내민 것은 종이팩에 든 과즙유였다. 미쿠모가 아주 좋아하는 음료였다. 우연이겠지만, 상대가 L의 일족이니 어쩌면 미쿠모의 취향까지 전부 꿰뚫어 봤을지도 모른다는 생각이 들었다. 정말 골치 아픈 일족이다.

"아가씨, 와타루랑은 아직 화해하기 전이야?"

무어라 대답하기 어려운 질문이었다. 미쿠모가 잠자코 있자, 이와오가 상반신을 일으키고 마츠에게 받은 콜라를 한 손에 든 채 말했다.

"거참, 젊음이 부럽군. 마츠, 저 때가 그립구먼."

이와오는 침대 위에서 호탕하게 웃었다. 그 목소리가 병실 안에 울려 퍼졌다.

★

"카즈마 경사, 잠깐 보죠."

키바 미야코가 부르자, 카즈마는 자리에서 일어났다. 미야코 반장은 조금 먼 곳에 앉아 있었다. 카즈마가 그쪽으로 가자, 미야코는 들고 있던 종이를 책상 위에 올려놓았다.

"이 보고서, 조금 더 간결하게 정리할 수 있을까요? 그리고 첨부된 사진 데이터가 나한테는 오지 않았습니다."

"알겠습니다. 바로 확인하겠습니다."

"어제 킨시쵸 건은 어떻게 됐죠?"

"아직 범인으로 추정되는 인물은 없습니다. 계속해서 주시하겠습니다."

킨시쵸 공동주택에서 혼죠 경찰서 형사인 카마모토 무네노리가 칼에 찔린 사건이었다. 사건이 발생한 지 하루가 지났지만, 범인을 찾아낼 단서는 없었다.

어제 습격당한 무네노리, 카마타에서 살해된 테츠로, 그리고 시모다 자택에서 시신으로 발견된 토모아키. 이 세 사람이 모두 삼어회라는 경찰관 낚시 동호회에서 활동했다는 이야기를 미야코와 동료들에게 전했지만, 반응은 시원찮았다. 토모아키가 범인이라는 가정이 기정사실처럼 인식되는 바람에 보고서도 이미 그런 내용으로 만들어지기 시작했다.

아마 다음 주 월요일쯤에는 이 사건을 용의자 사망으로 처리한 뒤 서류 송검 할 터였다. 카즈마는 자신이 귀찮은 일에 발을 들여놓았음을 실감했다. 토모아키는 돈 문제 때문에 테츠로를 죽이고 그 후에 스스로 목숨을 끊었다. 이제 그것이 명백한 사실이 되었고, 이 사건을 서둘러 마무리하려는 상부의 의도가 엿보였다.

"너무 깊이 파고들지 마세요." 미야코가 노트북을 접으며 말했다. "저는 자리를 비우겠습니다. 무슨 일이 있으면 연락하세요. 여러분도 적절히 쉬면서 수사하십시오."

미야코가 일어나 수사1과를 뒤로했다. 마침 정오가 되려는 참이었다. 보고서 작성도 오늘 중에 끝날 테니 내일은 쉴 수 있을 것이다. 내일 일요일은 안의 운동회 날이다. 카즈마도 안을 응원하러 갈 생각이었다.

"카즈마 선배, 저희 밥 먹으러 갈 건데 같이 가실래요?"

후배 형사가 말을 걸었지만, 카즈마는 거절했다.

"다음에 가자. 오늘은 아침을 늦게 먹어서."

"알겠습니다. 그럼 저희끼리 다녀올게요."

다른 반원들이 우르르 밖으로 나갔다. 그들의 모습이 완전히 사라지기를 기다린 뒤, 카즈마는 스마트폰을 꺼냈다. 곧바로 전화를 걸었다.

통화가 좀처럼 연결되지 않았다. 카즈마가 끊으려고 할 때, 그제야 상대가 전화를 받았다.

"네. 호죠 미쿠모입니다."

"사쿠라바 카즈마다. 미쿠모, 지금 어디야?"

"신주쿠 경찰서입니다. 재미있는 걸 찾았습니다."

"재미있는 거라면, 이번 사건과 관련이 있는 거야?"

"물론이죠." 미쿠모가 대답했다. "그거 말고 뭐가 있겠어요? 그보다 선배님, 어서 이쪽으로 와주세요."

"안 되는 거 알잖아. 나도 보고서 쓰느라 바빠. 그리고 미쿠모, 범인은 토모아키로 결론 났어. 늦어도 모레면 서류 송검 될 거야. 그럼 사건은 그걸로 끝이야."

"저한테는 아직 끝나지 않았어요. 용건 없으시면 끊습니다."

전화가 일방적으로 끊겼다. 카즈마는 스마트폰을 쳐다보았다. 다시 걸어도 미쿠모가 받지 않을 것 같았다.

"어? 카즈마 경사님, 점심 안 드세요?"

한 반원이 손수건으로 손을 닦으며 돌아왔다. 카즈마가 대답했다.

"별로 배고프지 않아서. 너는?"

"전 도시락 싸 왔어요."

그 반원은 자기 책상 의자에 앉았다. 가방에서 도시락을 꺼내는 모습이 보였다.

사건이 해결됐다는 것은 경찰청 상부의 시각이었고, 아직 몇 가지 의문점이 남아 있는 것은 사실이었다. 가장 의문스러운 것은 테츠로와 토모아키가 손댄 범죄 비즈니스였다. 토모아키의 돈 씀씀이와 테츠로의 계좌로 추측하건대, 그들이 범죄에 관여했을 가능성은 부정할 수 없었다. 보고서에는 '두 사람이 돈 문제로 다퉜다'고만 적혔지만, 과연 그 한 문장으로 정리해도 될 문제였을까.

자리에서 일어난 카즈마는 도시락을 먹는 반원에게 말했다.

"미안하지만 잠깐 나갔다 올게. 언제 돌아올지는 몰라. 무슨 일 있으면 연락해."

"그, 그럴게요."

카즈마는 의자 등받이에 걸어둔 겉옷을 집어 들고 수사1과를 뛰쳐나갔다.

미쿠모가 있는 곳은 신주쿠 경찰서 수사자료실이었다. 신주쿠 경찰서의 명성답게 수사자료실도 관할서치고 굉장히 넓었다. 카즈마는 손에 든 종이컵을 미쿠모에게 건넸다.

"캐러멜 마키아토 좋아하지?"

"네. 감사합니다."

가지런히 늘어선 캐비닛에 상자가 꽉 들어차 있었다. 상자에는 보관용 종이가 붙어 있었고, 상자 번호와 보관된 날짜 같은 세부 정보가 적혀 있었다. 한쪽에 열람용 책상이 있었고 그 위에 상자가 놓여 있었다.

"이거 네가 옮겼어? 용케 옮겼네. 무거운데."

"아니에요. 복도를 지나가던 껄렁껄렁한 경찰관한테 옮겨 달라고 했어요. 연락처를 가르쳐 달라길래 카오리 선배의 번호를 줘 버렸지 뭐예요. 나중에 카오리 선배한테 사과해야겠어요. 그보다, 선배님…."

미쿠모가 종이컵에 든 캐러멜 마키아토를 한 모금 마시고 말했다.

"이건 조금 다른 이야기인데, 8년 전 저희 할아버지는 돌아가시기 직전에 어떤 불법 도박을 추적하셨어요. 위치는 신주쿠 카부키쵸였고요."

조금이 아니라 많이 다른 이야기였다. 카즈마는 미쿠모의 이야기에 귀를 기울였다. 미쿠모의 할아버지 호죠 소신이 마지막으로 맡은 사건이었다. 그는 잠입 수사를 개시하기 전에 쓰러졌지만, 신주쿠 경찰서는 그대로 수사를 이어나가 불법 도박 관계자들을 적발했다. 불법 도박장으로 사용된 아파트 한 호실에서 관계자 몇 명이 현행범으로 체포되었으나, 그 뒤로는 아무리 수사해도 주동자를 찾을 수 없었다.

"보세요. 이게 그 사건의 수사보고서예요."

미쿠모가 파일 하나를 책상 위에 올려놓았다. 그 안에는 사건의 세부 사항이 적힌 보고서와 사진이 들어 있었다. 미쿠모가 옆에서 손을 뻗어 페이지를 넘기기 시작했다. 곧 어떤 페이지에서 손을 멈추고 말했다.

"여기를 보세요."

보고서 한쪽에 인장 몇 개가 나란히 찍혀 있었다. 보고서를 회람한 수사관들이 찍은 것이었다. 경찰청은 문서 전자화를 권장했지만, 실제 현장에서는 종이 문서를 떼놓을 수 없는 것이 현실이었다. 카즈마의 직장에서도 넘겨받은 문서를 훑어본 뒤 정해진 위치에 도장을 찍고 다른 동료에게 돌리는 과정을 일상적으로 볼 수 있었다.

이 보고서에 찍힌 인장은 20개 정도였다. 카즈마는 그 인장들을 들여다보다가 깨달았다.

"미쿠모, 이건…."

"맞아요. 토모아키와 무네노리는 같은 과에서 일했어요."

토모아키와 무네노리. 두 인장이 같은 보고서에 나란히 찍혀 있었다. 그리 흔한 이름이 아니다. 확인할 필요는 있지만, 아마 그 두 사람이 맞을 것이다. 예전에 삼어회라는 낚시 동호회에서 교류하던 두 사람은 세월이 흘러 같은 경찰서에서 일하게 되었다. 오랜 경찰관 인생에 그런 일이 한 번쯤 있었다고 해도 이상하지는 않았다.

"두 사람은 조직범죄대책과에 있었던 모양입니다. 보고서에도 이름이 있고, 범죄자들을 적발했을 때도 두 사람이 도박장 안으로 들어갔다고 합니다."

원래는 생활안전과가 도박을 담당하는 경우가 많지만, 반사
회적 단체의 자금원과 연관된 도박 사건에는 조직범죄대책과
가 나서기도 한다.

"선배님, 지금부터는 제 추측입니다. 바로 결론부터 말할게
요." 그렇게 운을 뗀 미쿠모가 이어서 말했다. "토모아키와 무
네노리는 이 불법 도박에 관여한 것 같습니다."

"정말 바로 결론으로 들어갔네."

"그래서 미리 말씀드렸잖아요. 범죄에 관여할 수 있는 형태
는 다양하고, 두 사람이 주동자였을 가능성은 적죠. 주동자
는 아마 조직폭력배 간부쯤 되는 사람이었을 거예요. 두 사람
은 그 주동자에게 경찰 수사 정보를 흘려서 약간의 대가를 얻
었을 거고요. 조직범죄대책과의 형사와 조폭이 유착 관계를 맺
은 거죠."

논리적으로는 말이 된다. 그런데 경찰이 반사회적 단체와 손
을 잡았다고 하니 충격적이었다. 카즈마는 저도 모르게 입을
열었다.

"비약이 심하지 않아? 두 사람은 경찰이야."

"하지만 한 명은 정년퇴직 후 시모다에 있는 리조트맨션으
로 이사했고, 다른 한 명은 어제 칼에 찔렸습니다. 지극히 평범
한 경찰이었다고 보기는 어려워요."

경찰이 반사회적 단체의 편의를 봐줬을 리가 없다고 단언할

수 없어서 마음이 무거웠다.

희미하게 낮은 진동음이 들렸다. 미쿠모가 핸드백에서 스마트폰을 꺼내 귀에 댔다.

"여보세요. 나야. …응. 알았어. 지금 갈게. …카즈마 선배님도 같이 있어. 그럼 잘 부탁해."

전화를 끊은 미쿠모가 태연한 표정으로 말했다.

"선배님, 다음 단계로 넘어가죠. 사루히코가 흥미로운 걸 발견했거든요. 아, 그 상자 좀 정리해주세요."

미쿠모가 그렇게 말하며 수사자료실에서 나가 버렸다. 정말손이 많이 가는 녀석이다. 카즈마는 파일을 제자리에 넣고 상자를 들었다.

★

토요일인데도 초등학교 운동장에 아이들이 많았다. 노는 것이 아니라, 내일 있을 운동회를 위해 열심히 자율 연습을 하는 것이었다. 안의 반도 마찬가지로, 의욕이 있는 아이들 열 명 정도가 모여서 운동장 한쪽에서 연습했다.

"좋아, 얘들아. 많이 좋아졌다."

코바야시 선생님도 함께해 주었다. 안의 반 아이들이 지금 열심히 연습하는 것은 배턴 터치였다. 반 대항 계주는 운동회가 끝나기 직전에 치러지는 주요 경기였다. 오전부터 여러 경기가 진행되지만, 계주만 이기면 다른 경기는 져도 될 만큼 아주 중요했다.

"안, 어땠어?"

켄세이가 그렇게 말하며 다가왔다. 켄세이는 마지막 주자인 안의 앞 주자라서 안에게 배턴을 넘기는 역할이었다. 방금 한 연습에서는 배턴 터치가 잘된 것 같았다.

"괜찮았어. 그런 느낌으로 하면 돼."

"다행이다. 안에게 배턴 주는 거 긴장돼."

"그래?"

"안은 마지막 주자잖아."

2주 전, 체육 합동 수업 때 2학년 네 개 반이 모여서 실전처럼 계주 경기를 했다. 안이 있는 1반은 2위였다. 1위는 옆 반인 2반이었다.

"이대로면 2반을 이길 수 있을 것 같아."

어떤 반 아이가 그렇게 말하자, 켄세이가 냉정하게 말했다.

"그건 몰라. 2반은 빠른 애들을 몰래 비축해두는 것 같았거든."

"비축?"

"모아놓고 쓰지 않는 거야. 비밀병기 같은 거지."

2반은 수상했다. 오오와다 하야토도 2주 전 합동 수업에서 달리지 않았다. 배가 아프다고 구경만 하면서, 안과 눈이 마주치자 히죽대며 웃었다. 안은 꾀병이 확실하다고 생각했다.

상급생들과 달리 안을 비롯한 2학년생들은 배턴 터치에 서

틀렸다. 어느 반이든 서투르기는 마찬가지라서 경기 중 적어도 두세 번은 배턴 터치에 실패해 버벅거리는 모습을 볼 수 있었다. 아이들은 최대한 그런 사태를 막으려고 이렇게 연습에 힘을 쏟았다.

"그럼 한 번 더 해보자."

코바야시 선생님이 그렇게 말하면서 손뼉을 쳤다. 다시 배턴 터치를 연습했다. 모두 실수 없이 마지막까지 배턴을 주고받았다.

"지금 좋다. 이대로만 하면 돼, 애들아."

안은 운동장 한편을 곁눈질로 쳐다보았다. 거기에는 야나기다 이치카가 있었다. 이치카는 점심을 먹은 지 얼마 되지 않아 배가 부르다며 연습에 참여하지 않았다. 방금 잠깐 대화했을 때 기운이 없어 보여서 걱정되었다.

안은 잠깐 연습을 쉬는 사이에 이치카에게 달려갔다.

"안." 하면서 이치카가 고개를 들었지만, 어쩐지 표정이 어두웠다. 안이 이치카 옆에 앉자, 이치카가 왼손을 감추듯 등 뒤로 가져갔다. 그 모습을 본 안은 그쪽으로 고개를 내밀었지만, 이치카는 몸을 비틀어 안의 시선을 피했다. 반대쪽으로 보려고 해도 소용없었다.

왼쪽으로 움직이는 척하면서 오른쪽으로 움직이는 작전이 떠올랐다. 축구나 농구에서도 사용되는 페인트라는 동작이었다. 이 동작을 가르쳐 준 사람은 당연히 할부지였다.

'좋아, 지금이야.'

안은 페인트에 성공해서 이치카의 왼손을 확실히 보았다. 손목에 있어야 할 소원팔찌가 없었다. 2학년 1반 아이라면 모두차야 할 그 소원팔찌가.

"이치카, 소원팔찌는 어디에 있어?"

이치카는 대답하지 않았다. 고개를 숙이고 땅을 볼 뿐이었다. 울음을 참는 것 같기도 했다. 코바야시 선생님에게 말해야할까. 안이 망설이는데, 이치카가 드디어 고개를 들었다. 그리고 천천히 입을 뗐다.

"어젯밤에 엄마랑 장을 보러 갔어. 나는 마트 밖에 있는 놀이터에서 놀면서 기다리기로 했어."

그 마트인가 보다. 안도 자주 가는 곳이었다. 마트 앞에 놀이터가 있어서 부모님이 장을 보는 동안 아이들은 놀이터에서놀 수 있었다.

"근데 놀이터 앞에 버스가 서더니, 애들이 막 내렸어. 그중에하야토가 있었어. 옆 반 오오와다 하야토 말이야."

수영교실 버스였나 보다. 평소에 같이 다니던 부하들은 없었고 하야토 혼자였다. 하야토는 이치카를 알아보고 웃으며 다가왔다. 그러더니 갑자기 이치카의 왼팔을 잡고 소원팔찌를 뺏어갔다. 그리고 하야토는 아무 말 없이 자리를 떴다. 이치카는멍하니 있을 뿐이었다.

"소중한 소원팔찌를 뺏겼어. 만약 우리 반이 지면… 나 때문일 거야."

"그렇지 않아. 이치카, 선생님한테 말하자. 선생님이 남는 소원팔찌가 있다고 했잖아."

안이 제안했지만, 이치카는 고개를 끄덕일 생각이 없어 보였다.

"못 말해. 켄세이한테 미안하잖아. 켄세이가 모처럼 바꿔준 건데…."

어제 점심시간, 도서실로 향하던 때였다. 자기가 받은 소원팔찌를 서로 보여주다가, 이치카는 켄세이의 소원팔찌를 보고 예쁘다고 말했다. 그 말을 들은 켄세이는 "그럼 바꾸자."라고 가볍게 말했고, 둘은 소원팔찌를 교환했다. 이치카는 무척 기뻐 보였다. 예전부터 생각했지만, 이치카는 켄세이를 좋아하는 것 같다.

안은 워낙 세게 묶어 놓아서 푸느라 애를 먹으면서도 자신의 소원팔찌를 손목에서 뺐다. 그리고 이치카에게 내밀었다.

"이거 줄게."

"안…."

"나는 선생님한테 새 걸 받을게. 내가 잃어버렸다고 하면 되지?"

"고마워, 안."

이치카의 표정이 밝아졌다.

안은 "내가 채워줄게." 하며 이치카의 손목에 소원팔찌를 채웠다. 그리고 절대 지지 않겠다고 생각했다. 하야토가 있는 2반에는 무슨 일이 있어도 지지 않을 것이다.

★

JR킨시쵸역 남문에서 나오자마자 약속 장소인 카페가 보였다. 카즈마 일행이 가게 안으로 들어가자, 안쪽 칸막이 좌석에 앉은 야마모토 사루히코가 손을 들었다. 이 카페는 한자리에서 오랫동안 영업한 가게였고 주류도 취급하는 곳이었다.

"사루히코, 많이 기다렸지?"

미쿠모가 그렇게 말하며 소파에 앉았다. 카즈마도 미쿠모 옆에 앉았다. 사루히코가 메뉴판을 내밀자, 카즈마가 그것을 보며 대답했다.

"나는 블렌드 커피."

"그럼 저도요."

미쿠모가 블렌드 커피 두 잔을 주문한 뒤 바로 본론을 꺼냈다.

"그래서 사루히코, 무네노리를 조사해보니 뭔가가 나왔어?"

"아가씨, 너무 서두르지 마십시오." 사루히코가 그렇게 말하며 수첩을 펼쳤다. 세월의 흔적이 묻어나는 천연 가죽 수첩이었다. "카마모토 무네노리. 56세. 경찰 경력에 관해서는 미천한 저보다 두 분이 더 잘 조사하실 것 같아서 저는 무네노리의 사생활을 조사해 봤습니다."

어제 습격당한 혼죠 경찰서 형사였다. 조금 전에 문의해 보니, 아직 의식이 돌아오지 않아서 여전히 중환자실에 있다고 했다.

"약 10년 전에 이혼. 지금은 카메이도 6가에 사는 모양인데, 동네 주민에게 물어보니 카메이도 집에는 일주일에 한 번 들어올까 말까였다고 합니다."

혼죠 경찰서에서도 무네노리를 찌른 범인을 쫓고 있지만, 그가 수사 도중에 습격당한 것을 보면 개인적인 원한 때문에 일어난 범행은 아닌 것 같다고 했다. 현재로서는 마약이 적발될 것을 우려한 조직폭력배의 범행으로 보는 수사관이 압도적으로 많았다.

"동네 주민이 무네노리의 단골 이발소를 알려줘서 영업시간 전에 찾아가 이야기를 들었습니다. 무네노리와 가깝게 지내는 여성이 있다고 하더군요. 이발소 사장님의 말로는 필리핀에서 온 여성이라고 했습니다."

무네노리는 그 여성을 우리 마누라라고 불렀다고 한다. 필리핀인이 접대하는 킨시쵸 술집에서 일하는 그 여성은 직장 근처에서 살았고, 무네노리는 대부분 그녀의 집에서 생활했다고 한다.

"이름은 마리아. 나이는 32세. 오, 호랑이도 제 말 하면 온다더니."

사루히코가 그렇게 말하며 가게 입구로 시선을 던졌다. 선글라스를 낀 채 가게에 들어오는 긴 머리 여성이 보였다.

"그럼 저는 이만 실례하겠습니다."

사루히코가 그렇게 말하며 일어나서 마리아 쪽으로 걸어갔다. 카즈마는 그 모습을 보고 실소를 터뜨렸다. 정말 완벽하게 밥상을 차려놓고 떠나는구나. 천하의 호죠 탐정사무소는 조수도 일류인 모양이다.

마리아가 카즈마 쪽으로 걸어오자, 카즈마는 일어나서 그녀에게 인사했다.

"안녕하세요. 저는 경찰청에서 나온 사쿠라바 카즈마입니다. 이쪽은 카마타 경찰서에서 나온 호죠 미쿠모입니다."

"마리아예요."

"혹시 대화하는 데 통역이 필요하실까요?"

"괜찮아. 어려운 말은 이해하지 못할 수도 있지만 잘 알아들어."

카즈마가 자리에 앉은 마리아에게 음료를 주문하도록 권하자, 그녀는 따뜻한 우유를 시켰다. 서른두 살이라고 들었지만 훨씬 젊어 보였다. 그녀의 몸에서 향신료처럼 톡 쏘는 향기가 풍겨왔다. 향수일까.

"솔직하게 여쭤보겠습니다. 무네노리 씨가 칼에 찔렸다는 얘기를 들었을 때, 어떻게 생각하셨습니까?"

"믿을 수 없었어." 그녀는 어깨를 축 늘어뜨렸다. "처음에 꿈인 줄 알았어. 아침에 같이 팬케이크도 먹었는데. 그 얘기 듣고 계속 울었어."

선글라스를 벗지 않는 이유는 울어서 부은 눈을 가리기 위함일까. 무네노리는 56세였다. 카즈마는 그가 젊은 필리핀 여자를 돈으로 꾄 줄 알았지만, 마리아의 반응을 직접 보니 두 사람은 진심으로 사랑하는 사이인 것 같았다.

"아직 의식이 돌아오지 않았다고 하더군요. 병문안은 당분간 어려울 것 같습니다."

"아까도 병원에 전화했다가 그렇다고 들었어. 걱정돼."

"무네노리 씨를 습격한 범인은 아직 찾지 못했습니다. 짚이는 데가 있으십니까?"

"음…." 마리아가 고개를 갸우뚱했다. "몰라. 몰라요. 그 사람은 내 앞에서 일 얘기를 전혀 안 했거든."

일상생활을 할 때도 딱히 이상한 점은 없었다고 한다. 겁을 먹은 기색도 없었고 지극히 평범하게 지냈다. 목숨이 위험해질 정도로 누군가에게 원한을 산 상태였다면, 본인도 어느 정도 신경을 썼을 텐데 말이다.

"실례되는 질문이지만, 저희가 두 분을 연인 사이로 생각해도 되겠습니까?"

"Of course. 물론. 내년에 내 비자가 끝나기 전에 혼인신고하자고 그 사람이 그랬어."

배우자 비자를 받으면 영주권 취득 장벽이 낮아진다는 이야기를 들은 적이 있다. 지금 마리아는 비교적 단기 비자로 체류

중인 모양이다.

혹시 치정으로 얽힌 사건이었을까. 예를 들면, 마리아를 좋아하게 된 손님이 무네노리를 장애물로 여겼을지도 모른다. 카즈마는 일단 마리아에게 확인해보았다.

"가게에 치근덕거리는 손님은 없었나요? 질투 같은 게 범행 동기였을지도 모릅니다."

마리아가 멍한 표정을 지었다. 단어의 뜻을 모르는 건가. 옆에 앉은 미쿠모가 보충설명을 하며 거들었다.

"질투. jealousy요."

"그건 아니야." 마리아가 주저 없이 부정했다. "그런 손님은 없어. 손님들 모두 내 파트너가 무슨 일 하는지 다 알거든."

무네노리가 형사라는 사실은 공공연한 비밀이었다고 한다. 일반인 남성은 형사의 여자에게 손대기를 꺼리기 마련이었다. 카즈마가 추가로 물었다.

"마리아 씨는 일본에 온 지 얼마나 되셨죠?"

"올해로 4년째야."

"지금 일하는 가게에서 무네노리 씨를 처음 만났나요?"

술집에서 일하는 마리아와 손님으로 온 무네노리가 어느새 사랑에 빠졌으리라. 카즈마는 당연히 그렇게 생각하면서도 확인차 질문했다. 하지만 마리아는 예상치 못한 답변을 했다.

"아니야. 처음 만난 곳은 일본이 아니었어. 태국이었어. 나는 필리핀 사람이 아니라 태국 사람이야."

태국 중부에 있는 도시였다. 마리아는 거기서 식당 종업원으로 일했다. 열여덟 살 때쯤 결혼했지만, 3년 만에 결혼생활이 끝나서 본가에 살며 종업원으로 돈을 벌었다. 지금으로부터 5년 전, 가게를 찾아온 일본인 손님이 동네를 구경시켜 주지 않겠냐고 물었다. 원래부터 일본에 관심이 있어서 일본어를 공부하던 마리아는 남자의 제안을 받아들였다. 남자는 휴가차 태국에 왔다고 했다. 그 남자가 무네노리였다.

"그 사람이 2개월 후에도 와서 그때도 데이트했어. 그 사람이 일본에 돌아가면서 그랬어. 일본에 오지 않겠냐고."

의외였다. 일본에서 만난 사이인 줄 알았다. 계속 조용히 있던 미쿠모가 마리아에게 물었다.

"무네노리 씨가 휴가차 왔다고 한 게 확실합니까?"

"확실해. 그렇게 말했어."

"그리고 2개월 후에도 찾아왔고요?"

"응. 맞아."

미쿠모는 턱에 손을 대고 깊은 생각에 빠진 얼굴로 테이블 한 곳을 쳐다보았다. 미쿠모가 이런 상태일 때는 어떤 말을 걸어도 소용없다는 사실을 카즈마는 안다. 잠시 기다리자, 곧 미쿠모가 손을 뻗었다. 그녀는 커피잔을 집으려다가 손이 미끄러졌는지 커피를 다 엎질러 버렸다. 미쿠모의 무릎에 커피가 쏟아졌다.

"미쿠모, 괜찮아?"

"괜찮습니다."

미쿠모는 카즈마가 내민 물수건으로 무릎을 닦으면서 진지하게 말했다.

"선배님, 우리가 낚으려는 게 상상을 뛰어넘는 거물일지도 모르겠어요."

"어? 카즈마 경사님, 퇴근하신 줄 알았어요."

그날 저녁, 카즈마가 경찰청 수사1과로 돌아가자, 반원 한 명이 그렇게 말을 걸었다. 다른 사람은 모두 귀가한 듯했다. 카즈마에게 말을 건 반원도 돌아갈 채비를 하던 참이었다.

"반장님도 퇴근하셨어?"

"네. 조금 전에요. 내일도 온다고 하셨어요. 그분, 정말 일을 좋아하시는 것 같아요. 그럼 카즈마 경사님, 저도 이만 가볼게요."

카즈마는 멀어지는 그의 뒷모습을 지켜보다가 노트북 전원을 켰다. 오후 5시가 되어 가는 시간이었다.

미쿠모는 확실하게 말하지 않았지만, 습격당한 무네노리가 태국을 방문했다는 이야기를 듣고 무언가가 마음에 걸리는 모양이었다. 가장 먼저 떠오르는 범죄는 마약 밀수였다. 조직범죄대책과에서 일하다가 그런 연줄이 생겼다고 해도 이상하지 않았다. 마약 밀수라면 틀림없이 거액의 돈이 움직였을 테고, 죽은 테츠로와 토모아키도 무네노리와 함께 마약 밀수에 관여했을 가능성이 있었다. 테츠로의 계좌에 입금된 2천만 엔은 그 보수였을까.

근처에 놓인 스마트폰으로 전화가 왔다. 저장되지 않은 번호였다. 전화를 받아보니, 발신자는 혼죠 경찰서 조직범죄대책과 형사였다.

"저희 과 무네노리 형사님이 아까 잠시 의식을 되찾으셨습니다."

"그렇습니까? 무네노리 형사님이 뭐라고 하시던가요?"

카즈마는 다른 사건의 예비조사 차원에서 무네노리의 이야기를 듣고 싶다고 조직범죄대책과에 미리 말해 두었다. 그쪽 수사관이 그런 카즈마를 생각해 전화한 모양이었다.

"아무 말도 하지 않으십니다. 겁을 많이 먹었는지 어떤 질문을 해도 대답하지 않으세요. 저희 상사도 의아하게 생각하고 있어요."

의식은 1시간 전쯤에 돌아왔고, 지금은 다시 깊이 잠들었다고 한다. 의사 말에 따르면 회복되는 중이라고 했다.

카즈마는 감사 인사를 하고 전화를 끊었다. 그리고 생각했다.

문제는 무네노리가 습격당한 원인이었다. 개인적인 이유나 그가 담당하던 사건과 관련이 있다면 괜찮겠지만, 무네노리가 관여한 범죄 비즈니스와 관련이 있는 것이라면 언제 다시 목숨이 위험해질지 모를 일이었다.

카즈마는 우선 세 사람의 출입국 이력을 찾아내기로 했다. 그들의 범죄 비즈니스는 아마 태국 등지의 동남아시아가 거점 이었을 것이다. 오늘 킨시쵸에서 만난 무네노리의 연인 마리아 는 무네노리가 5년 전에 태국을 최소 두 번 방문했다고 했다. 무네노리는 어디까지나 공무원 신분이었다. 1년에 두 번이나 태국을 여행할 여유는 없었을 것이다. 어떤 비즈니스가 얽혀 있다고 생각하는 것이 자연스러웠다.

혹시 모르니 반장님에게 보고할까. 카즈마는 그렇게 생각하 며 키바 미야코에게 전화를 걸었다. 상대는 곧바로 전화를 받 았다.

"반장님, 쉬시는 중에 죄송합니다. 사쿠라바 카즈마입니다."

"무슨 일이죠?"

카즈마가 간단하게 설명했다. 이야기의 심각성을 알아차렸는 지, 보고를 끝까지 들은 미야코가 말했다.

"알겠습니다. 무네노리가 의식을 되찾으면 진술을 들어봅시 다. 저도 동행하겠습니다."

"감사합니다."

"카즈마 경사, 너무 무리하지 마세요. 내일 딸의 운동회가 있 다면서요?"

카즈마가 미야코에게 직접 이야기한 기억은 없지만, 반원들 에게 워낙 자주 말한 탓에 반장의 귀에도 들어간 모양이다. 카 즈마는 내일 휴가도 이미 받아놓은 상태였다.

"네. 내일은 쉴 예정입니다."

"그럼 다음 주에 보죠."

"감사합니다."

카즈마는 전화를 끊고 컴퓨터 앞으로 향했다. 세 사람의 출입국 이력을 조사하기 위해서는 출입국관리국에 문의해야 했다. 개인정보라서 당연하게도 전화 한 통으로 쉽게 알아낼 수는 없었고, 정해진 양식에 필요한 사항을 적어서 과 내에서 결재를 받은 후 출입국관리국에 서류를 보내야 했다. 답변은 일러도 다음 주 중순에나 돌아올 것이다.

카즈마는 다시 스마트폰을 들었다. 그리고 재다이얼 화면을 보았다. 거기에 표시된 이름은 '호죠 미쿠모'였다. 그녀에게 전화를 걸어보았다. 하지만 아무리 기다려도 미쿠모는 전화를 받지 않았다.

오늘 마리아와 대화한 직후부터 미쿠모의 상태가 이상했다. 아주 심각하게 생각에 잠긴 것 같았고 말수도 적었다. 미쿠모는 상상을 뛰어넘는 거물이라는 표현을 썼다. 그녀가 그렇게 말한다면 정말 엄청난 거물일 것이다.

형사의 일은 실제로 발생한 사건에 대응하고 그 사건을 수사하는 것이다. 하지만 호죠 미쿠모는 그보다 윗길을 걸었다. 실제로 일어난 사건에서 또 다른 사건을 발견하고, 또 그다음 사건으로 나아간다. 그녀의 자질 덕분이리라. 탐정의 딸인 그녀의 훌륭한 자질.

카즈마는 스마트폰을 터치해 주소록에서 다른 정보를 불러왔다. 미쿠모를 위해서라도 한번 팔을 걷어붙여 볼까. 카즈마는 스마트폰을 귀에 가져다 댔다.

★

"안, 얼른 씻어. 안, 엄마 말 들었어?"

하나코가 부엌에서 외쳤다. 계란말이용 프라이팬에 부드럽게 푼 날달걀을 붓고 길쭉한 젓가락으로 모양을 잡았다. 이제 세 번째 계란말이였다.

운동회 날 아침이었다. 창문 밖으로 보이는 하늘은 마냥 푸르렀다. 하늘이 마치 '자, 열심히 운동회 해보자!'라고 외치는 것 같았고, 비를 바라던 하나코가 우울해질 만큼 날씨가 맑았다. 하지만 계속 울상을 지을 수는 없었다. 하나코는 기분을 전환하려고 애쓰며 열심히 도시락을 쌌다.

오전 7시가 넘은 시각이었다. 오전 9시부터 개회식이라 아직 2시간이나 남았지만, 반대로 말하면 이제 2시간밖에 남지 않았다는 뜻이었다. 원래는 하나코와 안, 카즈마 몫으로 3인분 도시락만 만들려고 했는데, 미쿠모 가문과 사쿠라바 가문의 조부모가 운동회를 보러 온다고 해서 일이 커졌다. 양가 모두 본인들이 먹을 점심을 알아서 챙겨 오겠다고 했지만, 그래도 넉넉하게 만들어 가는 것이 좋을 듯해서 하나코는 아침부터 분주하게 도시락을 만들었다.

"좋은 아침."

카즈마가 침실에서 나왔다. 아직 잠옷 차림이었다.

"잘 잤어? 카즈마, 안 좀 씻겨 줄래?"

"알았어. 안, 자꾸 돌아다니지 말고 이쪽으로 와. 오늘 운동 회잖아. 너무 많이 움직이면 체력이 낭비된다."

"낭비?"

"쓸데없이 써 버린다는 뜻이야."

"비축하는 게 좋다는 말이야?"

"맞아. 안, 비축이라는 어려운 말도 아는구나."

"켄세이가 가르쳐 줬어."

세 번째 계란말이가 완성되었다. 이제 요리는 끝났다. 고기로 속을 채운 피망 요리, 연어 소금구이, 감자 샐러드, 계란말이, 주먹밥. 이제 도시락에 넣기만 하면 된다. 하나코는 음식이 식기를 기다리는 동안 음료를 준비했다. 물병에 얼음과 스포츠음료를 부었다.

"오, 맛있겠다."

카즈마가 부엌으로 다가왔다. 안을 씻겨 주고 왔나 보다. 하나코는 식탁 위에 있는 비닐봉지를 가리키며 말했다.

"미안해, 카즈마. 아침은 못 만들었어. 괜찮으면 거기 있는 빵 먹어."

"알았어."

카즈마가 냉장고에서 팩에 든 우유를 꺼내 컵에 붓고는 식탁

의자에 앉았다. 그리고 빵을 꺼내 먹기 시작했다. 마음이 콩밭에 있는 느낌이랄까. 카즈마는 멍하니 안이 있는 쪽을 바라볼 뿐이었다.

"왜 그래?"

하나코가 묻자, 카즈마는 우유를 마시면서 대답했다.

"아무것도 아니야."

"그럼 다행이지만."

하나코는 도시락을 꺼내 그 안에 반찬을 넣었다. 오랜만에 만드는 도시락이었지만, 원래 요리를 좋아해서 딱히 어렵지 않았다. 반찬을 다 넣고 마지막으로 방울토마토를 적당히 넣어 색감을 살려 주면 완성이다.

"카즈마, 어때? 맛있겠지?"

"오, 다 됐어? 맛있어 보이네."

카즈마는 그렇게 말하며 도시락을 들여다보았다. 하지만 말에 감정이 담기지 않은 느낌이었다. 이내 카즈마는 결심한 듯 말했다.

"미안해, 하나코. 오전에만 잠깐 내 시간을 가져도 될까? 이번에 맡은 사건이 좀 신경 쓰여서."

"미쿠모도 같이 수사하는 사건이야?"

"맞아. 어제 몇 번 통화했는데, 미쿠모가 월요일부터 수사를 재개하자고 하더라고. 그런 성격이 아닌데 이상해. 원래 미쿠모는 휴일이든 평일이든 상관없이 수사에 전력을 다하거든."

"카즈마를 배려해서 그렇게 말한 것 같아?"

"그럴지도 몰라."

미쿠모는 당연히 오늘이 미쿠모 가문의 중요한 날—안의 운동회 날이라는 사실을 알 것이다. 카즈마도 말했을 테고, 얼마 전 하나코가 교토에 갔을 때도 기차 안에서 그런 이야기를 했으니 말이다.

"알았어. 운동회는 내가 어떻게 해볼게. 아빠랑 엄마도 있고, 시부모님도 오신다고 했으니까."

학부모 참여 경기가 몇 가지 있어서 원래는 카즈마와 하나코 둘이 참가할 생각이었다. 하지만 그것도 어떻게든 하면 될 것 같다.

"그런데 안한테는 미리 사과해. 안이 엄청 기대했거든. 그리고 난 1시간 정도면 준비가 끝나는데 그때까지 기다려 줄 수 있어?"

"당연하지. 서두르지 않아도 돼."

카즈마는 그렇게 말하며 일어나서 거실에 있는 안에게 다가갔다. 안은 TV를 보고 있었는데, 어느새 머리에 하얀 머리띠를 두르고 있었다. 안은 백팀이라고 했다.

"안, 미안해. 아빠가 잠깐 일을 해야 해서 운동회에 늦을 것 같아."

"괜찮아. 오늘은 할부지랑 할무니도 오고, 할배랑 할매도 오니까. 아, 케빈도 온대. 케빈이 드론을 제대로 띄울 수 있으려나? 그래서 아빠는 안 와도 돼."

"안, 그렇게 말하니까 아빠가 서운하잖아."

하나코는 간식을 깜빡 잊은 것이 떠올라 선반 위에 있던 비닐봉지를 들었다. 서두르다가 떨어뜨리는 바람에 과자 봉지가 바닥으로 쏟아졌다. 운동회 날 아침은 정말 정신이 없다.

★

미쿠모는 집 세면대 앞에 있었다. 옷도 갈아입었고 화장도 했다. 머리카락을 뒤쪽으로 모아서 검은 머리끈으로 묶으면 준비 완료였다. 미쿠모는 거울에 비친 자신을 보며 고개를 끄덕였다. 그리고 소리 내어 말했다.

"하나. 탐정된 자, 진실 규명을 최우선으로 여기며…."

호죠 가문의 탐정 3개조였다. 할아버지 호죠 소신에게 배운 뒤로 아침에 일어나자마자 이 3개조를 읊는 버릇이 생긴 지 오래였지만, 최근에는 그 습관도 무너지고 말았다. 오늘 아침에는 갑자기 그 탐정 3개조가 떠올라 오랜만에 읊어 보았다.

"좋아."

미쿠모는 3개조를 읊은 뒤, 다시 거울 속 자신을 보았다. 회색 바지 정장을 입은 여자가 거울 속에 있었다. 괜찮다. 절대 지지 않는다.

가방을 어깨에 메고 밖으로 나갔다. 공동현관을 빠져나와 걷는데, 뒤에서 쫓아오는 발소리가 들렸다. 조수 사루히코라면 이렇게 큰 발소리를 내지 않았을 것이다. 그렇다면….

"미쿠모, 좋은 아침. 휴일인데 어디 가?"

뒤를 돌아보자, 사쿠라바 카즈마가 미쿠모를 향해 걸어왔다. 카즈마에게는 월요일부터 수사를 재개하자고 말해 둔 상태였다. 카즈마의 외동딸 안이 다니는 초등학교에서 오늘 운동회를 한다고 하니 오랜만에 찾아온 가족 행사에 찬물을 끼얹지 않으려고 배려한 것이었다.

미쿠모는 순순히 사과했다.

"선배님, 죄송합니다. 오늘은 혼자서 수사하려고요."

"그럴 줄 알았어. 남처럼 왜 이래? 나도 이 사건을 끝까지 조사할 권리가 있어."

"안의 운동회는요?"

"오후까지 하니까 괜찮아."

사건을 해결하기 위해서라면 딸의 운동회보다 수사를 우선한다. '역시 이 사람도 형사구나.' 미쿠모는 새삼 카즈마를 다시 보았다.

"그런데 미쿠모, 먼저 어디로 갈 거야?"

"그러게요." 미쿠모는 도로 건너편에 있는 간판을 가리켰다. "먼저 배부터 채우시죠. 사실 어젯밤부터 아무것도 못 먹었거든요. 선배님, 아침 드셨어요?"

"빵을 먹었지만, 뭐, 같이 가자."

건널목을 건너 규동 가게로 들어갔다. 카즈마는 중간 사이즈 규동을 시켰고, 미쿠모는 중간 사이즈 규동에 고기를 추가해 주문한 뒤 자리에 앉았다. 미쿠모는 금방 나온 규동을 먹기 시작했다.

"아, 맞다." 카즈마가 주머니에서 수첩을 꺼내며 말했다. "세 사람의 출입국 기록을 찾았어. 항공사에 다니는 지인에게 부탁해서 알아냈어. 세 사람 다 꽤 자주 태국을 드나들었더라."

미쿠모는 카즈마가 꺼낸 서류를 살펴보았다. 세 사람이 동시에 출국한 흔적은 없었지만, 두 명이 같은 시기에 태국에 체류한 흔적은 있었다. 따로 출국한 뒤 태국 현지에서 만났을 것이다. 예상대로였다.

"선배님, 감사합니다. 덕분에 중요한 정보를 알았어요."

"천만에."

확실한 증거는 없다. 하지만 정황증거는 갖춰졌다. '상대'가 '상대'인 만큼 시간을 오래 끌어서 좋을 것이 없다. 시간이 지날수록 상대는 증거를 은폐하려 들 것이고, 만약 미쿠모가 의심하는 것을 그쪽이 안다면 일이 귀찮아진다.

"미쿠모, 오늘은 어디로 갈 거야? 역시 습격당한 무네노리 주변을 파볼까?"

"아뇨. 번거로운 짓은 하지 않을 거예요. 상대가 당황하도록 바로 장군을 부를 생각이에요."

"장군이라니, 그 말은…."

카즈마는 이미 규동을 다 먹은 상태였다. 미쿠모는 마지막

한입을 먹고 젓가락과 그릇을 카운터 위에 올려놓았다. 찻잔에 담긴 차를 한 모금 마시며 말했다.

"오늘 결판을 낼 거란 말씀이에요. 선배님, 가시죠."

미쿠모는 규동 가게에서 나온 뒤, 가방 안에서 스마트폰을 꺼냈다. 사루히코에게 부재중 전화가 와 있어서 다시 전화를 걸었다. 곧바로 사루히코의 목소리가 들렸다.

"아가씨, 간밤에 강녕하셨습니까?"

"응. 좋은 아침이야, 사루히코. 어제 늦게까지 귀찮게 해서 미안해."

"아닙니다. 마음 쓰지 마시지요."

어젯밤에 사건을 검증하려고 사루히코와 여러 번 통화했다. 자신의 추리를 확인하기 위해서였다. 할아버지 대부터 탐정 조수로 일한 사루히코는 냉정한 눈으로 사건을 볼 줄 알아서 큰 도움이 된다.

"아가씨, 소장님께서 전하라는 말씀이 있었습니다." 소장님은 미쿠모의 아버지 소타로를 가리키는 말이었다. "'적은 생각보다 강대하다.' 소장님의 전언입니다."

"알았어. 명심할게."

말하지 않아도 안다. 지금껏 많은 사건을 수사해 온 미쿠모였지만, 이번만큼 거대한 사건은 없었다. 그렇기에 더더욱 단번에 상대의 숨통을 조이기로 했다.

미쿠모는 오른손을 들어 달려오는 빈 택시를 잡았다. 올라타려는데, 뒤에서 카즈마가 물었다.

"미쿠모, 어디 가는 거야?"

미쿠모가 짧게 대답했다.

"경찰청이요."

★

"타케루 씨, 안 내면 진 겁니다. 이러쿵저러쿵 핑계 대도 소용없어요."

"똑같은 말 여러 번 하게 하지 마세요, 노리카즈 씨. 안 내면 진 겁니다. 무사는 한 입으로 두말하지 않습니다."

"무사도 뭣도 아닌 양반이…."

"거참 말이 많으시네. 무사든 도둑이든 무슨 상관입니까?"

지금 아버지 타케루와 시아버지 사쿠라바 노리카즈는 하나코가 보는 앞에서 가위바위보를 하려는 참이었다. 겨우 가위바위보 하나 하는데도 이런 분위기였다. 벌써 피곤했다.

개회식은 이미 끝났다. 첫 경기는 달리기였고, 저학년부터 순서대로 출발했다. 지금은 1학년이 달리는 중이었다.

자녀를 응원하러 온 학부모들이 앉은 자리는 학년별로 구역이 나뉘어 있었고, 그 구역 안에서 아침부터 백화점 폭탄세일을 연상시키는 자리 차지하기 게임이 벌어졌다. 누구보다 빠르게 행사장으로 들어온 사쿠라바 가문 덕분에 비교적 앞자리를 차지한 것까지는 좋았지만, 뒤늦게 온 미쿠모 타케루와 에츠코 부부가 그 자리에 끼어드는 바람에 힘들어졌다. 지금 미쿠모 가문과 사쿠라바 가문은 어깨를 나란히 하고 응원하는 꼴이었다.

"그럼 갑시다, 사돈. 안 내면 진 거. 가위, 바위, 보."

이긴 사람은 노리카즈였다. 몹시 기뻐 보였다. 노리카즈가 재빨리 말했다.

"그럼 저희가 지네발 달리기를 하겠습니다."

"그래요. 그럼 우리가 물건 빌리기 경주군요."

학부모 참여 경기가 오전과 오후에 각각 하나씩 있어서 누가 어느 경기에 나갈지 다투던 참이었다. 원래는 카즈마와 하나코가 참여할 예정이었지만, 카즈마가 없는 관계로 대타를 내보낼 수밖에 없었다.

"봐요. 이제 2학년 경기가 시작돼요."

사쿠라바 미사코의 목소리에 다들 운동장으로 눈을 돌렸다. 미사코는 디지털카메라로 영상을 찍었고, 그 옆에는 하나코의 엄마 에츠코가 있었다. 온몸에 구찌를 휘감은 모습이 마치 남몰래 자식을 보러 온 긴자 클럽의 접대부 같았다.

"사돈, 내기 하나 할까요?"

"무, 무슨 소리입니까? 전 이래 봬도 경찰이란 말입니다."

아버지와 시아버지의 대화가 하나코의 귀에 들려왔다.

"돈을 걸자는 게 아닙니다. 어디 보자. 이긴 사람이 캔 음료 하나를 쏘는 게 어떻습니까?"

"음료수 정도면, 뭐, 괜찮겠네요."

"그렇죠? 다음 경기는…. 옳지, 난 3반 남자애한테 겁니다. 다리 길이가 마음에 들어요."

"뭘 모르시는군요, 사돈. 저는 1반 남자애한테 겁니다. 단거리 경주에 필요한 건 다리 길이가 아니라 순발력이에요. 그 점에서도…."

"아, 사돈. 깜빡하고 말하지 않았는데, 이 게임에서는 캔 음료 하나를 1000엔으로 칩니다."

"잠깐. 그럼 마작에서 1000점을 100엔으로 치는 거랑 비슷하잖습니까?"

하나코는 두 사람을 외면하며 달리기 순서를 기다리는 아이들 쪽으로 눈을 돌렸다. 안을 발견했다. 그다지 긴장한 것 같지는 않았고, 뒤에 있는 여자아이와 즐겁게 대화하고 있었다.

안은 자신의 뿌리를 안다. 자신이 도둑 일가와 경찰 일가 사이에서 태어난 아이임을 안다. 특히 문제가 되는 것은 도둑 일가 쪽이었다. 안이 무심코 실언을 한다면 큰일이 벌어질 것이다.

그래서 하나코는 일을 복잡하게 만들지 않으려고 늘 조심했다. 안에게 때로는 승패를 떠나 주변 사람들과 협력해야 한다고 가르쳤다. 하지만 막상 운동회라는 무대에 선 안을 보자, 딸을 응원하고픈 마음이 솟아올라 기분이 묘했다. 이기면 좋겠다. 져서 침울해하는 딸이 아니라, 이겨서 기뻐하는 딸의 얼굴을 보고 싶었다. 부모는 참 모순된 존재라는 생각이 들어 하나코는 속으로 웃었다.

"걱정할 필요 없어. 안은 이길 거야."

타케루가 어쩐지 자신만만하게 말했다. 거기에 부정적인 말을 던진 사람은 사쿠라바 노리카즈였다.

"사돈, 외람된 말이지만, 안과 같이 뛰는 2반 여자아이도 상당히 발이 빠릅니다."

"무슨 그런 걱정을. 안은 장착한 엔진이 달라요. 그저 그런 애송이는 상대도 안 된단 말입니다." 타케루가 노리카즈에게 들리지 않도록 목소리를 낮춰 말했다. "저 아이는 L의 일족의 떠오르는 샛별이라고."

안의 순서가 다가왔다. '파이팅.' 가족들의 마음을 아는지 모르는지, 안은 아직도 뒷줄에 있는 아이와 담소를 나누고 있었다. 출발 신호를 주는 선생님이 무어라 말을 걸자, 안은 그제야 대화를 멈추고 출발선에 섰다.

"제자리에. 준비."

총성과 함께 안이 달려 나갔다. 다른 아이들보다 확연히 빨랐다. 무시무시한 순발력. 거의 날아가는 것 같았다.

저학년이 달리는 거리는 50미터였다. 스타트 대시로 만들어낸 간격이 점점 더 벌어졌다. 결승점까지 겨우 몇 미터를 남겨 놓았을 즈음, 하나코의 눈에 그것이 들어왔다.

빛나는 물체가 상공을 날았다. 처음에는 새인 줄 알았지만,

아니었다. 그 비행물체는 급강하하더니 안의 등 근처에 딱 붙어서 날았다. 안은 온 힘을 다해 뛰느라 눈치채지 못한 것 같았지만, 이곳에 있는 다른 사람들은 모두 그 비행물체에 시선을 빼앗겼다.

안은 일등으로 테이프를 끊었다. 그때 비행물체가 위로 올라갔다. 점점 상승하다가 상공 50미터쯤에서 잠시 정지하나 싶더니, 방향을 바꿔 학교 건물 뒤편으로 사라졌다. 경기를 보던 학부모들이 술렁거렸다.

하나코는 근처에 있던 타케루의 셔츠를 잡아당겼다.

"아빠, 저거 오빠 짓이지?"

"뭐 어떠냐? 드론이잖아. 아주 현장감 넘치는 영상이 찍혔겠어."

학부모들이 입을 모아 떠들었다. '방금 뭐였어?' '저런 걸 띄우다니 제정신이 아닌가 봐.' '대체 누구야?' '적당히 좀 하지.'

드론 소동 때문에 경기가 잠시 중단되었다. 운동장에 흩어져 있던 교사들이 정면에 있는 본부 텐트 앞에 모여서 무언가를 논의하는 것 같았다. 잠시 후 스피커로 안내방송이 흘러나왔다.

"자리해주신 학부모 여러분께 안내 말씀 드립니다. 드론 같은 비행물체를 이용한 영상 촬영은 자제해주시기를 부탁드립니다. 다시 한번 말씀드립니다. 드론 같은…"

그 말을 들은 타케루가 팔짱을 끼며 말했다.

"와타루 녀석, 초반부터 사고를 쳤군. 그래도 안이 일등이었으니 좋은 게 좋은 거지, 뭐."

자기 가족이지만, 하나코는 질려서 말이 나오지 않았다. L의 일족은 운동회조차 평범하게 보지 못하는 일족이란 말인가.

★

"안, 잘했다. 할부지 손녀답다."

"역시 우리 안이야. 달리는 폼이 카즈마 어릴 때랑 똑같더구나."

"사돈, 무슨 말씀입니까? 하나코를 닮은 겁니다."

"아뇨. 그건 아니죠. 안에게는 사쿠라바 가문의 피가 더 진하게 흐릅니다. 확실해요."

안이 응원석으로 돌아오자, 할부지와 할배가 손녀를 맞이했다. 두 사람은 아침부터 경쟁하듯 옥신각신했다. 아무에게도 말할 수 없었지만, 도둑과 경찰의 조합이었다. 안은 들키면 어쩌나 걱정하면서도 한편으로는 아무 일도 없으리라 생각했다.

"안, 잘했어."

할무니가 칭찬해 주었다. 양산을 쓰고 선글라스를 낀 할무니는 어느 모로 보나 수상했다. '저 사람 연예인 아니야?' 그런 말이 안의 반에서 나올 정도였다. 안은 어쩐지 겁이 나서 우리 할머니라는 이야기는 하지 못했다.

"안, 이거 마시렴." 사쿠라바 가문의 할매가 물병을 건넸다.

"우메보시 과육이 들어간 스포츠음료란다. 우메보시는 구연산과 나트륨, 칼륨이 풍부해서 피로 해소와 일사병 예방에 효과적이야."

"감사합니다."

할매가 특별히 제작한 스포츠음료는 약간 짰지만 맛있었다. 할매는 과학수사대에서 일하는 사람답게 화학을 잘 안다. 매일 실험 같은 것을 한다고 했다.

"안, 이 다음은 뭐야?"

엄마가 일정표를 보면서 묻자, 안이 대답했다.

"댄스일걸. 그게 끝나면 물건 빌리기 경주야."

지금 운동장에서는 달리기가 계속되었다. 6학년 경기가 끝나기까지 아직 시간이 꽤 남은 듯했다.

"엄마, 이치카랑 잠깐 놀다 올게."

"다치지 않게 조심해."

같은 반 학부모들은 서로 가까운 곳에 모여 앉아 있었다. 안은 이치카네 부모님이 있는 곳으로 향했지만, 공교롭게도 이치카는 없었다. 이치카네 엄마가 화장실에 갔다고 가르쳐 주어서 안도 그쪽으로 갔다.

"잠깐만, 안."

그 목소리에 뒤를 돌아보니, 옆 반 오오와다 하야토가 서 있었다. 평소처럼 두 부하를 거느리고 있었다. 하야토가 말했다.

"아까 그 드론, 너를 찍은 거지?"

안은 달리는 중이라 몰랐지만, 와타루의 드론이 운동장까지 날아 내려왔다고 들었다. 하지만 엄마가 아무에게도 드론 이야기를 하지 말라고 했다. 안은 얼버무렸다.

"드론? 몰라. 그보다…."

안이 손을 뻗었다. 그러자 하야토가 그 손을 피하듯 오른손을 뒤로 뺐다. 하야토의 오른쪽 손목에 하얀색 소원팔찌가 있었다. 하야토가 이치카에게 뺏은 것이 틀림없었다.

"그거 이치카의 소원팔찌지? 돌려줘."

"아니거든." 하야토가 씨익 웃었다. "땅에 떨어져 있었어. 그래서 주웠을 뿐이야. 이렇게 촌스러운 걸 누가 뺏나?"

"그럼 돌려줘."

안이 앞으로 나가려고 하자, 하야토가 뒤로 물러섰다. 그리고 웃으며 말했다.

"달리기에서 1등 했다고 우쭐대지 마."

"우쭐댄 적 없어."

"나도 1등이거든."

하야토가 그렇게 말하며 왼쪽 어깨를 앞으로 내밀어 보여주었다. 반팔 티셔츠 소매에 달린 금색 배지가 반짝였다.

하야토의 부하 한 명이 앞으로 나서며 말했다.

"하야토는 진짜 빨랐어. 아까 같이 뛴 애 중에 축구부랑 소년야구단 애들도 있었는데, 걔네보다 빨랐어."

각 경기에 참여해서 3위 안에 들면 배지를 받을 수 있다. 금색은 1등이라는 증거였다. 물론 안도 받았지만, 아직 옷에 달지 않았다.

"사실은 말이지." 하야토가 으스대며 입을 열었다. "내가 반 대항 계주의 마지막 주자거든. 이런 걸 비축한다고 하나? 지금 까지 조용히 있었지만, 오늘은 진짜 경기 날이니까 말해도 되 겠지. 뭐, 너희 1반은 적수가 안 되지만. 안, 너 50미터 달리기 몇 초 나오냐?"

"9초 2."

"그래? 나쁘지 않네. 나는 8초 9야."

안은 9초 미만의 기록을 세운 적이 없다. 내년이나 내후년쯤 에는 틀림없이 9초 안쪽으로 들어오겠지만, 지금 당장은 도무 지 세울 수 없는 기록이었다. 그만큼 9초의 벽을 넘어서기는 어려웠다.

"아무튼 열심히 해봐."

안은 입술을 깨물었다. 하야토는 손을 흔들며 사라졌다. 그 손목에 이치카에게서 빼앗은 소원팔찌가 채워져 있었다.

★

일요일이라 그런지 경찰청 수사1과에는 수사관들이 많지 않 았다. 그래도 자기 자리에서 열심히 보고서를 작성하는 수사 관들이 드문드문 보였다. 키바 미야코 반장은 반원들에게 오늘 만은 온전히 쉬라고 지시했다. 하지만 지시를 내린 본인은 자기 자리에 앉아 컴퓨터 화면을 들여다보고 있었다.

"반장님, 실례합니다."

카즈마가 그렇게 말하며 미야코에게 다가갔다. 미야코가 컴퓨터 화면에서 눈을 떼고 카즈마를 보며 말했다.

"카즈마 경사, 오늘 딸이 운동회라고 하지 않았어요? 그리고 오늘은 전원 쉬라고 했잖습니까." 미야코는 거기까지 말하다가 카즈마 뒤에 선 호죠 미쿠모를 발견했다. 미야코가 말했다. "카즈마 경사, 어떻게 된 거죠? 카마타에 있던 사건 수사본부는 해산했을 텐데요."

카즈마가 순순히 고개 숙여 사과했다.

"죄송합니다. 반장님은 그렇게 말씀하셨지만 뭔가 석연치 않고 납득할 수 없는 부분이 있었습니다."

"내일 서류 송검 하면 이 사건은 해결됩니다. 이제 와서 납득할 수 없다고 해봤자 달라질 건 없어요."

이마미야 토모아키와 카와시마 테츠로는 예전부터 돈 때문에 갈등을 겪었고, 이를 계기로 토모아키는 테츠로를 살해했다. 그 이후에 양심의 가책을 견디지 못하고 자살했다. 여기까지가 키바 미야코 반이 추측한 사건의 전말이었다.

"반장님, 외람되지만 사건은 완전히 해결되지 않았습니다. 테츠로의 계좌에 2천만 엔이라는 거금이 입금됐습니다. 아무리 전직 경찰이어도, 범죄 행위를 덮어줄 수는 없습니다."

"이건 상부의 결정입니다. 카즈마 경사, 경찰 일가 출신이니까 잘 알잖아요. 상부의 의견을 거스르면 어떻게 되는지."

그렇게 나오면 받아칠 말이 없다. 카즈마가 뭐라고 말할지 고민하는데, 뒤에 서 있던 미쿠모가 입을 열었다.

"미야코 반장님, 저는 카마타 경찰서에 소속된 호죠 미쿠모입니다. 예전에 카즈마 선배가 제 사수였습니다. 미야코 반장님은 신주쿠 경찰서에 배속된 적이 있으시더군요."

"한 10년 전에 1년 동안 신주쿠 경찰서 형사과에 있었어요. 근데 그 얘기를 왜 꺼내죠?"

"정확히는 8년 전입니다. 반장님이 신주쿠 경찰서에서 근무하던 8년 전, 카부키쵸에서 불법 도박이 적발됐죠. 여러 명이 체포됐지만, 주범의 정체는 밝혀내지 못한 것 같더군요. 기억하십니까?"

카즈마는 문득 생각이 났다. 미야코가 수사1과에 배속되어 처음으로 맡은 사건. 니시신주쿠에 있는 벤처기업 사장이 살해된 사건이었다. 그녀는 처음에 지시를 내린 뒤 신주쿠 경찰서에 인사를 하러 갔다. 그때 이렇게 말했다. 예전에 신주쿠 경찰서에서 근무한 적이 있으니 동행은 필요 없다고.

"글쎄요. 기억이 안 나네요." 미야코가 고개를 가로저었다. "1년 근무한 게 다였고, 신주쿠는 국내에서 가장 큰 경찰서가 있는 지역답게 사건이 끊임없이 일어나거든요. 당연히 보고서도 산더미처럼 쌓이죠. 일일이 훑어보려면 끝이 없어요. 게다가 과도 달랐고요."

"제가 들은 이야기와는 사뭇 다르군요. 저는 미야코 반장님이 유능한 형사라고 들었거든요. 다른 과 보고서까지 빠짐없이 훑어보는 분인 줄 알았습니다."

"지금 비꼬는 겁니까?"

"글쎄요. 저도 모르겠네요."

미쿠모는 보통내기가 아니라서 눈 하나 깜짝하지 않고 미야코의 시선을 받아냈다.

"8년 전 불법 도박 이야기로 돌아가죠." 미쿠모가 이어서 말했다. "주범이 밝혀지지 않은 이유는 경찰 내부에 조력자가 있었기 때문입니다. 시모다에서 자살한 것으로 보이는 이마미야 토모아키, 그리고 그저께 킨시쵸에서 누군가에게 습격당한 카마모토 무네노리. 이 두 사람은 8년 전, 신주쿠 경찰서 조직범죄대책과에 적을 두었죠. 바로 이 두 사람이 불법 도박장 운영자에게 수사 정보를 흘리던 배신자였습니다."

여기까지는 카즈마도 안다. 문제는 그 다음이었다. 반사회적 단체에 수사 정보를 흘리는 데에 그쳤다면 2천만 엔이라는 거금은 받을 수 없었을 것이다. 기껏해야 용돈 벌이 수준이었으리라.

"미야코 반장님은 보고서를 읽고 누군가가 정보를 유출했다는 걸 눈치채셨을 겁니다. 그리고 혼자 수사를 해서 정보를 흘리던 사람의 정체를 밝혀냈죠. 동료가 범죄자에게 정보를 흘렸습니다. 원래는 용서할 수 없는 일이니 고발해야 마땅했습니다.

하지만 당신은 그러지 않았어요. 역으로 그걸 이용해 그 둘을 같은 편으로 끌어들였죠."

수사1과는 한산했지만, 그래도 자기 자리에서 일하는 수사관이 몇 명 있었다. 그중에는 세 사람의 대화에 귀를 기울이는 사람도 있었다. 미쿠모가 카즈마를 보며 고개를 끄덕이자, 그가 미야코에게 제안했다.

"반장님, 자리를 옮기는 게 나을 것 같습니다. 회의실로 가시죠."

미야코는 잠시 조용히 있다가 천천히 자리에서 일어났다. 평소 미팅에 사용하는 회의실로 들어갔다. 정면에 화이트보드가 있었고, 미야코는 그 앞에 놓인 의자에 앉아서 다리를 꼬았다. 미쿠모는 일어선 채로 설명을 이어갔다.

"두 사람을 돕던 테츠로를 포함해서 세 명. 당신은 예전부터 경찰이면서도 범죄로 손을 더럽히는 인간들을 찾고 있었습니다. 그런 의미에서 그 세 명은 당신이 찾던 인재였습니다. 고발하는 대신 같은 편으로 삼기를 택했죠."

미야코는 아무 말도 하지 않았다. 팔짱을 낀 채 눈을 감고 있었다.

"당신은 세 사람을 이용해 오랫동안 묵혀 둔 계획을 실행에 옮겼죠. 그렇습니다. 태국을 거점으로 한 보이스피싱 조직을 운영하기로 한 거죠."

'설마 그 사건을…?' 카즈마는 귀를 의심했다.

★

"아빠, 규칙은 알지?"

"하나코, 번데기 앞에서 주름 잡지 마라. 내가 누구냐?"

타케루는 자신만만한 표정으로 가슴을 폈다. 물건 빌리기 경주가 이미 시작되었고, 곧 하나코와 타케루 차례였다. 안은 조금 긴장한 얼굴로 경기 상황을 지켜보았다.

규칙은 간단했다. 어깨띠를 건네받은 부모와 아이가 함께 중앙으로 달려가서 거기 있는 상자에서 카드 두 장을 뽑는다. 카드에 적힌 물건을 행사장 안에 있는 관객들에게 빌려서 심판에게 보여준다. 심판이 깃발을 들면 합격이다. 다시 출발선으로 돌아가 다음 팀에게 어깨끈을 넘기면 된다.

앞 주자가 달려왔다. 타케루가 어깨끈을 받아 매면서 말했다.

"하나코, 안, 내 앞길 막지 말고 잘해라."

타케루가 달려 나가자, 하나코도 그 뒤를 쫓았다. 안도 달렸다. 운동과는 거리가 먼 생활을 하는 타케루였지만, 역시 타고난 신체 능력이 뛰어나서인지 운동장 중앙에 제일 먼저 도착했다.

"둘 다 왜 이렇게 느려?"

학부모 한 명 당 카드 한 장을 뽑아야 했다. 처음에 하나코가, 그 뒤에 타케루가 카드를 뽑았다. '삼색 볼펜'과 '검은 모자'

가 적혀 있었다.

"잠깐 기다려."

타케루는 그 말을 남기고 부리나케 뛰어갔다. 관객석 안으로 들어가나 싶더니, 몇 초 만에 밖으로 나왔다. 돌아온 타케루는 손에 삼색 볼펜을 쥐고 있었다.

"할부지, 멋지다!"

안은 감격한 목소리로 말했다. 손녀의 칭찬에 타케루는 조금 쑥스러워하면서 말했다.

"뭐, 이 정도는 식은 죽 먹기지."

"잠깐만, 아빠. 설마 그거…"

하나코는 거기까지 말하다가 입을 다물었다. 안 앞에서 할 수 없는 질문이었다. 하나코는 타케루의 팔을 잡고 안에게 등을 돌리며 말했다.

"아빠, 그거 훔친 건 아니지?"

"그럴 리가."

그렇게 말하는 아버지의 표정이 아무래도 수상했다. 하나코는 주변에 들리지 않도록 목소리를 죽이며 다시 물었다.

"아빠, 경기 규칙은 알지? 이건 물건 빌리기 경주야. 훔치는 게 아니고 빌리는 거야."

"안다니까." 타케루는 그렇게 말하며 손에 든 삼색 볼펜을 하나코에게 내밀었다. "빨리 가져가."

이미 가져온 물건을 이제 와서 돌려줄 수도 없었다. 하나코는 심판에게 가서 카드와 삼색 볼펜을 같이 내밀었다. 심판이 호루라기를 불며 깃발을 똑바로 들어 올렸다. 합격이었다.

"할부지 최고!"

안이 손뼉을 쳤다. 타케루는 기분이 좋은지 득의양양한 얼굴로 말했다.

"이 정도쯤이야. 다음은 검은 모자지?"

그렇게 말하며 어딘가로 달려갔다. 하나코는 관객석을 훑어보았다. 검은 모자 쓴 사람을 찾기 위해서였다. 하지만 예상외로 검은 모자를 쓴 사람이 보이지 않았다.

"기다렸지?"

"할부지, 빠르다!"

하나코가 뒤를 돌아보니, 타케루가 서 있었다. 그 손에 들린 물건을 보고 하나코는 저도 모르게 눈이 휘둥그레졌다.

"아, 아빠, 그건…"

"검은 모자잖아."

모자가 아니었다. 가발이었다. 본부 텐트에서 비명이 들려 그쪽을 돌아보니, 텐트 안에 있는 한 여교사가 소리를 지르고 있었다. 그 시선 끝에는 태평하게 부채로 얼굴을 부치는 교감 선생님이 있었다. 자기 가발이 사라진 것을 아직 눈치채지 못한 듯했다.

"하나코, 내가 힘들게 빌려 왔잖아. 얼른 들고 가."

"빌린 게 아니잖아."

"잔말 말고 얼른."

타케루가 가발을 휙 던지자, 하나코는 마지못해 그것을 잡았다. 검은 머리카락이 진짜 같았다. 하는 수 없이 심판에게 간 하나코는 밑져야 본전이라는 마음으로 가발과 카드를 내밀었다. 심판은 당황한 얼굴로 고개를 가로저었다. 불합격이었다.

"아빠, 이건 인정할 수 없대. 돌려주고 와."

"쳇, 역시 불합격이었군."

타케루가 가발을 들고 사라졌다. 하나둘 합격자들이 나오자, 객석 분위기가 달아올랐다. 하나코는 다시 검은 모자 쓴 사람을 찾았다. 하지만 좀처럼 찾을 수 없었다.

누군가가 하나코의 등허리를 톡톡 쳤다. 안이었다. 안은 심판을 가리켰다.

맹점이었다. 이제 보니 심판이 검은 모자를 쓰고 있었다. "안, 잘했어." 하며 하나코는 심판에게 다가갔다.

"그 모자, 빌려주실 수 있나요?"

심판은 망설이는 것 같았다. 하나코가 이어서 말했다.

"여기 있는 사람이면 누구한테든 빌릴 수 있다고 했잖아요. 심판도 포함되는 거죠?"

심판은 모자를 벗어 하나코에게 건넸다. 하나코가 카드를 보여주자, 심판은 호루라기를 불며 깃발을 번쩍 들어 올렸다.

이제 뒷사람에게 어깨끈을 주면 끝이다. 하나코는 아버지를 찾다가 검은 모자 서너 개를 들고 달려오는 타케루를 발견했다. 하나코가 말했다.

"아빠, 벌써 합격했어. 이제 돌아가야 해."

"그래?"

세 사람은 달리기 시작했다. 타케루가 매고 있던 어깨끈을 다음 주자에게 넘겼다. 아직 경기 도중이라 순위는 알 수 없었다.

"할부지 대단하다!" 안이 눈을 빛냈다. "왜냐면, 왜냐면, 교감 선생님 머리가…."

안이 더는 참기 힘든지 웃음을 터뜨렸다. 타케루는 그 웃음에 휩쓸려 박장대소했다. 정말 못 말리는 사람들이다.

행사장 안에는 흥겨운 옛날 유행가가 흘러나왔고, 응원과 웃음소리가 여기저기서 터져 나왔다. 하나코는 한숨을 쉬었다. 한 가지 깨달은 것이 있었다. L의 일족에게는 물건 빌리기 경주를 시키면 안 된다.

★

지금으로부터 약 2년 전, 태국에 있는 보이스피싱 조직의 거점이 현지 경찰에 적발되면서 일본인 20명 가량이 붙잡힌 적이 있다. 카즈마는 아직도 그 뉴스가 생생하게 떠올랐다. 수갑을 찬 일본인들이 밧줄에 묶인 채 줄줄이 집 안에서 나오는 영상이 무척이나 인상적이었기 때문이다. 그들은 모두 복장이 지저분했다. 어쩌다가 이국땅에서 보이스피싱을 하게 되었을까.

그런 궁금증이 들었다.

"선배님, 그거 주세요."

미쿠모가 말하자, 카즈마는 주머니에서 종이 한 장을 꺼냈다. 항공사에서 얻은 출입국 기록이었다. 미쿠모가 설명했다.

"테츠로, 토모아키, 무네노리. 이 세 명은 약 7년 전부터 매년 태국에 갔습니다. 많을 때는 1년에 다섯 번이나 갔죠. 이쯤 되면 태국이 좋아서가 아니라, 비즈니스 때문에 방문한 것 같다는 의심이 생깁니다."

같은 경찰이니 그들이 월급을 얼마나 받았을지 쉽게 짐작이 갔다. 그 벌이로는 1년에 몇 번씩 해외여행을 떠나기 어려웠을 것이다.

"제 생각은 이렇습니다." 미쿠모가 설명을 시작했다. "카부키쵸 불법 도박 적발과 관련된 보고서를 훑어본 당신은 세 사람을 같은 편으로 끌어들였습니다. 그리고 세 사람을 몇 번이나 태국으로 보내 물밑 작업을 했죠. 준비 기간은 2년 정도였을 겁니다."

범죄 조직이 해외에 거점을 두는 이유는 적발될 것을 우려해서라고 한다. 지난 몇 년간 경찰청은 보이스피싱을 적발하려고 힘을 쏟았고, 노력한 성과도 나오기 시작했다. 보이스피싱 현장을 잡아도 곧바로 검거하지 않고 내버려 둬서 거점을 알아낸 다음 더 시간을 들여 다른 아지트를 찾아내는 등, 상당히 공을 들여 보이스피싱 단속을 강화했다.

"체포된 사람들은 대부분 여러 곳에서 빚을 진 사람들이었습니다. 현지 아지트 설립부터 시작해서 기자재 공급, 생활용품 확보 등 현지에서 해야 할 일이 많았습니다. 세 사람은 당신의 손발이 되어 그런 것들을 준비하느라 분주했겠죠."

일본인 20명이 태국 현지 경찰에 체포된 것은 2년 전이었다. 처음에는 불법 취업죄로 현지 경찰에 구류되었고, 일본으로 이송된 뒤에 사기죄로 체포되었다. 현지에서 체포된 이들은 상담원으로, 쉽게 말하자면 일본 국내에 전화를 거는 역할이었다. 전자화폐를 돈으로 바꿔주던 사람과 현금 수거책으로 일하던 사람도 나중에 일본에서 체포되었다.

"이 출입국 기록을 보면," 미쿠모가 종이를 가리켰다. "세 사람이 가장 빈번하게 태국을 방문한 시기는 5년 전입니다. 아마 이때 태국 거점에서 보이스피싱이 시작됐을 겁니다. 체포된 사람들의 진술과도 일치합니다. 처음에는 다섯 명이었는데 인원이 점점 늘었다고 했습니다."

아지트가 된 단독주택은 태국에서도 고급 저택에 속했고, 마당에 수영장이 있을 정도로 호화로웠다. 하지만 아무리 호화로운 저택이어도 남자 20명이 함께 생활하기에는 비좁은 탓에 집 여기저기에 이불이 깔린 채 방치되었다고 한다.

"그저께 습격당한 무네노리 씨는 5년 전에 태국에서 한 여성을 만나 교제를 시작했습니다. 그때 무네노리 씨는 태국에서 보이스피싱 조직을 지원하는 중이었을 겁니다. 그 여성은 무네노리 씨의 제안으로 일본에 왔고 지금은 킨시쵸에서 일합니다. 그 여성의 증언을 들어보니, 그녀와 무네노리 씨가 처음 만난 식당이 보이스피싱 조직의 아지트와 같은 거리에 있었다고 합니다. 그리고 체포된 20명의 증언에 따르면 험상궂게 생긴 중년 남자가 관리자 역할을 하며 아지트를 드나들었다고 했는데, 그 남자는 체포되지 않았습니다. 저는 그 남자가 토모아키라고 생각합니다."

테츠로는 험상궂은 인상이 아니었다. 무네노리는 인상이 좋은 편은 아니었지만 현역 경찰이라서 3년 전에 퇴직한 두 사람보다 출입국 기록이 적었다. 소거법에 따라 유력한 후보로 떠오른 사람이 토모아키였다.

키바 미야코는 눈을 감은 채 꿈쩍도 하지 않았다. 미쿠모는 몰아붙이듯이 말을 이었다.

"카마타에서 살해된 테츠로가 딸에게 준 본인 명의의 통장에 2천만 엔이나 되는 거금이 들어왔습니다. 보이스피싱에 협조한 대가였죠."

입금자는 '다크럼'이라는 유령회사였다. 보이스피싱을 위해 명의만 사용한 것이다.

"그리고 생전에 테츠로는 '매장금'이라는 단어를 사용했습니다. 전화로 '매장금은 잊어버려'라고 말했다고 합니다. 전화 상대는 토모아키였겠죠. 토모아키는 주식으로 큰 손실을 봐서 돈이 필요했습니다. 그래서 보이스피싱을 떠올린 겁니다. 2년 전에 적발됐지만, 그때 벌어들인 돈이 10억 엔은 됐을 거라고 하더군요. 두 사람은 그 돈이 아직 어딘가에 묻혀 있다고 생각했을 겁니다."

'그렇게 된 거로군.' 카즈마는 납득했다. 협조한 세 사람은 잔심부름꾼에 불과했다. 그런 일을 하고 받은 돈은 한 사람당 2천만 엔. 많다면 많고 적다면 적은 금액인데 결과적으로 조직이 벌어들인 돈이 10억 엔임을 알았으니 조금 더 받을 수 있겠다고 생각했을 만하다.

"어떻습니까, 미야코 반장님? 저는 태국에서 보이스피싱을 주도한 진짜 범인이 바로 당신이라고 생각합니다."

미야코는 엷게 웃었다. 그 미소로 보아 아직 여유로운 것 같다. 그녀가 드디어 입을 열었다.

"역시 호죠 소타로의 따님이군요. 상상력이 풍부한 건 좋은 겁니다. 하지만 결국 망상에 불과해요. 당신의 주장에는 증거가 전혀 없어요."

맞는 말이었다. 미쿠모의 이야기는 상상에 지나지 않았다. 만에 하나 미쿠모의 추리가 정곡을 찔렀다고 해도, 미야코는 증거를 남기지 않았다는 확신이 있을지도 모른다.

"아쉽게도 증거는 없습니다." 미쿠모는 자신의 허점을 순순히 인정했다. "하지만 증거가 없어도 괜찮습니다." 미쿠모가 갑자기 태도를 바꾸며 자신만만한 표정을 지었다. "지금 이 상황 자체가 당신이 범인이라는 걸 가르쳐주고 있으니까요, 미야코 반장님."

"지금 이 상황? 무슨 소리죠?"

"아직 모르시겠어요? 당신은 지금까지 수많은 업적을 남기며 이렇게 수사1과에 들어왔습니다. 특히 2년 전, 태국에 있는 보이스피싱 거점을 무너뜨린 공이 컸죠. 당신이 주동자이면서 자기 손으로 그 사건을 적발해 공을 세웠습니다. 한마디로 자작극이었죠. 당신은 지금껏 많은 사건을 해결해 왔지만, 저는 그 사건들이 대부분 자작극이었을 거라고 생각합니다."

회의실에 침묵이 흘렀다. 자작극. 그 단어가 뜻하는 바를 카즈마도 곱씹어 보았다. 한마디로 자기가 사건을 일으키고 자기가 해결했다는 말인가. 그리고 그것이 미야코의 출세로 이어졌다. 미쿠모는 그렇게 말하고 싶은 것이리라.

"선배님, 한 가지 여쭤볼게요." 먼저 입을 연 사람은 미쿠모였다. "미야코 반장님이 수사1과로 배속된 이후에, 그러니까 선배님의 상사가 된 이후에 처음 맡은 사건을 기억하십니까?"

"당연하지. 지난주 일이니까."

니시신주쿠 벤처기업 사장이 살해된 사건이었다. 범인은 고참 직원이었다. 현장에 도착한 미야코가 직원들에게 설문 조사를 받아서 다수결로 범인을 추려내는 기발한 방법으로 사건을 해결했기에 아직도 기억이 생생했다.

"저도 어젯밤에 보고서를 읽었는데, 그 사건도 미야코 반장님의 자작극이라는 생각이 들었습니다. 아, 미야코 반장님이 실제로 죽였다는 뜻은 아니고 범행을 도왔다는 의미입니다."

카즈마는 그 사건을 떠올렸다. 살해 현장은 사장실이었다. 피해자는 독이 든 젤리 음료를 마시고 목숨을 잃었다. 범인은 불법 사이트에서 독극물을 샀다고 진술했다.

"설마 범인에게 독극물을 판 사람이…"

"네. 미야코 반장님입니다."

"잠깐만." 카즈마는 머릿속을 정리하며 말했다. "그래. 독극물을 팔았다 쳐. 하지만 그걸 구매한 사람이 진짜 범행을 저지를지는 알 수 없잖아. 만에 하나 범행을 저질렀다고 해도, 본인이 그 사건을 맡게 된다는 보장도 없고."

공을 세우는 것이 목적이라면, 자신이 소속된 반에서 그 사건을 담당해야 의미가 있다. 누가 그 사건을 맡게 될지 계산하기는 불가능하다.

"한마디로 씨를 뿌리는 거죠. 범죄가 될 씨를요. 실제로 범행을 저지른 사람은 소수였을 겁니다. 그리고 자기 반이 사건을 맡지 않아도 괜찮았을 거예요. 정보를 제공하면서 협조할 수 있으니까요. 그것만으로도 주가가 꽤 올라가잖아요. 니시신주쿠 사건과 카마타 사건은 우연히 본인이 맡게 됐지만요. 그런 의미에서 미야코 반장님은 운이 아주 좋으신 것 같습니다."

"카마타 사건? 미쿠모, 설마 테츠로를 살해한 사람이…"

"네, 미야코 반장님입니다. 그건 완전히 자작극이었어요. 테츠로와 토모아키는, 특히나 토모아키는 보수를 두고 미야코 반장님에게 항의했을 겁니다. 돈을 더 내놓으라고 했겠죠. 그래서 미야코 반장님은 이 기회에 그들을 처리하기로 했습니다. 두 사람이 밀회하는 날을 골라 테츠로를 살해. 그리고 시모다로 가서 자살로 위장해 토모아키도 살해했습니다. 선배님, 생각나십니까? 선배님의 동료가 시모다에 있는 토모아키의 자택을 확인했을 때요. 미야코 반장님이 이렇게 말했죠. '세탁기 안은 어떻죠? 아무것도 없습니까?'라고요. 그리고 세탁기 안에서 범행 도구가 나왔습니다. 그때 저는 조금 의아했어요. 미야코 반장님은 어떻게 제일 먼저 세탁기를 보라고 했을까 하고요."

그때 시모다에 있던 반원 사토가 스마트폰으로 영상을 찍었고 그 영상이 실시간으로 수사본부에 전달되었다. 우연히 세탁기가 눈에 들어왔나 보다 했지만, 생각해 보면 범행 도구를 숨길 만한 장소는 그 밖에도 많이 있었다.

"게다가 토모아키가 유력한 범인으로 떠오른 이유는 현장 근처에 있던 무인주차장 CCTV 영상 때문이었습니다. 미야코 반장님은 초동수사 때부터 감시 카메라를 샅샅이 찾아내라고 지시했죠. 토모아키가 그 카메라에 찍혔다는 사실을 처음부터 알고 있었으니까요."

그래서 초동수사 때 그렇게 감시 카메라에 공을 들인 것인가. 그때는 기교적인 수사를 선호하는 줄 알았는데, 그런 이유가 있었을 줄이야.

"당신은 토모아키의 자살로 사건을 마무리할 생각이었지만, 예상치 못한 복병을 만났습니다. 맞습니다. 저와 카즈마 선배가 괜한 곳을 들쑤시기 시작했죠. 저희가 무네노리까지 알아낼 줄은 상상도 못 하셨나 봅니다. 그저께, 저희는 수사 중인 무네노리를 만나려고 카마타 경찰서의 마츠나가 계장님께 연락을 드렸습니다. 어제 전화로 확인해보니, 마츠나가 계장님은 본인이 이야기해도 통하지 않을 것 같아서 수사1과의 미야코 반장님에게 부탁했다고 하셨습니다."

'그랬구나.' 카즈마는 마츠나가 계장이 혼죠 경찰서에 직접 이야기한 줄 알았지만 아니었다. 바꿔 말하면, 미야코는 카즈마와 미쿠모가 무네노리를 만나려 한다는 사실을 사전에 알고 있었다는 뜻이다.

"천하의 미야코 반장님도 시간이 촉박하니 초조하셨나 봅니다. 원래 당신은 깊이 고민한 뒤에 계획을 실행하는 편입니다. 하지만 시간이 없어서 당장 행동할 수밖에 없었죠. 역시나 준비가 미흡했는지, 당신은 실수를 합니다. 무네노리는 몸이 회복되는 중이라고 하던데, 상당히 겁을 먹어서 아무것도 말하지 않는다고 하더군요. 모든 것을 밝히고 경찰에 보호를 요청할지, 아니면 입을 다물고 조용히 넘어갈지 고민이 되겠죠."

이대로면 미야코의 손에 처리되고 만다. 무네노리도 그 사실을 알 것이다. 목숨이 아깝다면 모든 사실을 밝히고 보호를 요청하는 것이 현명하겠지만, 그렇게 되면 자신이 범죄 비즈니스에 가담한 것을 털어놓아야 했다. 무네노리도 꽤 큰 금액을 받았을 터. 목숨을 생각해야 할까. 아니면 끝까지 비밀을 지켜야 할까. 그에게도 힘겨운 선택이었을 것이다.

카즈마는 미야코를 보았다. 입가에 띤 미소가 불길했다. 아무 말도 하지 않는다는 것은 다시 말하면 미쿠모의 추리를 인정한다는 뜻이었다.

"제가 궁금한 건 범행 동기였습니다." 미쿠모가 이어서 말했다. "왜 이런 짓을 했을까. 자기 손으로 범죄를 저지르고 자기 손으로 해결하다니, 돈이 목적이었나? 아니면 그냥 출세하고 싶었나? 그것도 아니면 자기만족? 하지만 전부 정답은 아닌 것 같았죠."

미쿠모는 겉옷 주머니에서 사진 한 장을 꺼내 미야코가 볼 수 있도록 책상 위에 내려놓았다. 카즈마도 사진으로 시선을 돌렸다. 교복을 입은 소년이 찍혀 있었다. 중학생쯤으로 보였다.

"이 남자아이를 아십니까?"

미쿠모가 물었지만, 당연하게도 미야코는 대답하지 않았다. 하지만 표정에 변화가 있었다. 사진을 외면하며 어떤 감정을 억누르듯 눈을 여러 번 깜빡였다.

"12년 전에 돌아가신 아드님이죠. 당신의 범행 동기는 경찰에 대한 복수. 저는 그렇게 생각합니다."

미쿠모가 차분한 말투로 말했다.

★

"하나코, 그 빈약한 도시락은 뭐냐? 그런 걸 안에게 먹일 생각은 아니지?"

운동회 점심시간이 되었다. 가족들이 제각기 모여 돗자리 위에 도시락을 펼쳤다. 하나코네 가족도 예외는 아니었다. 미쿠모 가문, 사쿠라바 가문이 모여서 도시락을 먹기 시작했다.

"빈약하다니 무슨 말이 그래? 내가 힘들게 만들었는데."

"맞습니다, 타케루 씨." 대화에 끼어든 사람은 사쿠라바 노리카즈였다. "맛있어 보이잖습니까. 하나코, 그 피망 요리 하나만 주겠니?"

"그럼요. 카즈마 몫까지 드셔도 돼요."

카즈마는 아직 올 기미가 없었다. 일 때문이니 어쩔 수 없나고 생각하면서도 한편으로는 조금 서운했다. 그래도 양가의 할아버지, 할머니가 와 준 덕분에 안이 신나 보여서 다행이었다.

"에츠코, 우리도 먹을까?"

타케루가 말하자, 에츠코가 3단 도시락을 꺼냈다. 거기에 알록달록한 반찬들이 들어 있었다. 안이 그것을 보고 말했다.

"명절 음식 같아."

"안, 이건 말이다. 니혼바시에서 100년이나 영업한 고급 일식집에서 만든 도시락이야. 거기 사장님이 엄청난 골동품 애호가거든. 바로 얼마 전에도 비싼 도자기를 싼값에 넘겨줬지. 이 푸아그라 테린이 일품이란다. 그리고 이 삼치 된장구이도 맛있어."

확실히 맛있어 보였다. 하나코가 만든 도시락과 비교하면 보석함 같기도 했다. 사쿠라바 가문 사람들의 시선도 타케루가 가져온 도시락으로 쏠렸다. 한편 사쿠라바 가문에서는 제과점에서 산 빵을 가져온 모양이었다.

쏟아지는 선망의 눈빛을 느꼈는지, 기분이 좋아진 타케루가 말했다.

"모처럼 운동회니까 다 같이 먹어도 좋겠군."

에츠코가 도시락을 가운데에 두었다. 하나코가 젓가락으로 삼치 된장구이를 집었다. 고급스러운 맛이었다. 아버지가 자랑할 만했다.

"할부지, 뭐 마셔?"

안이 타케루를 보며 말했다. 타케루의 손에 종이컵이 있었다. 바닥에는 갈색 쇼핑백이 놓여 있었다. 코르크 끝부분이 살짝 보였다.

"이건 포도주스야. 부르고뉴산이지."

"나도 마시고 싶어."

"안이 마시기는 좀 이르다. 이건 어른들이 마시는 포도주스거든."

"아빠." 하나코가 작은 목소리로 주의를 줬다. "알고 있겠지만, 알코올은 반입 금지야."

"그래서 포도주스라고 했잖아. 하여튼 융통성 없기는. 한잔

하실래요, 사돈? 이 주스가 아주 맛있습니다."

"오오, 그럼 감사히 받지요."

노리카즈가 종이컵을 들고 몸을 앞으로 기울이자, 타케루가 와인을 부었다. 그것을 한 모금 마신 노리카즈가 감탄했다.

"정말 맛있군요. 이렇게 맛있는 레드와인, 아니, 포도주스는 처음입니다, 사돈."

안이 갑자기 일어났다. 음식은 아직 남아 있었다. 하나코가 "왜 그래?"라고 물었지만, 안은 대답하지 않고 신발을 신었다.

"얘, 안. 기다려."

안은 듣는 둥 마는 둥 하며 일어나 달렸다. 그 모습을 눈으로 좇아 보니, 운동장 한편에 있는 정글짐으로 향하는 것 같았다. 잠시 기다리자 안이 돌아왔다. 한 남자와 함께였다. 와타루였다. 안이 와타루의 손을 잡아끌며 걸어왔다.

"오빠."

와타루는 기운이 없었다. 오빠는 드론으로 동영상을 촬영하는 역할이었는데, 오전에 한 달리기 시합 때 소동을 일으키는 바람에 드론을 띄울 수 없게 되었다.

와타루가 돗자리 구석에 앉았다. 표정이 시무룩했다. 드론 촬영에 실패해서 풀이 죽은 것 같았다. 그런 와타루에게 안이 말했다.

"케빈, 케빈도 같이 먹자."

"그래, 오빠. 사양 말고 먹어."

"뭐, 이미 벌어진 일을 이제 와서 어쩌겠냐?" 타케루가 종이 컵을 들고 말했다. "와타루, 다음에는 잘해라. 넌 하나코가 만든 서민적인 음식을 먹는 게 좋겠다."

"아빠, 그런 말 하지 마."

하나코가 주변을 둘러보았다. 벌써 식사를 마친 아이들이 뛰어다니며 놀고 있었다. 날씨가 어쩌나 좋은지 구름 한 점 없이 맑은 하늘이 머리 위에 펼쳐졌다.

"노리카즈 씨, 포도 주스 한잔 더 하시렵니까?"

"여기서 더 마시면 오후에 있을 지네발 달리기에 못 나갑니다."

"에이, 그러지 말고 드세요. 자, 자."

화기애애한 식사 시간이었다. 이 주변에 있는 사람들은 아무도 도둑 일가와 경찰 일가가 함께하는 자리인 줄 모를 것이다.

★

키바 아츠시. 키바 미야코의 아들이었다. 카즈마는 앞에 앉은 키바 미야코의 얼굴을 보았다. 조금 전에는 순간 당황한 기색이 엿보이더니, 지금은 가면 같은 무표정으로 돌아온 상태였다.

미쿠모가 설명을 이어갔다.

"아드님이 돌아가신 건 12년 전, 중학교 1학년 때였습니다. 그 당시 거주하던 아파트 옥상에서 뛰어내렸더군요. 수사 자료에 유서는 없었다고 적혀 있었습니다."

중학생 아들이 죽음을 택한 원인. 가장 가능성이 큰 것은 학교 폭력이었다. 그가 다니던 중학교는 도쿄에서도 명문으로 유명한 사립중학교였다. 요즘 시대에는 학교 이름과 학년만 알면 SNS로 교우관계를 알아낼 수 있다. 카즈마의 예상대로 미쿠모는 이미 조사를 끝낸 것 같았다.

"아드님과 같은 반이던 학생 중에 쿠로마츠 유키라는 아이가 있더군요. 쿠로마츠라는 성이 특이해서 조사해 봤더니, 역시나 쿠로마츠 치안감님의 아들이었습니다. 미야코 반장님의 아들과 쿠로마츠 치안감님의 아들은 같은 중학교에 같은 반이었죠."

미쿠모가 책상 위에 놓인 노트북을 열어 무언가를 쳤다. 잠시 후 화면을 돌리자, 20대로 보이는 남자 두 명이 패밀리레스토랑에 있는 영상이 나왔다. 실시간 영상인 것 같았다.

"이 두 사람은 아드님의 동급생입니다. 같은 반이었죠. 다행히도 오늘이 일요일이라 흔쾌히 제안에 응해줬습니다."

미쿠모는 그렇게 말한 뒤 스마트폰에 대고 무어라 소곤거렸다. 아마 영상을 찍는 사람은 사루히코일 것이다. 남자 두 명이 이야기를 시작했다.

'그 일이 있고 벌써 12년이나 지났군요. 진짜 시간이 빠르네요. 아츠시가 정말 안됐어요. 괜히 고집부리지 말고 얌전히 유키 패거리에 들어왔으면 그런 일도 없었을 텐데.'

'유키 패거리요? 우리 반 유키라는 애가 만든 모임이에요. 저열한 짓을 많이 했어요. 술도 마시고 여자들이랑 놀고 그랬죠. 아츠시가 유키 패거리에 들어오기를 완강하게 거부해서 열 받은 유키가 아츠시를 괴롭혔어요.'

'처음에는 아츠시도 저항했지만, 반년쯤 지나니까 그럴 기력도 없어 보였어요. 완전히 폐인 같았죠. 그러다가 결국 그렇게 돼서….'

'저희도 장례식에 갔는데, 아츠시 어머니가 흐느껴 우는 모습을 차마 볼 수가 없더라고요. 아츠시는 어릴 때 아버지가 돌아가셨다고 들었어요. 그분으로서는 하나뿐인 외아들이 자살해 버린 셈이니 그 심정이 어땠겠어요?'

'그러고 보니 유키는 요즘 뭐 하고 지내지?'

'자세한 건 모르지만, 대학교를 졸업하면 사진사가 되겠다고 세계여행을 다닌대. 천하태평이지.'

'이래서는 아츠시가 편하게 눈을 못 감겠다.'

미야코가 갑자기 자리를 박차고 일어나서 노트북을 벽으로 던졌다. 벽에 부딪힌 노트북이 엄청난 소리를 내며 바닥으로 떨어졌다.

"이제 그만해! 그 아이를 떠올리고 싶지 않아. 그 아이는 죽었어. 이제 이 세상에 없다고."

미야코가 어깨를 떨면서 말했지만, 미쿠모는 아주 냉정하게 말했다.

"저는 유서가 있었을 거라고 생각합니다. 유서에는 자기가 당한 악질적인 학교 폭력 사례와 거기에 가담한 사람들, 괴롭힘을 주도한 소년의 이름, 그러니까 쿠로마츠 치안감님의—당시는 치안감이 아니라 형사부장이었지만—아들 이름이 적혀 있었을 겁니다. 쿠로마츠 치안감님은 흔히들 성골이라고 부르는 경찰 관료죠. 아츠시의 유서가 공개돼도 그걸 묻어버릴 만한 권력이 있었습니다. 그래서 당신은 유서의 존재를 숨기고 역으로 쿠로마츠 치안감님의 환심을 사려고 노력했죠. 그리고 계속 자작극을 벌여서 여기까지 올라왔습니다."

지금의 미야코는 쿠로마츠 치안감의 심복이라고 불릴 정도였다. 게다가 여형사라서 언론에 비치는 이미지도 좋았다. 이르면 내년에 쿠로마츠 치안감이 경찰청장으로 승진할 것이라는 소문이 돌았다. 아마 그 타이밍에….

"당신은 모든 걸 세상에 밝히고 쿠로마츠 치안감님을 끌어내릴 계획이었겠죠. 아드님이 남긴 유서도 그때 공개할 생각이었고요."

전부 12년 전에 목숨을 잃은 외아들을 위해서였다. 그 원수를 갚으려고 그의 어머니가 범죄를 거듭했다는 뜻인가. 그야말로 무슨 짓이든 하면서.

미야코가 입술을 바들바들 떨며 말했다.

"난 쿠로마츠를 용서할 수 없었어. 아들의 책임은 곧 부모의 책임. 그 부자를 파멸시키는 것만이 내가 살아갈 이유였어."

죄를 인정한 것과 마찬가지였다. 일련의 사건은 모두 미야코의 범행이었다. 아들을 잃은 어머니의 복수극이었다.

"가능하면 쿠로마츠가 경찰청장으로 승진하기 직전에 터뜨리려고 했는데, 어쩔 수 없지. 아무튼 쿠로마츠는 이제 끝이야."

키바 미야코는 오래전부터 범죄에 가담했다. 심지어 세간을 떠들썩하게 만든 보이스피싱의 주범이었다. 쿠로마츠 파벌이 얼마나 큰 피해를 볼지 가늠도 되지 않았다.

"실례되는 말일지도 모르지만," 미쿠모가 그렇게 운을 떼며 말했다. "12년 전보다 더 전에, 그러니까 아드님이 돌아가시기 전까지, 미야코 반장님은 지극히 평범하게 동네 경찰서에서 근무하는 일개 여경이었습니다. 제가 놀란 이유는 미야코 반장님이 한순간에 유능한 경찰이 되셨다는 거예요. 초창기에 발휘되지 못하던 재능이 있었을지도 모르지만, 저는 자꾸만 외부적인 요인이 작용했을 거라는 생각이 듭니다."

외부적인 요인. 카즈마는 그 말이 무엇을 뜻하는지 그 답을 어렴풋이 알 것 같았다. 그러자 등에서 오한이 느껴졌다. 설마….

"선배님, 눈치채셨나요?"

미쿠모가 묻자, 카즈마가 고개를 끄덕였다.

"그래. 눈치챘어. 하지만 미쿠모, 이런 일이…."

"충분히 있을 수 있죠. 범죄를 계획하고, 그걸 제삼자가 실행하도록 하는 수법. 예전에 비슷한 수법을 쓰던 범죄자가 한 명 있었죠. 미쿠모 레이. 네. L의 일족이 낳은 천재 범죄자입니다."

★

키바 미야코는 누군가에게 조종당한 것이 아닐까. 미쿠모가 그렇게 생각하기 시작한 것은 이곳에 도착하기 전, 아버지 소 타로의 전언을 들었을 때였다. 적은 생각보다 강대하다. 그것이 아버지가 전한 메시지였다. 택시 안에서 그 말의 의미를 깨달 았다.

적은 생각보다 강대하다. 다시 말하면, 진짜 적은 따로 있다 는 뜻으로도 해석된다. 그러니까 키바 미야코는 꼭두각시일 뿐 이고, 그녀를 조종하는 진짜 적은 따로 있다는 뜻이었다. 그때 미쿠모의 머릿속에 떠오른 것은 일류 범죄 계획자인 미쿠모 레 이였다.

미쿠모가 경찰이 된 해에 미쿠모 레이는 어떤 사건을 계기로 교도소에서 가석방된 뒤 그대로 행적을 감추었다. 비록 지금은 의절했지만, 도둑 일가의 피를 이어받은 그녀의 재능은 전설의 소매치기 이와오에게도 인정받았다고 한다.

"한 20년쯤 됐나?" 키바 미야코가 이야기를 시작했다. 그녀 의 눈은 어딘가 먼 곳을 보는 듯했다. "연수 개념으로 교도관 을 보좌한 적이 있어. 기간은 사흘이었지. 난 거기서 한 수감자 를 만났어. 그게 그 사람이었어."

사기죄와 살인죄로 무기징역을 선고받은 여자였다. 그런데 미야코는 그녀가 풍기는 묘한 분위기에 이끌려서 자기도 모르게 자신의 인생사를 다 털어놓았다. 아무에게도 말한 적 없는 비밀까지 모조리 쏟아냈다. 그것만으로도 마음이 가벼워진 것 같았다.

"정말 이상한 사흘이었어. 정화되는 기분이었어. 헤어질 때 그 사람이 말했어. 만약 언젠가 힘든 일이 생기면 자기를 찾아오라고."

그로부터 몇 년 후, 아들 아츠시가 자살했다. 아들을 죽인 아이의 아버지는 같은 경찰관이었고, 심지어 장래가 유망한 성골이었다. 상대를 고발한들 흐지부지될 것이 뻔했다. 실의에 빠진 미야코가 떠올린 사람은 그때 만난 수감자였다.

"그 사람은 나를 따뜻하게 받아줬어. 꼭 깨달음의 경지에 이른 사람 같았지. 나는 그때 다시 태어났어. 앞뒤 가리지 않고 필사적으로 경찰 업적을 쌓았어. 나한테 쏟아지는 칭찬이 언젠가 독이 되어 우리 아들을 죽인 아이의 가족을 덮치겠지. 그걸 상상하면 참을 수 없이 즐거웠어."

미쿠모 레이는 그때도 교도관들을 쥐락펴락했기 때문에 미야코와 쉽게 소통할 수 있었다고 한다. 그건 그렇고…. 미쿠모는 속으로 혀를 내둘렀다. 미쿠모 레이는 실로 무시무시한 범죄자이다. 아들을 잃은 충격으로 제정신이 아닌 사람을 상대로 했다고는 하나, 아무튼 한 사람의 인생을 자기 마음대로 조종한 셈이었다. 심지어 본인은 교도소에서 한 발자국도 나가지 않은 채로.

"그 사람이 세운 범죄 계획은 완벽했어. 발을 뺄 시기도 정확히 파악했지. 그 유명한 보이스피싱 사기로 벌어들인 돈이 10억 엔을 넘어. 돈 절반은 자선단체에 기부했어. 언론에 화제가 되지 않게 조금씩 나눠서. 전부 그 사람의 지시였어."

자선단체에 돈을 기부하는 것 자체는 나쁜 일이 아니다. 하지만 그것이 범죄로 벌어들인 돈이라면 이야기가 달라진다. 미야코와 레이가 한 짓은 완전히 상식 밖이었다.

"쿠로마츠는 이르면 내년쯤 경찰청장이 되겠지. 그 취임식에 맞춰서 터뜨릴 예정이었어. 쿠로마츠를 날려 버리기 위해서 일부러 그 주변을 공격하는 작전이었어. 내가 현행범으로 체포된 뒤에 모든 걸 밝히고 언론에 문서도 보내려고 했어. 사실 2년 전에 자산 운용을 운운하면서 밑 작업을 해놨거든. 쿠로마츠는 예상대로 내 제안에 응했어. 쿠로마츠의 계좌에는 매일같이 30만 엔에 가까운 금액이 입금돼. '다크럼'이라는 회사에서."

미쿠모는 놀랐다. 거기까지는 예상하지 못했다. 쉽게 말하자면, 쿠로마츠 치안감이 태국 보이스피싱 사건에 가담한 것으로 보이게 하려는 계략이었다. 어쩌면 쿠로마츠 치안감이 주동자라고 주장할 셈인지도 모른다. 이 여자라면, 아니, 미쿠모 레이라면 거기까지 계산했을 것이다.

"쿠로마츠는 끝이야. 경찰의 위신도 땅에 떨어지겠지. 너희가 애써 준 덕분에 시기가 좀 앞당겨졌지만, 뭐, 괜찮아. 지금도 쿠로마츠를 길동무 삼기에는 충분하니까."

미야코는 남 일처럼 말했다. 자신이 앞으로 어떻게 될지는 전혀 신경 쓰지 않는 듯했다. 쿠로마츠에게 복수하는 것이 다른 무엇보다 중요해서 그 외에는 전부 사소한 일로 여겨지는 것일지도 모른다.

"솔직하게 말씀해주세요." 미쿠모가 미야코에게 말했다. "미쿠모 레이는 지금 어디 있죠? 그 여자의 은신처를 알려주세요. 그 여자를 내버려 두면 안 됩니다."

미쿠모는 카즈마와 눈이 마주쳤다. 카즈마는 크게 고개를 끄덕였다. 3년 전, 두 사람은 미쿠모 레이에게 호되게 당한 적이 있다. 그때 맹세했다. 언젠가 둘이서 미쿠모 레이를 잡자고. 그날 겪은 일이 어제 일처럼 생생하게 떠올랐다.

"나도 몰라. 벌써 몇 년째 못 만났어."

역시 입을 열 리가 없다. 설사 미야코가 입을 열 생각이었다 해도, 미쿠모 레이는 매사를 신중하게 처리했을 것이다. 아무 생각 없이 자기 은신처를 동료에게 알려주지는 않았을 것이다.

미쿠모는 겉옷 주머니에 손을 넣어 스마트폰을 꺼냈다. 그것을 미야코에게 보여주며 말했다.

"지금까지 나눈 대화는 전부 녹음됐습니다."

"정말 빈틈이 없네, 호죠 미쿠모. 그 사람이 말한 대로구나."

"역시 미쿠모 레이를 주기적으로 만났군요. 그 여자의 은신

처는 어디에 있죠?"

"문자메시지로 연락했을 뿐이야. 그나저나 그 사람의 감은
역시 대단해. 이렇게 될 걸 예상하는 것 같았어. 그래서 내가
최후의 발악으로 한 가지 장치를 해놨거든. 앞으로 재미있는
일이 벌어질 거야."

미야코는 그렇게 말하며 곁눈질로 카즈마를 보았다. 그 시선
을 알아차렸는지 카즈마는 그녀를 추궁했다.

"그게 무슨 말이죠? 무슨 장치를 해놨다는 겁니까? 당신, 설
마 우리 가족에게…."

카즈마는 미야코의 멱살을 잡아 억지로 일으켜 세웠다. 미쿠
모가 두 사람을 떼어 놓으려고 했지만 무리였다.

"어서 대답해. 무슨 말이든 해보라고!"

미야코는 대답하지 않았다. 입가에 엷은 미소를 띨 뿐이었
다. 잠시 후 그녀는 소리 내어 웃기 시작했다. 자신의 파멸을
기뻐하는 웃음 같기도 했다.

카즈마는 그녀의 팔을 잡아 벽 쪽으로 끌고 갔다. 그리고 수
갑을 꺼내서 한쪽을 미야코의 손목에 채우고 다른 한쪽을 벽
기둥에 달린 쇠붙이에 걸었다.

"미쿠모, 여기 좀 부탁해."

"선배님…."

카즈마는 회의실에서 뛰쳐나갔다. 키바 미야코의 새된 웃음
소리가 울려 퍼졌다.

"아이고, 정말 미안하다. 용서해 주렴, 안."

사쿠라바 노리카즈가 그렇게 말하며 고개를 숙였다. 하나코도 안에게 말했다.

"안, 할배도 미안하다고 하시니까 용서해 드려. 계속 입 내밀고 있어도 바뀌는 건 없잖아."

"나는 입 내민 적 없어."

"그런 말이 아니잖아."

방금 지네발 달리기가 끝났다. 가족들이 참여하는 경기라서 사쿠라바 가문의 조부모가 참여한 것까지는 좋았는데, 결승점에 도착하기 직전에 넘어져 버렸다. 넘어진 계기는 노리카즈였고, 원인은 와인을 너무 많이 마셔서였다. 음주 운전이 아닌 음주 지네발이었다.

노리카즈가 넘어진 탓에 안의 반은 2위에 머물러야 했다. 그래서 안은 기분이 몹시 상했다.

"자꾸 와인을 권한 사람은 아빠니까 아빠한테도 책임이 있어."

하나코가 그렇게 말했지만, 타케루는 들은 척도 하지 않았다. 돗자리 위에 누워서 태평하게 말했다.

"무슨 말을 하는 거냐? 그건 포도주스라니까. 오, 경치가 아주 장관이군."

운동장에서 6학년들이 합동 체조를 하고 있었다. 요즘 유행이 그러한지, 합동 체조와 춤이 섞인 느낌이었다. 지금은 다들 응원용 술을 들고 춤을 추고 있었다. 합동 체조가 끝나면 저학년부터 순서대로 반 대항 계주를 할 예정이었다. 반 대항 계주가 마지막 경기라서 그 뒤에는 폐회식이었다.

"안, 달리기 전에 운동화 끈 꽉 묶어."

"어? 엄마 어디 가?"

"엄마는 위원 일을 하러 가야 해. 다녀올게."

하나코는 집계위원을 맡았다. 반 대항 계주가 시작되기 전에 본부로 모이라는 공지를 들었다.

"늦어서 죄송해요."

본부 한쪽에 집계위원들이 모여 있었다. 오오와다라는 남자와 다른 여자 한 명이었다. 두 사람은 책상 앞에 앉아 계산기와 인쇄물을 보고 있었다. 오후에 치러진 경기 점수를 집계하는 모양이었다.

"하나코씨, 이 점수를 집계해주세요."

오오와다가 인쇄물과 계산기를 건넸다. 지네발 달리기 점수표였다. 1위가 4점, 최하위인 4위가 1점이었다. 각 조의 점수를 적고 그것을 마지막에 집계하는 형식이었다.

"이거, 학교 측에서 준 거예요."

오오와다가 그렇게 말하며 페트병에 든 녹차를 건넸다. 이 남자가 차 안에서 그 짓을 한 것이 바로 그저께 밤이었다. 아무 일도 없었다는 듯 대하는 모습을 보니 이 남자의 인성을 알 것 같았다. 하긴, 지금 여기서 그저께 일을 꺼냈어도 거북했겠지만.

"혹시 모르니 서로 바꿔서 확인하죠."

셋이 집계표를 교환한 뒤 다시 계산했다. 하나코는 녹차를 마시면서 집계를 이어나갔다. 1학년 계주가 시작되었는지 응원석에서 함성이 터져 나왔다.

그때 계산기가 갑자기 먹통이 됐다. 태양광 계산기라서 전지가 떨어졌을 리는 없었다. 고장이 난 모양이다. 스마트폰 계산기 앱을 써도 됐을 테지만, 공교롭게도 스마트폰을 응원석에 두고 왔다. 그 사실을 오오와다에게 전하자, 그가 말했다.

"스마트폰 앱은 불편할 겁니다. 제가 계산기를 가져오죠."

"아니에요. 제가 갈게요. 어디로 가면 되죠?"

"1층 회의실입니다. 교무실 옆에 있어요. 거기가 비품 놓는 곳이거든요."

"알았어요. 다녀올게요."

하나코는 본부 텐트에서 나갔다. 운동장을 보니 초등학교 1학년생들이 달리고 있었다. 중간에 넘어졌는지 체육복에 모래를 잔뜩 묻힌 채 울면서 달리는 아이가 있었다. 안쓰러웠지만 한편으로는 귀여워서 웃음이 나왔다.

신발을 벗고 손님용 슬리퍼를 신었다. 학교 건물로 들어가자, 소란스러운 운동장과는 다른 세계에 들어온 것처럼 조용했다.

하나코는 복도를 걷다가 이상함을 느꼈다. 왠지 발이 땅에 닿지 않는 느낌. 몸이 붕 떠오르는 느낌이 들었다.

교무실 앞을 지나갔다. 몸이 확연히 이상해졌다. 이제 걷기도 힘들어서 그 자리에 멈춰 벽에 손을 짚었다.

"하나코 씨, 괜찮아요?"

뒤에서 목소리가 들렸다. 흐릿한 정신으로 뒤를 돌아보니, 복도 저편에서 걸어오는 오오와다가 보였다. 조금 전 그가 건넨 페트병이 하나코의 뇌리를 스쳤다. 설마, 그 녹차에….

"얼굴색이 안 좋네요. 여기는 좀 그러니까 누울 곳을 찾는 게 좋겠어요. 가능하면 아무도 오지 않을 만한 곳으로."

오오와다가 그렇게 말하며 하나코 어깨에 손을 둘렀다. 뿌리치고 싶었지만, 몸이 말을 듣지 않았다. 가만히 서 있기도 힘들었다. 하나코는 거기서 의식을 잃었다.

★

"기사님, 여기서 세워주세요."

카즈마는 그렇게 말하며 택시를 세웠다. 요금을 내고 택시에서 내렸다. 안이 다니는 초등학교 앞이었다. 학교 밖까지 학부모들의 함성이 들렸다.

정문으로 돌아가는 대신 가장 가까운 입구로 학교에 들어갔다. 그러자 바로 운동 기구가 보였고, 운동장에서는 반 대항 계주가 한창이었다. 달리는 아이들의 체격으로 보아 저학년인 듯했다.

학부모석은 학년 별로 나뉘는 것으로 안다. 지금 제일 열정석으로 응원하는 사람들은 가장 남쪽에 있는 학부모들이었다. 다시 말하면 지금 달리는 아이들은 1학년이라는 뜻이었다. 그 옆 구역이 2학년 학부모석일 것이다.

카즈마는 그쪽으로 걸음을 옮겼다. 우리 가족은 어디에 있을까, 그렇게 생각하며 주위를 둘러보는데, 갑자기 누군가가 카즈마를 불렀다.

"카즈마, 여기다."

타케루였다. 돗자리 위에 앉아 있었다. 그 옆에 카즈마의 아버지 사쿠라바 노리카즈도 보였다. 어머니 미사코는 작은 접이식 의자에 앉아 있었다.

"카즈마, 늦었구나."

타케루와 노리카즈는 완전히 술에 취한 상태였다. 얼굴이 시뻘겠고, 혀 꼬인 소리를 했다. 타케루가 웃으며 말했다.

"카즈마, 너희 아버지는 정말 내기를 못 해. 이대로면 나한테 다 털려서 깡통 차겠어."

"사돈, 걱정하지 마시죠." 노리카즈가 끼어들었다. "반 대항 계주에서 승부를 봅시다. 원래는 할아버지로서 안이 있는 1반을 응원하고 싶지만, 이 사쿠라바 노리카즈, 눈물을 머금고 4반에 걸겠습니다."

"아니, 이런. 사돈, 승부수를 띄우는군요."

정말 못 말릴 사람들이다. 카즈마는 한숨을 쉬었다. 두 사람을 외면하며 미사코에게 물었다.

"어머니, 하나코는 어디 있어요?"

"글쎄. 아까까지 같이 있었는데."

미사코도 모르는지 고개를 갸우뚱했다. 하나코는 대체 어디 갔을까. 바닥에 놓인 하나코의 가방이 보여서 속을 확인하니 스마트폰이 들어 있었다. 카즈마가 건 부재중 전화 기록이 남아 있었다. 카즈마는 이곳으로 오는 택시 안에서 하나코에게 전화를 몇 번이나 걸었다. 스마트폰을 두고 간 것을 보면 화장실에 갔을지도 모른다.

어떤 장치를 해놨다. 키바 미야코가 그렇게 말했다. 카즈마는 불현듯 다른 생각이 들었다. 방금까지는 위험에 처할 대상이 하나코라고 생각했지만, 안일 가능성도 있었다. 카즈마가 황급히 미사코에게 물었다.

"어머니, 안은 어디 있어요? 무사하죠?"

"카즈마, 진정하렴. 안은 저기에 있잖니."

미사코는 운동장 가운데를 가리켰다. 다음 차례로 뛸 2학년 생들이 반별로 줄을 서 있었다. 확실히 안도 있었다. 안이 카즈마를 발견하고 손을 흔들자, 카즈마는 애써 웃으며 손을 흔들었다.

"아가씨, 어서 와."

타케루가 기쁘게 목소리를 높였다. 카즈마가 돌아보니 이쪽으로 걸어오는 호죠 미쿠모가 보였다. 미쿠모는 카즈마에게 말했다.

"선배님, 죄송합니다. 신경 쓰여서 와 버렸어요."

"그건 상관없는데, 그쪽은 괜찮은 거야?"

"네. 선배님 동료분이 있어서 부탁했어요. 도망가지는 않을 거예요. 그보다 선배님, 지금 상황은요?"

키바 미야코의 진짜 목적은 아들의 죽음을 둘러싼 진상을 폭로하는 것이었다. 그러니 도망갈 가능성은 적었다. 카즈마가 말했다.

"안은 무사한데, 하나코는 행방이 묘연해."

"그렇군요…."

미쿠모는 불안한 표정으로 운동장 쪽을 바라보았다.

"아가씨, 앉지 그래?"

"그래, 미쿠모. 앉아, 앉아."

타케루와 노리카즈는 신이 나 보였다. 이유는 알 수 없지만, 이 두 사람은 호죠 미쿠모를 좋아했다. 아버지 노리카즈가 후배 경찰이자 호죠 소타로의 딸인 인재를 좋아하는 것은 이해가 된다. 그런데 타케루가 왜 미쿠모를 마음에 들어하는지는 의문이었다. 어쨌거나 그는 미쿠모를 무척 마음에 들어해서 아들 와타루와의 결혼을 허락할 정도였다. 미쿠모는 나이가 지긋한 남자들을 사로잡는 매력이 있나 보다.

"죄송합니다. 오늘은 조금 곤란합니다." 미쿠모가 그렇게 말한 뒤 카즈마 쪽으로 몸을 돌렸다. "선배님, 둘이 흩어져서 찾는 게 좋겠어요."

"그래. 그러자. 나는 운동 기구 쪽을 중심으로 둘러볼 테니까 너는…."

"어? 카즈마잖아. 늦었네."

에츠코였다. 양산을 쓴 에츠코가 카즈마를 향해 걸어왔다. 변함없이 젊어 보이는 그 모습은 마치 손녀가 아니라 딸을 응원하러 온 예쁜 엄마 같았다. 에츠코는 어디서 가져왔는지는 알 수 없는 아이스크림을 손에 들고 있었다.

"장모님, 하나코가 어디 갔는지 아십니까?"

"하나코는 무슨 위원 일을 한다고 본부에 갔어."

그랬구나. 키즈미는 기억을 떠올렸다. 며칠 전에 아침을 먹다가 하나코가 그런 이야기를 했다. 다친 나카하라 아키 대신 운동회 도우미를 하게 되었다고. 아마도 집계위원이었을 것이다.

"카즈마, 1학년 계주가 끝났다. 여기 와서 안을…."

카즈마는 노리카즈의 말을 귓등으로 흘리며 본부에 달려갔다. 본부로 사용되는 하얀 텐트에는 교장과 교감을 비롯한 나이 많은 교사들이 앉아 있었다. 표창장에 이름을 적는 사람도 있었다.

"실례합니다. 여쭤볼 게 있는데요." 한 여자를 불러 세웠다. 목에 건 명찰을 보니 교사인 것 같았다. "집계위원들은 어디에 있죠?"

교사가 가르쳐 준 장소에 한 여자가 앉아 있었다. 철제의자에 앉은 여자는 펜을 들고 있었다. 그 앞에는 계산기가 놓여 있었다. 카즈마는 그녀에게 가서 말했다.

"실례합니다. 저는 집계위원인 하나코의 남편인데, 저희 아내는 어디에 있죠?"

"계산기가 고장 나서 새로 가져온다고 나갔어요. 근데 통 오지를 않아서 걱정하던 참이에요."

교무실 옆 회의실에 갔다고 했다. 여자에게 고맙다고 인사한 뒤 텐트에서 나왔다. 미쿠모와 같이 학교 건물로 달려 들어가자, 안내방송이 흘러나왔다. 1학년 반 대항 계주가 끝났으니 곧 2학년 경기가 시작된다고 했다.

카즈마는 걷는 속도를 높였다. 안의 경기를 보고 싶었지만, 지금은 하나코의 안전을 확인하는 것이 먼저였다.

2학년 반 대항 계주가 시작되었다. 안은 주변에 있는 반 아이들과 함께 소리를 지르며 응원했다. 지금 안과 같은 1반 아이는 2위로 달리고 있었다. 1위는 예상대로 2반이었다. 이미 아이들 절반 정도가 달리고 난 시점이었고, 선두를 놓고 겨루는 반은 1반과 2반으로 좁혀졌다.

안은 응원석을 보았다. 조금 전에 아빠 카즈마가 드디어 도착한 것을 확인했다. 그런데 방금까지 있던 아빠가 보이지 않왔다. 어디로 가 버린 걸까. 모처럼 아빠에게 멋있는 모습을 보여주고 싶었는데.

"안, 왜 그래?"

이치카가 물었다. 이치카는 이미 달린 뒤였다.

"아니야. 그냥…."

"안, 아빠를 찾는 거지? 안네 아빠 멋있잖아. 진짜 형사님이지?"

경기는 빠르게 진행되었다. 다음다음이 안의 차례였다. 마지막 주자인 여자아이는 안뿐이었고, 다른 세 반은 모두 남자아이였다. 게다가 모두 운동을 잘하는 아이들이었다.

"안, 힘내."

"잘해, 안."

안은 반 아이들의 응원을 받으며 출발선에 섰다. 2반과의 격차는 10미터 정도였다. 따라잡기 어려운 거리였지만, 그렇다고 포기할 수는 없었다.

'안, 달리기는 말이다. 앞에서 따돌리는 방식이랑 막판에 스퍼트를 넣는 방식. 크게 이 두 가지로 나뉜단다.'

할부지의 말이 귓가에 울렸다. 그때가 아마 작년이었을까. 엄마 몰래 할부지를 따라 도쿄 경마장에 간 적이 있다. 할부지는 꽤 유명한 단골인지 통유리로 된 높은 곳에서 경마를 볼 수 있었다. 할부지가 말한 대로, 마지막 코너를 돌 때는 가장 뒤에 있었는데 마지막 직선 주로에서 다른 말들을 단번에 제치는 말이 있었다. 보기만 해도 상쾌했다.

'안, 기억해라. 어떤 역경을 만나더라도 포기하면 안 돼. 가장 마지막 순간에 온 힘을 쏟아부어서 골인 직전에 선두로 올라서. 그러면 그보다 기분 좋은 일이 없단다. 그게 우리 미쿠모 가문의 방식이야.'

"아무래도 이렇게 차이가 크면 역전은 못 하겠다."

오오와다 하야토가 대기 중인 안 옆으로 다가왔다. 빨리 들어오는 팀이 안쪽에서 배턴을 받는 규칙이었다. 오오와다가 안쪽으로 들어가며 이어서 말했다.

"애초에 기록만 봐도 내가 더 빠르니까 말할 것도 없지. 아무튼 열심히 해 봐."

안은 대답하지 않았다. 집중했다. 온 힘을 쏟아붓기 위해서는 집중해야 했다. 그 도쿄 경마장에서 본 경주마처럼.

"난 먼저 간다."

그렇게 말하며 배턴을 받은 하야토가 달려 나갔다. 안은 "켄세이, 힘내."라고 목소리를 높였다. 켄세이가 필사적인 표정으로 달려왔다. 몇 초 후, 안은 켄세이에게 배턴을 받았다. 켄세이가 무어라 말했지만, 그 말은 귀에 들어오지 않았다. 이상하게도 안의 주변은 무척이나 고요했다. 슬로모션을 보는 것 같았다.

탁, 탁, 탁.

안의 신발이 땅을 차는 소리가 아주 크게 들렸다. 선두를 달리는 하야토의 등이 점점 가까워졌다.

탁, 탁, 탁.

더 속도를 높였다. 하야토와 나란히 달렸다.

하야토가 안을 보고 눈이 휘둥그레졌다. 하야토도 필사적으로 속도를 높이려고 했지만, 안의 속도를 따라가지는 못했다. 단번에 거리를 벌리려고 한 그 순간이었다.

안은 갑자기 허리에 충격을 느껴 휘청거렸다. 하야토가 몸을 부딪친 것이다. 둘은 그대로 뒤엉켜서 앞으로 엎어졌다.

갑자기 주변의 잡음이 들려왔다. 응원하는 학부모들의 목소리. 운동장에 울려 퍼지는 음악. "안!"이라고 외치는 반 아이들의 불안한 목소리.

먼저 일어난 사람은 하야토였다. 하지만 이미 세 번째, 네 번째로 따라오던 주자들이 안과 하야토를 앞지른 상태였다. 안은 하야토가 달려가는 모습을 보고 일어서려고 했다. 그리고 그제야 다쳤다는 것을 깨달았다. 오른쪽 무릎이 까졌는지 피가 배어 나왔다. 갑자기 무릎이 욱신거리며 아팠다.

하지만 안은 일어나서 어떻게든 다리를 움직였다. 안이 소속된 1반 외의 반들은 이미 결승점에 도착했다. 안이 결승점을 향해 달리자, 운동장에 따뜻한 박수가 울려 퍼졌다. 저 아이, 넘어졌는데도 끝까지 달리다니 기특하다. 그런 말이 들리는 것 같아서 안은 무척 쑥스러웠다.

고개를 푹 숙인 채로 결승 테이프를 끊었다. 반 아이들이 다가와서 위로의 말을 해주었다. 보건 선생님이 와서 안의 오른쪽 무릎을 확인했다. 그리고 반강제로 본부 텐트에 데려갔다.

안은 자기가 오른손에 무언가를 쥐고 있음을 깨달았다. 손을 펴 보니, 거기에 소원팔찌가 있었다. 이치카가 하야토에게 빼앗긴 소원팔찌였다. 넘어질 때였다. 그때 자기도 모르게 하야토의 손목에서 가져 왔다.

"안, 바로 소독할게. 참아."

보건 선생님이 그렇게 말했다. 아프지 않았다. 그저 진 것이 분할 뿐이었다.

안은 소원팔찌를 바지 주머니에 살짝 숨겼다.

★

"미쿠모, 그쪽은 어땠어?"

"없었어요. 선배님 쪽은요?"

"이쪽에도 없었어. 하나코는 대체 어디 있는 거야?"

카즈마는 그렇게 말하며 혀를 찼다. 교무실 옆 회의실을 확인했지만, 하나코가 없어서 미쿠모와 구역을 나눠 학교 건물 안을 살펴보았다. 2층부터는 교실이라서 하나코가 1층에 있을 것이라 예상하고 교무실과 교장실, 보건실을 샅샅이 수색했다. 하지만 아직 하나코를 찾지 못했다.

"선배님, 다시 돌아갈까요? 어쩌면 하나코 언니가 본부로 돌아왔을지도 몰라요."

"그럴까…."

미쿠모와 어깨를 나란히 하고 걸었다. 미쿠모가 시무룩한 목소리로 말했다.

"선배님, 죄송합니다. 저는 경찰청에 남아서 미야코 반장님이 해 놓은 장치가 뭔지 알아내는 게 나았겠어요."

"아니야. 그 사람은 어차피 쉽게 입을 열지 않았을 거야."

표적은 하나코가 틀림없었다. 이러는 동안에도 하나코는 점점 위험해지고 있다. 그렇게 생각하니 가만히 있을 수가 없었다. 역시 건물 안을 수색하는 것이 좋지 않을까. 그런 생각이 들어 멈춰 서니, 어떤 그림자가 눈에 들어왔다.

신발장 앞이었다. 한 남자가 서 있었다. 큰 배낭을 멘 남자의 얼굴이 낯익었다. 처남 와타루였다.

"와, 와타루 씨…."

카즈마 옆에 있던 미쿠모가 그렇게 말하며 멈춰 섰다. 카즈마는 헤어진 두 사람이 요즘 어떻게 지내는지 몰랐다. 하지만 그녀의 표정을 보니 지금이 예상치 못한 재회의 순간이라는 것만은 알 수 있었다.

"카즈마, 아빠가 도와주라고 해서 왔어."

"그렇군요. 감사합니다."

일단 고맙다고 했지만, 와타루가 도움이 될지는 모르겠다. 와타루는 미쿠모를 향해 꾸벅 고개를 숙였다.

"아, 오랜만이에요."

"응. 오랜만이야."

이 무슨 남 같은 인사인가. 하지만 지금은 그런 것을 신경쓸 틈이 없었고, 지적할 여유도 없었다. 하나코를 찾는 것이 급선무였다.

"와타루 형님, 하나코가 위험해요. 같이 하나코를 찾아주세요."

"응. 알았어."

"저기," 미쿠모가 앞으로 나섰다. 와타루에게 말했다. "와타루 씨, 그건 뭐예요? 등에 멘 묵직한 거요."

"이건 드론이야. 아빠가 안을 촬영해 달라고 해서 가져왔는데, 드론을 급강하했더니 혼났어. 나는 좋은 영상이 담겨서 기뻤는데."

"영상을 찍었다는 건, 드론에 카메라가 달려 있다는 뜻이죠?"

"응. 맞아. 컴퓨터로 영상을 확인할 수 있어."

"당장 드론을 띄워 주세요. 부탁해요." 미쿠모가 그렇게 말하고 카즈마를 보며 설명했다. "하나코 언니가 학교 부지 안에 있다고 가정하면, 저 드론이 도움이 될 거예요. 모든 교실을 둘러보기엔 시간이 부족해요. 드론을 이용해서 수상한 교실을 추려낼 수 있을 거예요."

"그렇구나."

"저는 혹시 모르니 본부로 돌아가서 상황을 보고 오겠습니다. 와타루 씨, 잘 부탁해요."

미쿠모는 그렇게 말하며 신발을 신고 밖으로 뛰어갔다. 건물 밖으로 나가자마자 "꺅!" 하며 넘어졌지만, 개의치 않고 다시 일어나 달렸다.

와타루는 이미 드론을 날릴 준비를 마쳤다. 드론은 작고 동그란 헬리콥터 같은 형태였고, 무게를 줄이기 위해서인지 부품은 대부분 파이프 형태의 플라스틱이었다. 프로펠러는 네 개나 달려 있었다.

"시판되는 드론도 써 봤는데, 아무래도 안정성이 낮더라고. 이건 이스라엘에서 수입한 군용 드론을 내 나름대로 개조한 거야."

"그, 그래요?"

태블릿 컴퓨터로 조종할 수 있는 모양이었다. 낮은 진동음이 울리고 프로펠러가 돌더니, 이내 드론이 붕 떠올랐다. 와타루는 그 상태를 유지하면서 노트북을 열었다. 드론에 달린 카메라로 찍은 영상이 화면에 비쳤다.

카즈마는 학교 건물을 올려다보았다. 카즈마가 있는 곳은 복도 쪽인지 창문이 적었다. 카즈마는 와타루에게 말했다.

"드론을 건물 뒤쪽으로 보낼 수 있을까요?"

"당연하지."

드론이 상승했다. 옥상까지 올라갔다가 그대로 건물 뒤편으로 사라졌다. 반 대항 계주가 한창인지 운동장 쪽에서 함성이 들려왔다. 카즈마는 노트북을 무릎 위에 두고 화면을 들여다보았다. 흔들리던 영상이 서서히 안정되었다.

교실 창문이 보였다. 전교생이 운동장에 있어서 모든 교실이 비어 있다는 것을 멀리서도 알 수 있었다.

"형님, 조금 더 건물 쪽으로 붙어 주세요."

"오케이."

신경 쓰이는 교실이 있었다. 3층에서 가장 동쪽에 있는 곳이었다. 다른 교실들은 커튼이 열려 있었는데, 그 교실만 커튼이 닫혀 있었다. 와타루에게 부탁해 그 교실 쪽으로 접근했다. 커튼 틈으로 무언가가 보일까 싶어 기대했지만, 일이 마음처럼 풀리지는 않았다.

"형님, 수상한 사람이 보이면 알려 주세요. 저는 신경 쓰이는 교실이 있어서 잠깐 확인하고 올게요."

"알았어."

노트북을 와타루에게 넘기고 카즈마는 복도를 내달리기 시작했다.

★

"…괜찮아. 지금은 잠들었으니까. 반반한 게 꽤 물건이야."

하나코는 눈을 떴다. 머리가 무거웠다. 여기가 어디인가 싶어서 주변을 둘러보았다. 학교 교실인 것 같았다. 하나코는 의자에 앉아 있었다. 등받이에 몸이 묶여 있었다. 꼼짝도 할 수 없는 상태였다.

"…약을 어디서 구했냐고? 몰라, 그건. 아오야마에 있는 회원제 바에서 누가 갑자기 줬어. 최음제랑 수면제 효과가 같이 들어 있는 약이래. 괜찮으면 너한테도 좀 나눠 줄게. 여자도 같이."

실내는 어두웠다. 커튼이 닫혀 있었다. 실내가 좁은 것을 보니 일반 교실은 아니었다. 다만 교실 특유의 냄새, 도서관 같은 냄새가 났다.

"…아무튼 그래. 또 연락할게."

교실 밖에서 들리던 남자 목소리가 끊기더니, 잠시 후 교실 문이 열렸다. 순간 빛이 비쳐들었고, 동시에 멀리서 희미한 함성이 들렸다. 운동회는 아직 끝나지 않은 모양이다.

남자가 안으로 들어왔다. 오오와다였다. 조금 전 1층 복도에서 그가 말을 걸었다. 이 남자가 녹차에 약을 타서 준 것이 틀림없다. 그렇지 않았다면 이런 식으로 의식을 잃지는 않았을 것이다.

"왜 이런 짓을…."

하나코는 목소리를 쥐어짜 말했다. 약 때문인지 목소리가 제대로 나오지 않는 느낌이었다. 오오와다가 웃으며 말했다.

"당연히 네가 마음에 들어서지. 나는 너 같은 여자가 취향이거든. 내가 원래 약간 강압적으로 일을 처리하는 편이야. 이해해."

"이해하긴 뭘 이해해?"

하나코는 그렇게 말하며 버둥거렸다. 미쿠모 가문에 오래전부터 전해 내려오던 포박 해제라는 기술이 있다. 일본 전국시대에 자객들이 고안한 기술이라고 한다. 평소 같았으면 이 정도 밧줄은 금방 빠져나올 수 있었을 텐데, 오늘은 몸이 말을 듣지 않았다. 약 때문일까.

"기분이 어때? 흥분되지 않아?"

"흥분될 리가 없잖아."

"이상하네. 흥분제 성분도 들어 있다고 들었는데."

오오와다는 크게 개의치 않고 하나코를 향해 걸어왔다. 책상을 하나코 근처까지 끌고 오더니 그 위에 스마트폰을 두었다. 렌즈가 하나코를 향하도록 위치를 조정했다.

"좀 찍을게. 내가 찍은 영상은 꽤 평판이 좋거든. 마니아들 사이에서 비싸게 거래될 정도야."

최악의 인간이었다. 지금까지 여자들을 몇 명이나 희생시켰단 말인가. 하나코는 필사적으로 몸을 흔들었지만, 밧줄은 풀리기는커녕 느슨해지지도 않았다. 몸에 힘이 들어가지 않았다. 이대로면….

"살려주세요. 누가 좀 구해주세요!"

큰소리로 외쳤다. 하지만 오오와다는 입꼬리를 올리며 말했다.

"조금 더 소리쳐봐."

"누구, 누구 없어요?"

"소용없어." 오오와다가 말했다. "여기는 학교 건물 3층이야. 아직 운동회가 한창인 데다 오늘의 하이라이트인 계주가 시작됐거든. 이 건물에는 아무도 없고, 있다고 한들 운동장에서 들리는 함성 때문에 네 목소리는 닿지 않을 거야."

오오와다가 다가와서 하나코의 허리로 손을 뻗었다. 하나코는 오늘 청 반바지를 입었다. 오오와다의 손가락이 조금씩 반바지 속으로 들어왔다. 그때였다.

갑자기 문이 열렸다. 누군가가 구해주러 왔나, 그렇게 생각하며 하나코는 문 쪽을 쳐다보았다. 그런데 거기에 서 있는 사람은 의외의 인물이었다. 돌봄교실 '단짝'의 마스다 아키에 선생님이었다. 마스다 선생님이 왜 여기에 있을까. 그런 의문이 머리를 스쳤지만, 하나코는 얼른 생각을 돌리며 마스다에게 말했다.

"선생님, 사람을, 사람을 불러주세요."

마스다 혼자서 남자를 상대할 수는 없으니 구해줄 사람을 불러와 달라는 말이었다.

하지만 마스다는 하나코의 의도를 알아차리지 못한 듯 교실 안으로 들어왔다. 평상시처럼 온화한 미소를 머금은 얼굴이었다. 몇 년 전에 정년퇴직한 뒤 돌봄교실 선생님이 되었다고 들었다. 아이들을 호되게 혼내지 않고 따뜻한 눈으로 바라봐주는 다정한 선생님이었다. 화내는 모습을 볼 수가 없었다.

"너 누구야? 멋대로 들어오지 마."

오오와다가 말했지만, 마스다는 멈추지 않고 교실 중간까지 걸어왔다. 오오와다가 무기 같은 것을 꺼내 마스다에게 들이밀며 말했다.

"방해하시겠다? 그냥 끝나지는 않을 거야."

오오와다의 손에서 불꽃이 튀었다. 전기 충격기였다. 하나코가 저항할 때를 대비해서 준비한 물건이리라. 오오와다는 침입자의 정체를 확인하지도 않고 무기를 들이밀었다. 이미 제정신이 아닌 것 같았다. 하지만 그보다 놀라운 것은 마스다의 반응이었다. 그녀는 전기 충격기를 보고도 평온한 표정이었다. 미소를 띤 채 오오와다의 얼굴을 올려다보았다.

"이 할망구야, 눈치껏 빠지라고!"

오오와다가 그렇게 말하며 손을 뻗었다. 다음 순간, 하나코는 믿을 수 없는 장면을 목격했다. 오오와다가 바닥에 내던져졌다. 합기도 기술 같았다. 하나코는 그 기술을 보고 숨을 삼켰다.

오오와다는 등이 바닥에 부딪치자, 아픔에 얼굴을 찌푸렸다. 마스다는 이어서 손날로 오오와다의 목덜미를 내리쳤다. 그 한 방이 먹혔는지, 오오와다는 완전히 움직이지 않게 되었다. 예순을 넘은 여자의 움직임이 아니었다. 게다가 하나코는 그 움직임이 어쩐지 익숙했다. 할아버지 이와오의 호신술과 비슷한 면이 있었다.

"설마 당신…."

마스다가 하나코를 보며 낮은 목소리로 말했다.

"오랜만이야, 하나코."

"당신은, 미쿠모… 레이."

미쿠모 레이. 아버지 타케루의 누나인 그녀는 어릴 때부터 범죄자로서 뛰어난 자질을 타고났다고 한다. 하나코에게는 고모에 해당하는 사람이었다. 경찰을 죽인 죄로 오랫동안 교도소에 갇혀 지내다가 4년 전에 가석방된 뒤 행적을 감추었고, 그대로 현재에 이르렀다.

"왜, 왜… 당신이…."

하나코는 아직 상황을 이해할 수 없었다. 너무나 혼란스러웠다. 안이 다니는 돌봄교실 선생님이 미쿠모 레이였다. 우연일리가 없다. 어쩌면 처음부터 미쿠모 레이는….

"궁금했거든, 너희 딸이." 마스다는, 아니, 미쿠모 레이는 하나코의 속마음을 꿰뚫어 본 것처럼 말했다. "L의 일족 딸과 경찰 일가의 장남 사이에서 태어난 아이. 그 아이는 어떤 삶을 살까. 이렇게 흥미로운 일이 또 어디 있겠어?"

단지 그것 때문에 돌봄교실 선생님으로 위장했다는 말인가. 하나코는 그런 사실을 꿈에도 모른 채 매일 레이에게 딸을 맡겼다고 생각하니 소름이 돋았다. 피를 나눈 친척이기는 하지만, 그녀는 살인까지 저지른 범죄자였다.

"더는…, 더는 우리 일에 상관하지 마요. 우리는 평범하게 살고 싶을 뿐이라고요."

미쿠모 레이는 대답하지 않았다. 그녀가 왜 이렇게까지 하나코와 안에게 집착하는지 이해할 수 없었다. 그녀는 무기징역을 선고받았고, 30년 가까이 복역했다고 들었다. 정신이 아득해질 만큼 긴 세월이다. 그녀가 손에 넣지 못한 삶. 잃어버린 인생 일부를, 조카인 하나코의 인생에서 찾고 싶은 것일지도 모른다. 자꾸만 그런 생각이 들었다.

"어머, 손님이 왔나 보네."

복도를 걸어오는 발소리가 들리더니 곧 문이 열렸다.

"하나코!"

그렇게 말하며 뛰어 들어온 사람은 카즈마였다.

"카즈마!"

"하나코, 괜찮아?"

카즈마가 그렇게 물으며 교실을 둘러보았다. 쓰러진 오오와다. 의자에 묶인 아내와 그 앞에 있는 돌봄교실 선생님. 카즈마도 마스다 아키에를 본 적이 몇 번 있지만, 지금은 수상한 분위기를 감지한 것 같았다. 카즈마는 바닥에 굴러다니는 전기충격기를 보고 하나코를 향해 걸어왔다.

먼저 싸움을 건 쪽은 미쿠모 레이였다. 카즈마는 그녀가 내민 주먹을 피하며 그대로 팔을 잡아 관절을 꺾으려고 했다. 하지만 레이는 카즈마의 손에서 가볍게 빠져나와 발차기를 했다.

레이의 손톱이 카즈마의 뺨을 할퀴었다.

접전이 이어졌지만, 우위에 선 사람은 카즈마였다. 처음에는 상대가 여자라서 소극적으로 대응한 것 같다. 하지만 적당히 봐주면 밀리겠다고 판단했는지 허리에 찬 경찰봉을 뽑아 들었다. 카즈마는 검도 유단자라서 경찰봉을 능숙하게 다루었다. 레이가 약한 것이 아니었다. 하나코는 자신의 남편이 그렇게 강한 것을 처음 알았다.

"이제 포기해."

카즈마는 창가까지 그녀를 몰아붙였다. 겉으로 보기에는 마스다 아키에인 미쿠모 레이가 어깨를 들썩이며 숨을 골랐다. 카즈마는 경찰봉을 고쳐 쥐며 한 발짝 앞으로 나갔다. 그때 레이가 갑자기 몸을 돌려 창문을 열고 밖으로 뛰어내렸다. 순식간에 벌어진 일이었다.

당황한 카즈마가 손을 뻗었지만, 그녀는 창문 너머로 사라졌다. 의자에 묶여 움직일 수 없는 하나코는 레이가 어떻게 됐는지 알 수 없었다. 곧 카즈마가 하나코에게 돌아왔다. 그는 고개를 가로저으며 말했다.

"아래 층 창문으로 들어갔나 봐. 하나코, 그 여자는 혹시…."

그 이름을 입에 담기도 꺼려졌다. 하나코가 고개를 끄덕이자, 카즈마는 그 의미를 이해한 것 같았다. 그는 무서운 표정을 지으며 바닥으로 시선을 떨어뜨렸다.

신음이 들렸다. 바닥에 쓰러진 오오와다가 의식을 되찾았나 보다. 카즈마는 얼른 그의 팔을 잡아 포박했다.

교실 문이 열렸다. 거기에 서 있는 사람은 호죠 미쿠모였다. 미쿠모가 교실 안으로 곧장 달려오다가 거하게 넘어졌다. 그녀는 어찌어찌 일어나 하나코 앞으로 왔다.

"하나코 언니, 괜찮으세요?"

"응. 괜찮아. 미쿠모는 괜찮아?"

"제 걱정은 하지 마세요."

미쿠모가 하나코 뒤쪽으로 가서 밧줄을 풀어 주었다. 마침내 몸이 자유로워지자, 하나코는 크게 안도의 한숨을 쉬었다.

★

"그럼 이제 경찰서로 연행하겠습니다. 또 무슨 일이 있으면 관련 진술을 받아야 할 수도 있으니 그때 다시 연락 드리겠습니다."

"네. 잘 부탁드립니다."

카즈마는 학교 건물 앞에 있었다. 경찰 두 명이 오오와다라는 남자를 연행해 갔다. 하나코를 구해준 사람은 그녀의 고모이자 수감자이던 미쿠모 레이였다. 겉모습은 마스다 아키에라는 돌봄교실 선생님이었지만, 그 몸놀림은 도무지 예순을 넘긴 전직 교사 같지 않았다.

오오와다의 진술에 따라 필요하면 카즈마도 추가적인 경찰 조사에 응할 생각이었다. 적어도 미쿠모 레이의 존재만은 어떻게든 숨겨야 했다. 하나코와 그 가족들의 정체를 숨기기 위해서라도.

카즈마는 다시 학교 건물로 들어갔다. 방금 반 대항 계주가 끝나서 이제 폐회식이 시작되는 모양이었다.

아무도 없는 복도를 걷다가 보건실로 들어갔다. 조금 전 보건 선생님이 하나코를 진찰하더니 특별한 이상은 없지만 잠시 보건실에서 안정을 취하라고 했다.

안쪽 침대에 하나코가 누워 있었다. 그 근처 의자에 미쿠모가 앉아 있었다. '결과적으로' 하나코를 구한 사람은 미쿠모 레이라는 이야기를 미쿠모에게도 전했다. 아마 오오와다를 부추긴 사람은 키바 미야코일 것이다. 그리고 오오와다의 마수에서 하나코를 구했지만 미야코의 배후에 있던 미쿠모 레이. 대체 어떻게 된 일인지 영문을 알 수 없었으나, 적어도 오늘의 위기에서 벗어난 것만은 확실했다.

카즈마가 들어온 것을 알아차린 하나코가 일어나려고 하자, 카즈마가 막았다.

"하나코, 누워 있어."

"하지만 운동회가…"

"이제 폐회식이 시작돼. 식이 끝날 때까지 쉬어."

하나코를 덮친 사람은 오오와다라는 남자로, 안과 똑같은 2학년 자녀를 둔 학부모였고 심지어 학부모-교사 모임 회장이었다. 하나코가 말하기를 그저께 미팅 때도 차에 태워서 덮치려고 했다고 한다. 비슷한 성범죄를 상습적으로 저질렀을 가능성이 있어서 무코지마 경찰서 수사관들에게 그쪽 여죄를 중심으로 조사해 달라고 말해 놓았다.

"미쿠모, 너한테도 고맙다. 덕분에 살았어."

"아닙니다."

미쿠모가 와타루의 드론을 알아본 덕분이었다. 드론이 없었다면 하나코의 위치를 훨씬 늦게 알아냈을 것이다. 하나코가 있던 곳은 학교 건물 3층에 있는 요리 준비실이었다.

인기척이 들렸다. 문 너머에 사람 그림자가 보였다. 카즈마가 그쪽으로 가서 문을 열어 보니, 복도에 와타루가 서 있었다.

"와타루 형님, 감사합니다. 하나코는 무사해요."

"아, 그렇구나. 다행이야."

와타루는 눈을 맞추려 하지 않았다. 어쩐지 상태가 이상했다. 보건실 안으로 눈을 돌리니, 안절부절못하며 와타루와 카즈마 쪽을 힐끔거리는 미쿠모가 보였다. '아. 그런 거군.'

"형님, 괜찮으시면 안으로 들어오세요."

"아니, 나는…."

"어서요, 어서."

카즈마가 와타루의 어깨에 손을 둘러 보건실 안으로 끌고 들어갔다. 와타루도 확실히 미쿠모를 신경 쓰고 있었고, 미쿠모도 미쿠모대로 와타루의 눈치를 살피는 티가 났다. 서로 무언가 마음속에 담아둔 말이 있는 것 같았다. 카즈마가 보기에는 그랬다.

와타루와 미쿠모 사이에는 2미터 정도 거리가 있었다. 두 사람은 엉뚱한 곳만 볼 뿐, 서로 말을 섞지 않았다. 침대에 누워 있는 하나코도 두 사람의 분위기를 눈치챘는지 일부러 자는 척하며 상황을 살피는 듯했다.

카즈마는 와타루의 어깨를 손가락으로 찔렀다. 먼저 말을 걸라는 의미였다. 카즈마의 마음을 읽었는지, 와타루가 미쿠모 쪽으로 한 발짝 거리를 좁히며 말했다.

"안녕."

"…안녕하세요."

"나, 날씨가 좋네."

"…그렇네요."

카즈마는 시시껄렁한 대화가 이어지는 것을 보며 한 번 더 와타루의 어깨를 찔렀다. 와타루가 거기에 반응해서 또 한 발짝 미쿠모에게 다가갔다. 그리고 주머니에서 천천히 스마트폰을 꺼냈다. 그것을 잠시 터치하다가 미쿠모 앞으로 화면을 내밀었다. 카즈마가 옆에서 목을 빼고 화면을 보았다.

동영상이 재생되었다. 혼자서 촬영한 영상인 것 같았다. 와타루가 식탁 의자에 앉아 있었다. 그 앞에는 접시가 있었고, 거기에 계란프라이가 담겨 있었다. 달걀 두 개로 만든 계란프라이였다.

동영상 속에서 와타루는 플라스틱 용기를 카메라에 비추었다. 시판되는 간장통이었다. 와타루는 계란프라이에 간장을 뿌린 뒤 젓가락으로 계란프라이를 먹기 시작했다. 특별한 것은 없었다. 그저 와타루가 계란프라이를 먹는 동영상이었다.

미쿠모가 숨을 삼켰다. 그녀는 손으로 입을 틀어막고 눈을 동그랗게 뜬 채 화면으로 빨려 들어갈 듯이 영상을 보았다. 그녀가 왜 이렇게까지 놀랐는지 도무지 이유를 알 수 없었다. 와타루의 동영상이 끝나자, 이번에는 미쿠모가 스마트폰을 꺼냈다. "사실 저도…." 하면서 동영상을 재생했다.

비슷한 구도의 영상이었다. 미쿠모가 먹는 음식도 와타루와 마찬가지로 계란프라이였지만, 딱 하나 다른 점이 있었다. 미쿠모는 간장이 아닌 케첩을 뿌려서 먹었다. 차이는 그것뿐이었다.

"어? 설마…." 하나코의 목소리가 들렸다. 하나코는 어느새 침대에서 일어나 미쿠모의 스마트폰을 들여다보고 있었다. 하나코가 말했다. "두 사람이 헤어진 이유가 이거야?"

"잠깐만." 카즈마가 머릿속을 정리했다. "두 사람, 계란프라이에 뿌려 먹는 소스 때문에 헤어진 거야?"

영상에서는 와타루가 간장을, 미쿠모가 케첩을 뿌려서 먹었지만, 원래 두 사람은 그것을 싫어했다. 그러니까 지금 본 두 영상은 두 사람이 괴로움을 극복한 기록이었다.

"정말 뭐라고 해야 할지…." 카즈마와 하나코는 눈이 마주쳤다. 하나코는 어이가 없다는 듯 어깨를 으쓱였다. 카즈마는 솔직한 감상을 말했다. "이런 말 하긴 좀 그렇지만… 미안해. 진짜 바보 같아."

"선배님, 그건 말이 심하잖아요."

미쿠모가 날카로운 목소리로 말했지만, 카즈마는 그 말을 귓등으로 흘리며 말했다.

"아니, 미쿠모, 생각해 봐. 겨우 계란프라이잖아."

"겨우 계란프라이지만, 중요한 계란프라이예요." 미쿠모가 격언 같은 말을 뱉고는 거침없이 덧붙였다. "저는 어렸을 때부터 계란프라이에 간장을 뿌려 먹었어요. 호죠 가문에서는 그게 당연했어요. 아침이면 항상 햄에그와 밥, 된장국, 낫토를 먹었어요. 그런데 와타루 씨는 케첩파였어요. 평생 백년해로하기로 맹세한 남자가 계란프라이에 케첩을 뿌려 먹었다고요. 그 모습을 처음 봤을 때 저는 머리가 아찔했어요. 아뇨, 실제로 쓰러질 뻔했어요. 선배님, 과장이 아니에요."

게다가 와타루의 아침 메뉴는 밥이 아니라 구운 식빵이었다. 심지어 마가린과 딸기잼을 듬뿍 발라 먹었다. 미쿠모로서는 믿을 수 없는 조합이었다.

"그게 매일 반복됐어요. 이 사람은 왜 계란프라이에 케첩을 뿌려 먹을까. 저는 매일 아침 그 생각을 했어요. 와타루 씨도 저랑 비슷한 생각을 했대요."

하나가 신경 쓰이자, 다른 것들도 눈에 들어왔다. 식습관뿐만 아니라 생활 패턴도 너무 달랐다.

"그런 것들이 자꾸 쌓여서 잠깐 거리를 두자는 결론이 나왔어요.”

미쿠모의 말을 잇듯이 와타루가 말했다.

“나는 지난 몇 개월 동안 계란프라이에 간장을 뿌려 먹었어. 의외로 맛있었어. 지금은 간장 뿌린 계란프라이만 있으면 밥 두 그릇도 뚝딱이야.”

“기뻐요. 와타루 씨, 역시 이해해 주셨군요. 저도 케첩 뿌린 계란프라이 맛에 눈을 떴어요.”

“미쿠모, 너 정말….”

두 사람이 서로를 바라보았다. 완전히 둘만의 세계에 빠져든 것 같다.

밖에서 큰 함성이 터져 나왔다. 백팀과 홍팀 중 어느 쪽이 우승했는지 발표되었나 보다. 결국 달리는 안을 응원하지는 못했지만, 이유를 털어놓으면 안은 분명 용서해 줄 것이다.

카즈마는 이 두 사람을 어떻게 하냐는 표정으로 남편을 보던 하나코와 눈이 마주치자, 거기에 답하듯 고개를 절레절레 흔들었다.

★

그 소년의 등은 쓸쓸해 보였다. 그 아이는 엄마로 보이는 여자와 함께 운동장 한편을 터덜거리며 걸었다. 안은 “미안해. 잠깐만.” 하며 주변 아이들에게 양해를 구하고 그쪽으로 달려갔다.

가까워지는 안의 발소리를 들었는지 소년, 오오와다 하야토가 걸음을 멈추었다. 옆에 있는 사람은 엄마일까. 몹시 미인이었다. 안은 하야토네 엄마가 전직 모델이라는 이야기를 어디선가 들은 적이 있다.

오늘은 화요일. 수업이 끝나서 지금은 방과 후였다. 어제는 월요일이었는데 운동회 다음 날이라 학교가 휴업했다. 안이 있는 2학년 1반은 반 대항 계주에서 꼴등을 했지만, 2학년 1반이 소속된 백팀은 우승을 차지했다. 그래도 안은 계주에서 이기지 못한 것이 속상해 집에 가서 조금 울었다. 흘린 눈물의 수만큼 강해지는 법이라고 할부지가 위로해 주었지만, 엄마가 몰래 가르쳐 주기를, 사실 그 말은 옛날 유행가 가사라고 했다. 할부지는 뭐든 그렇게 대충대충이다.

하야토가 엄마에게 무어라 속삭였다. 하야토네 엄마가 안에게 눈인사하고 자리를 떴다. 하야토는 그 모습을 보다가 말했다.

"다친 거 나았어?"

하야토의 시선이 안의 오른쪽 다리로 향했다. 무릎에 반창고가 붙어 있었다. 이제 아프지 않았다.

"응. 괜찮아."

"그래? 그럼 다행이고."

하야토는 전학을 간다. 안은 오늘 아침 학교에 와서야 그 소식을 들었다. 일요일 운동회 때 하야토네 아빠가 작은 소동을 일으키는 바람에 전학한다고 했다. 안의 엄마와 하야토의 아빠가 싸운 것 같은데, 안은 부모님에게 자세한 이야기를 들을 수 없었다.

"우리 부모님은 예전부터 사이가 나빴어." 물어보지도 않았는데 하야토가 설명했다. "맨날 눈만 마주쳐도 싸웠어. 아빠는 많아도 일주일에 한 번 집에 들어오시거든. 그리고 이번에 소동이 있었잖아? 그것 때문에 엄마가 정이 뚝 떨어졌대. 정이 뚝 떨어진다는 말 알아?"

"알아. 상대가 뭘 하든 신경 쓰기 싫어지는 거잖아."

"맞아. 신경 쓰기 싫어진 거야. 우리 엄마는 나가노 카루이자와가 고향인데, 나를 거기 있는 학교에 보내고 싶다고 해서 갑자기 전학 가게 됐어. 앞으로 다닐 학교가 운동으로 유명해서 엄청 기대돼."

괜한 허세를 부리는 것 같지는 않았다. 평소에는 조금 더 까칠하던 하야토가 지금은 어쩐지 후련한 표정을 짓고 있었다. 안은 그 얼굴을 보고 조금 안심했다.

안은 바지 주머니에 손을 넣었다. 주머니에서 꺼낸 물건을 하야토에게 내밀었다. 소원팔찌였다. 그것을 본 하야토가 목소리를 높였다.

"어? 너 그거 언제 훔쳤냐?"

지난 일요일에 반 대항 계주를 하던 때였다. 안이 하야토와 경쟁하다가 넘어졌을 때, 정신을 차리고 보니 하야토가 차고 있던 소원팔찌를 손에 쥐고 있었다. 원래 하야토가 이치카에게서 빼앗은 물건이었다.

"훔쳤다기보다, 나도 모르는 새에 손에 있었어. 돌려줄게."

"됐어. 이치카 거니까 돌려줘. 그보다…." 하야토가 눈을 피하며 말했다. "미안했어, 안. 무슨 일이 있어도 지고 싶지 않았어, 너한테만은. 나도 모르게 몸이 움직였어. 정말 미안해."

"괜찮아. 어차피 백팀이 이겼으니까."

하야토가 뒤돌아섰다. 정문 앞에서 기다리는 하야토의 엄마가 보였다. 하야토가 안을 보며 말했다.

"있잖아, 안. 네가 찬 소원팔찌, 기념으로 나한테 줄래?"

안은 아직 소원팔찌를 차고 있었다. 소원팔찌를 차면 운동회의 여운이 느껴져서였다. 안은 조금 지저분해진 소원팔찌를 풀어서 하야토에게 건넸다.

"잘 지내."

"고마워. 그럼 안녕, 안."

하야토는 그렇게 말하고 달려갔다. 정문 앞에서 엄마와 합류해 학교 밖으로 나갔다. 안은 하야토의 뒷모습이 사라질 때까지 지켜보다가 다시 반 아이들이 있는 곳으로 돌아갔다. 아이들은 오늘도 경찰과 도둑 놀이를 하고 있었다.

"안, 하야토가 뭐라고 했어?"

이치카가 묻자, 안이 대답했다.

"의외로 괜찮은 애였어. 어? 나 지금 경찰 역할인가?"

"안은 도둑이야. 빨리 도망쳐."

안은 그 말을 듣고 허둥지둥 달리기 시작했다. 경찰 역할인 아이가 숫자를 셌다. 요즘은 경찰 역할인 아이들이 2인 1조로 도둑을 쫓는다. 그래서 도둑 팀이 불리해졌지만, 그만큼 도망치는 맛이 있었다.

안은 달리면서 생각했다.

'남의 물건을 훔치면 안 돼요.' 그런 것은 안도 알고 있다. 하지만 가끔은 괜찮지 않을까. 할부지와 할무니처럼 좋은 도둑이라면.

안은 고개를 흔들었다. 아니, 역시 그러면 안 된다. 남의 물건을 훔치면 안 된다. 아마도.

옮긴이 권하영

한국외국어대학교 일본어통번역학과를 졸업하고, 이화여자대학교 통역번역대학원에서 한일번역을 전공하였다. 번역작으로 《루팡의 딸2》, 《루팡의 딸3》, 《전남친의 유언장》, 《죽인 남편이 돌아왔습니다》, 《내가 나를 버린 날》 등이 있다.

루팡의 딸 4
ROOKIE OF LUPIN

초판 2024년 10월 15일 6쇄
저자 요코제키 다이
옮긴이 권하영
ISBN 979-11-90157-54-4   03830

출판사 도서출판 북플라자
주소 서울시 강남구 논현동 118-13 5층
홈페이지 www.bookplaza.co.kr

영화 판권, 오탈자 제보 등 기타 문의사항은 book.plaza@hanmail.net으로 보내주세요.
잘못된 책은 구입하신 서점에서 교환해 드립니다.